Rose & Gilles GANDY

SEXE, POUVOIR ET ARGENT

DÉCOUVREZ VOTRE POUVOIR CRÉATEUR

Éditions TrajectoirE

Des mêmes auteurs chez le même éditeur

Les 9 Plaies de l'âme – L'Ennéagramme : de la souffrance à l'abondance, 2019.

La Guérison de l'âme – Pour un esprit libre dans un corps sain, 2017.

Possessions et maladies karmiques – Les Soins de l'âme, 2015.

La Médecine symbolique – Le chaînon manquant, 2015.

Entités et parasites énergétiques – Un lien entre médecine du corps et esprit, 2014.

Pour contacter les auteurs : www.medecinesymbolique.com

ISBN : 978-2-84197-831-1

Une marque du groupe éditorial Piktos.
Éditions Trajectoire – 355, rue de la Montagne-Noire – 31750 Escalquens.
www.editions-trajectoire.fr

Sommaire

Préambule

Pourquoi un livre sur le sexe, et ses déclinaisons que sont le pouvoir et l'argent ?

Sans doute parce que tout n'est pas clarifié sur ce plan. Mais aussi parce que notre approche par la Médecine symbolique[1] nous a amenés à constater, comme beaucoup d'autres avant nous, que dans le fonctionnement de la vie réside un « secret » méconnu et bien gardé. Le sexe en est la pierre angulaire.

« Au commencement était le Verbe »

Ainsi débute l'Évangile de saint Jean. Il aurait pu dire : « Au commencement était le sexe », puisque le verbe et le sexe relèvent du même symbole. La mue du garçon, quand il devient un homme, suffit à rappeler que la sexualité et la voix sont reliées.

Pourtant, la société dans son ensemble ne nous enseigne pas cette vérité. Bien au contraire !

– Dans les années 1980, le sida[2] a fait cesser brutalement toute velléité de libération sexuelle, puisqu'il imposa *de facto* le port

1. La Médecine symbolique : cette méthode est décrite dans nos ouvrages précédents. Elle repose sur un dialogue que nous établissons avec « l'invisible » par l'intermédiaire de baguettes coudées – instruments bio-sensibles servant notamment à chercher de l'eau. Ce dialogue se fait par le langage symbolique, d'où le nom de la méthode.

2. Sida : acronyme de « syndrome d'immunodéficience acquise ».

du préservatif, et pointa du doigt le sexe coupable, comme au bon vieux temps des religions castratrices et répressives.

– En 2020, l'épisode du coronavirus a fait cesser tout aussi brutalement toute velléité d'expression orale, imposant la distanciation physique, le masque sur la bouche, cachant ainsi toutes les expressions lisibles sur un visage.

L'expression du haut, comme celle du bas, est redevenue coupable. Sommes-nous, encore et encore, punis de la faute originelle ? Jusqu'à quand ?

Probablement jusqu'au moment où nous serons amenés à choisir consciemment l'expression libre du bas comme du haut. Que notre verbe et notre sexe puissent s'exprimer en toute liberté… Vaste programme !

Lorsque nous nous sommes rencontrés, tous les deux, nous sortions de divorces et de relations de couples problématiques. Nous avons décidé, d'un commun accord, de ne pas reproduire une énième expérience négative ; et, pour cela, nous avons renoncé à nos idéaux personnels et aux schémas socioculturels qui les alimentaient. En effet, nous avions la perception que ces facteurs nous avaient emmenés droit dans le mur, notamment par cette fameuse culpabilité qui nous empêchait d'être libres.

Aussi avons-nous basé notre relation naissante uniquement sur ce que pratiquent un homme et une femme quand ils s'apprécient : faire l'amour. Et nous avons essayé d'expérimenter cela du mieux possible, c'est-à-dire en écoutant nos polarités respectives – ce que nous n'avions pas fait auparavant. Gilles s'était positionné dans un rôle de papa poule nourricier ; et Rose, dans une expression yang « à fond » ! Par conséquent, nous partions chacun avec un sacré handicap.

Nous avons beaucoup observé le jeu de nos polarités et ce qui les sous-tendait. Des ajustements étaient nécessaires pour se recaler, et des mémoires stockées dans nos zones sexuelles demandaient à être nettoyées.

Nous avons découvert, tout d'abord, que le sexe constituait un excellent moyen de se soigner, sans passer forcément par la case « médecine » ou « psychothérapie ».

Par la suite, la Médecine symbolique s'est imposée dans nos vies. Nous avons développé très vite cette méthode révolutionnaire, sans trop nous poser de questions. Des années d'expérience, sept ouvrages sur le thème, des formations un peu partout, un succès croissant..., nous n'avons pas eu le temps de réfléchir.

Mais, un jour, à la question récurrente que l'on nous posait – « Comment avez-vous pu découvrir tout cela ? » – nous nous sommes surpris à répondre : « Parce que nous faisions bien l'amour ! »

Les curieux auraient sans doute préféré nous entendre dire que nous étions médiums ou canaux d'une source spirituelle supérieure. Non, rien de tout cela. Pour nous, la réalité était plus prosaïque : nous étions bien branchés en bas ! Effectivement, la vraie source spirituelle et créative se situe dans la zone sexuelle, mais c'est une zone bien gardée...

À travers notre chemin, nous vous invitons à expérimenter cette voie et à devenir, à votre tour, des créateurs conscients !

Introduction

Les humoristes ont toujours pu dire librement ce que les élites intellectuelles s'interdisaient.

Si j'ai bien tout compris, le monde aurait deux problèmes d'importance : l'un serait le cul, et l'autre serait le fric. Moi, je me suis dit, comme tout le monde a un cul, je vais m'occuper du fric. Erreur grave ! En fait, le problème, c'est le cul !

Coluche

Nous ajouterons immédiatement un troisième domaine aux deux cités par Coluche. En effet, on peut dire que l'humanité connaît trois maux depuis fort longtemps : le sexe, l'argent et le pouvoir.

La situation actuelle de la société nous le montre à l'évidence, comme si l'humain se heurtait à ces réalités sans être capable de les gérer convenablement. Cela fascine autant les hommes que les femmes. Or chacun est concerné en interne par au moins l'un de ces trois domaines.

Nous aborderons ici principalement l'aspect sexuel, car il fédère aussi les problématiques d'argent et de pouvoir. L'argent repose sur la même symbolique que le sexe, à savoir la circulation de l'énergie vitale entre les pôles mâle et femelle. Il sera donc facile de faire le parallèle entre ce qui est dit sur le sexe et les problèmes liés à l'utilisation de l'argent.

En ce qui concerne le pouvoir, il est intimement lié à la position sociale, qui repose elle-même sur des critères sexués ou polarisés. Là aussi, il sera aisé de faire le lien avec ce qui va être développé plus loin.

De plus, il faut se rendre à l'évidence : le système financier (l'argent), tout comme le système politique (le pouvoir), est difficilement réformable. L'argent et le pouvoir finissent toujours par perturber tout le monde, à l'exception de quelques rares individus. En effet, collectivement, la corruption, la spéculation et la mafia continueront leurs business en s'adaptant à toute réglementation afin de s'approprier l'argent et le pouvoir. On le remarque au fait que, quel que soit le système politique – de la démocratie à la dictature, en passant par la royauté –, le but est toujours de maintenir le pouvoir en place. De même, quelles que soient les réformes du système financier entreprises, on trouvera toujours un moyen de les détourner.

Le seul moyen d'en sortir est individuel : nous devons faire évoluer nos mœurs sexuelles. Ce ne sont pas les systèmes qui doivent être modifiés, mais les individus eux-mêmes. Pourquoi ? Parce que les systèmes se changent par des règles, des lois, des contraintes supplémentaires, et non par des changements de conscience. Cette façon de procéder est vouée à l'échec, car cela accroît le désordre et l'étouffement actuel.

En revanche, le sexe s'exprime par une libération, par l'expression d'un potentiel nouveau et illimité. Cette réforme se déroule individuellement, intérieurement, par un changement de conscience accessible à tous.

Par conséquent, l'objectif de cet ouvrage est de donner des clefs inédites, passant par la zone sexuelle, pour effectuer deux choses :

- un nettoyage des mémoires limitantes, autant dans ce que chacun pourrait avoir vécu et stocké dans son corps, que dans les croyances, peurs et culpabilités qui pourraient le restreindre au niveau psychique ;
- un véritable travail personnel d'ordre spirituel.

Nous entendons le mot « spirituel » dans son sens véritable, c'est-à-dire une utilisation libre de l'esprit permettant de devenir créateurs conscients. Nous insisterons sur des pistes de compréhension globales, qui permettront d'affiner la vision sur le fonctionnement de la vie, accompagnées d'exercices à pratiquer pour induire un changement durable.

Le mot « spirituel » s'entend aussi dans un sens laïc et personnel, détaché des croyances et dogmes collectifs des religions. La spiritualité procède avant tout du registre de l'intime, à l'image de ce qui se passe lors d'une relation sexuelle

Trois mères discutent de la réussite spirituelle de leurs fils respectifs. La première affirme, d'un ton péremptoire :
— Moi, mon fils, il est prêtre. Et toutes les femmes lui disent « Mon Père ».
La deuxième surenchérit :
— Moi, mon fils, il est évêque. Et toutes les femmes s'adressent à lui en disant « Monseigneur ».
La troisième rigole :
— Moi, mon fils, il est stripteaseur. Et lorsqu'il se dévoile, toutes les femmes s'exclament : « Oh, mon Dieu ! »

Le spirituel est-il dans les titres honorifiques (inventés par l'homme), ou dans la création elle-même ? Il ne faut pas s'y tromper : c'est là seulement que chacun pourra vérifier le bien-fondé de ce qui va être exposé. Comme nous le répétons souvent dans nos enseignements, **ne croyez rien de ce qui va être dit, vérifiez-le !**

Dire que le commencement du monde provient du sexe est une évidence. Tout est polarisé, et les mécanismes qui ordonnent l'univers en démontrent la pertinence et l'efficacité. Mais cela suppose que l'on aborde ici le concept de « Dieu », car ce mot désigne l'Intelligence qui crée et organise la vie. Aussi, il nous faudra remettre quelques notions au goût du jour.

Enfin, nous serons obligés de parler plusieurs langages. En effet, s'il semble facile de décrire les mécanismes qui perturbent le monde et les individus, il est, en revanche, difficile de les traquer en soi pour les modifier. Par conséquent, nous aborderons le thème sous des angles factuels, symboliques, poétiques, humoristiques, qui permettront de parler au corps, à l'âme et à l'esprit. Alors, chacun pourra procéder à l'expression libre de cette énergie illimitée, potentiel divin logé au cœur du corps humain.

L'alchimie qui va en découler ouvrira ainsi la porte au nouveau monde que l'on voit se profiler dans les bouleversements actuels.

Chapitre I

Le sexe, symbole de l'univers

Le symbole est ce qui permet de voir et de comprendre l'invisible. Lorsqu'un événement se manifeste, notre cerveau perçoit d'emblée deux aspects : le fait lui-même, et son ou ses symboles sous-jacents. Ainsi, lorsque la cathédrale Notre-Dame de Paris a brûlé en avril 2019, la planète entière en a perçu la dimension symbolique. C'est d'ailleurs ce qui a le plus marqué les consciences, bien au-delà de l'événement lui-même. De plus, la dimension symbolique laisse l'individu libre de ressentir une partie personnelle et intime. C'est pourquoi cet événement unique a pu être analysé de façons différentes, le symbole parlant autant au collectif qu'à l'individu.

Le sexe, entre Dieu et diable

Pour le sexe, il en va de même. C'est un domaine où le symbole peut aller d'un extrême à l'autre. Ainsi, pour certaines religions, le sexe est devenu au fil du temps un symbole « diabolique » (ou du moins a-t-il été largement diabolisé).

Union ou division ?

La racine du mot *diable* signifie « qui divise, désunit ». Des religions ont vu dans le sexe la marque de la séparation, car l'homme et la femme constatent, dans cette zone, leur différence. Adam et Ève se découvrent nus, et se couvrent par honte. Le péché originel est décrit ainsi, et il va entraîner un cortège de souffrances issues de l'interprétation d'un texte. La division des sexes s'apparente à une punition, car ces derniers sont la marque coupable[3] d'une descente dans l'incarnation. Est-ce réellement une punition ? Ou est-ce une perception de nos âmes qui n'aiment pas la contrainte de cette prison de chair ? En réaction, on excisera la partie masculine du sexe de la femme, le clitoris, et on coupera le prépuce de l'homme qui représente la partie enveloppante yin de son pénis.

La division et la culpabilité ont toujours été symbolisées par des mutilations sur le corps.

En revanche, pour d'autres religions, les deux sexes sont le miroir du Divin puisque leur union permet la création. La sexualité est, par conséquent, le lieu où il est facile de rencontrer Dieu. Le tantrisme et le taoïsme en font même l'un des piliers de l'expérience spirituelle.

Alors, symbole d'union ou symbole de division ? Évidemment, cet ouvrage ira dans le sens de l'union. Mais force est de constater que l'humanité a plutôt expérimenté la division depuis des milliers d'années. Tout cela au nom d'un « dieu » séparateur... Au vu de la souffrance accumulée par l'humanité, il serait peut-être temps de changer, comme le raconte cette blague juive.

Au soir de sa vie, et constatant la masse de souffrances que son peuple a vécue depuis l'origine, un juif s'adresse à l'Éternel en ces termes :

---

3. Culpabilité : le domaine sexuel est empreint de culpabilité. Cette énergie, dont les dérivés s'appellent « la honte » et « le jugement », est avant tout la conséquence biologique de l'incarnation. Cela explique l'universalité de ce sentiment, ainsi que les difficultés que l'on rencontre à le traiter en thérapie. La culpabilité est sans doute ce qui crée le plus de morts sur la planète, si l'on regarde de près les maladies modernes, le cancer au premier rang, et si l'on observe les causes réelles des guerres. Actuellement, l'humain ne fait plus des guerres de territoire, mais des guerres idéologiques. Pour faire le tour de la question, vous pouvez vous reporter au livre *La Culpabilité, l'émotion qui tue !*, Le Courrier du Livre, 2013.

– Ô Dieu, est-ce vrai que nous, les juifs, sommes ton peuple élu et choisi ?
– Oui, c'est vrai, lui répond Dieu, vous êtes mon peuple élu !
– Ne serait-il pas temps que tu choisisses un autre peuple ? suggère alors le juif…

Bien ou mal ?

De là à concevoir que l'une des polarités symbolisait le mal et l'autre le bien, il n'y avait qu'un pas, que beaucoup d'intégrismes religieux ont franchi allègrement. On sait que le féminin a servi de bouc émissaire à cette occasion…, avec les résultats que l'on constate encore aujourd'hui : le sexe féminin est sans doute celui qui incarne le plus de « mal a dit ».
La culpabilité fait des ravages dans cette région du corps.

Par exemple, sachant que ce sentiment touche la sphère énergétique poumon-gros intestin et la zone sexuelle, on constate que l'immense majorité des cancers touche ces zones précitées, pour les hommes comme pour les femmes : cancer du sein, du poumon, du côlon et des organes sexuels (col de l'utérus, prostate). Ces maladies ne seraient-elles pas l'incarnation du mal que l'on dit sur ces zones, ou du désir pathologique inconscient de rendre ces zones « innocentes » ?
Autre exemple : il est frappant de constater que, dans nombre de cas, des personnes qui peinent à trouver un compagnon ou une compagne déclarent : « Je ne trouve pas la bonne personne. » Or, d'un point de vue purement physique (les polarités), soit le masculin et le féminin s'attirent mutuellement – auquel cas, personne ne devrait se retrouver seul –, soit il y a un sabotage de l'attractivité naturelle.
Évidemment, il y a sabotage !

Le plus efficace est celui qui consiste à mettre des conditions. Par exemple : « Je veux bien rencontrer un compagnon, mais pas n'importe qui ». Cette façon de verbaliser marque incontestablement que la personne ne peut pas rencontrer de partenaire, car son mental a déjà émis un jugement préalable qui ne pourra pas être remis en cause. Dire « oui, mais » revient à dire « non ».

L'origine se situe dans le mental qui est empreint de jugement « bien/mal » sur la chose. En fait, souvent, cela nous arrange de rencontrer des obstacles dans la relation, car cela nous conforte dans l'idée que le problème vient de l'autre. C'est une méthode très efficace pour se déculpabiliser, mais également pour rester malheureux en amour !

La sexualité et les relations amoureuses en général sont le miroir de cette fameuse dualité « bien/mal » qui permet à tout un chacun de fuir ses responsabilités en accusant l'environnement d'être la cause du problème. Cela soulage un temps, mais rend extrêmement malheureux sur le long terme.

D'ailleurs, le bien et le mal peuvent se décliner de bien des façons. On prête à Einstein cette repartie, comme beaucoup d'autres phrases célèbres.

Une star du cinéma aurait demandé à Einstein :
— Faites-moi un enfant ! Avec ma beauté et votre intelligence, ce sera un enfant merveilleux !
Einstein aurait répliqué :
— Non ! Imaginez que ce soit le contraire qui se produise !…

D'ailleurs, chacun sait que l'on peut faire de bonnes choses pour de mauvaises raisons, comme produire une belle œuvre uniquement pour faire de l'argent ou pour être connu. De même, on peut faire de mauvaises choses pour de bonnes raisons, comme le montre l'enseignement des maîtres spirituels qui infligent des épreuves à leurs disciples pour les faire évoluer (« Qui aime bien châtie bien »).

Positif ou négatif ?

Une autre habitude dérivée des polarités est de classer les choses en « positives » ou « négatives ». Par exemple, il est souvent évoqué que des entités négatives attaquent les gens pour les squatter et s'alimenter à leurs dépens. Notre approche prouve qu'il n'en est rien : les phénomènes énergétiques, comme les événements concrets, sont tous régis par les lois des polarités yin/yang, appelées aussi « loi d'attraction/répulsion ». Il ne peut exister un phénomène invasif de nature yang informative sans qu'un phénomène yin attractif ne soit présent au préalable. Un plein ne peut remplir qu'un vide préexistant, et deux pleins se repoussent.

Autrement dit, et nous reviendrons sur ce fait plus loin, **le yin féminin prévaut sur la suite. C'est lui qui induit le mouvement du yang masculin.**

La création du monde en yin et yang a fait couler beaucoup d'encre. Le masculin est-il créé avant le féminin, Ève étant tirée d'une côte d'Adam ? L'énergétique chinoise parle, quant à elle, d'un chaos primordial de nature féminine. Cette blague dit la même chose :

Ève est avec Dieu, et elle s'ennuie toute seule au paradis. Elle dit à Dieu :
— Crée-moi un compagnon, car je m'ennuie !
Dieu lui fait remarquer qu'il lui a déjà créé des animaux de compagnie, comme les chats et les chiens, etc.
Elle insiste :
— Non, je veux quelqu'un qui me ressemble, avec qui je puisse échanger !
Dieu lui dit alors :
— Bon, je vais créer un homme. Mais je te préviens, ce ne sera pas facile pour toi ! Il sera dominateur et il voudra avoir raison. Et surtout, il sera orgueilleux. Aussi, je te demande de garder le secret sur sa création : on dira qu'il a été créé avant toi… Mais que cela reste un secret entre nous, entre femmes !

Voir les polarités en dualité et classer les choses en « positives » ou « négatives », dans le but avoué de se débarrasser du négatif pour ne garder que le positif, ne sert à rien. On ne veut garder que la lumière. Mais la lumière existe parce qu'il y a quelque chose à éclairer !

En énergétique comme en symbolique, plus on essaie de créer du positif, plus on donne le champ libre à l'émergence du négatif.

C'est une question d'équilibre naturel des polarités, car les polarités ne sont pas des opposées, mais des complémentaires.

À l'image du classement bien/mal, le fait de privilégier le positif n'est pas une solution.

La zone sexuelle incarne largement cette dualité, car nos croyances nous imposent d'agir selon des filtres « bien vu/mal vu » qui ne sont, en fait, que des déclinaisons de ce qui vient d'être dit. Qu'est-ce qui est « bien vu » par notre censeur interne ? Souvent des croyances imposées par le socioculturel ambiant.

En matière sexuelle, en deux générations, nous avons connu des changements considérables.

- L'interdit de l'expression sexuelle, sauf pour fabriquer des bébés, a été le modèle dominant jusque dans les années 1960. Nous disons « fabriquer », car les géniteurs n'étaient bien vus que dans ce cadre imposé par la religion et le mariage. Il n'était pas question d'amour... Ces modèles persistent encore ici et là et, dans nombre de cultures, il est toujours actuellement très mal vu de faire des filles.
- La libération sexuelle tous azimuts des années 1960, qui a beaucoup reposé sur le pouvoir retrouvé des femmes de dire « non », a permis de choisir librement ce qui convenait à chacun.
- Dans les années 1980, le brusque retour de bâton du sida a refermé cette porte ouverte, avec son lot de culpabilisation. Le sexe déviant (homosexualité) a tout d'abord été montré du doigt, puis toutes les relations sexuelles non « protégées » sont redevenues coupables dans le discours médiatique.
- Les pays riches ont connu une baisse brutale de la fécondité. Réaction à l'oppression qui avait prévalu ? Incidence des modes de vie ? Conséquence des pesticides ? Sans doute un cocktail de tout cela.
- Actuellement, l'épisode du coronavirus a exacerbé les interdictions de la joie, du partage, du lien, du plaisir, des loisirs. Le confinement et le port du masque représentent, en fait, des punitions symboliques que les médias, le système de santé et les autorités politiques utilisent sans relâche.

– Parallèlement, le développement des stages de tantra et de thérapies de couple marque incontestablement que l'époque est à l'exploration sérieuse des polarités.

Comme dans beaucoup d'autres domaines, la sexualité est l'indicateur des écarts énormes qui sont en train de se creuser entre différentes couches de populations. Ne semble avoir accès aux ouvertures de conscience actuelles qu'un nombre restreint d'individus, comme si chacun ne profitait pas à plein des nouveaux champs induits par ce yo-yo de la culpabilité sur la zone de l'expression de soi ! Pourtant, tout cela est dans l'air du temps, donc disponible à qui le désire.

Homme ou femme ?

Au vu de ce qui précède, il a été facile de réduire la dualité par les termes « homme » et « femme ». Certes, un homme est réputé avoir plus de yang puisqu'il a un organe sexuel externe fécondant ; et une femme est réputée avoir plus de yin puisqu'elle possède un organe interne attractif et nourrissant. Mais c'est oublier que l'homme est aussi attractif, et que la femme est fécondante, notamment par le verbe. On pourrait dire que la femme et l'homme sont constitués des mêmes ingrédients, mais avec une différence de proportion. La recette n'étant pas la même, le gâteau n'a pas le même goût ni la même forme, une fois sorti du four.

Cela a été occulté par les traditions qui ont voulu séparer l'homme de la femme, toujours dans l'intérêt que l'homme puisse diriger et contrôler la femme. En effet, l'homme s'est rendu compte depuis longtemps que le féminin était plus puissant que le masculin. La force d'attractivité est faite pour que rien ne puisse lui résister, car sinon, comment la vie pourrait-elle se poursuivre ? Si l'abeille avait la force de dire non à la puissance du parfum de la fleur, il n'y aurait plus de vie sur Terre.

Le bouddhisme zen le raconte de manière pragmatique.

Mettez 50 moines en méditation dans un monastère.
Faites entrer une femme dans la pièce : il n'y a plus de méditation !

Lorsque les sociétés sont devenues organisées, que les clans ont formé des villages puis des villes, les enjeux de pouvoir sont apparus. L'humain est devenu « propriétaire » ! C'est à partir de là qu'il est devenu vital pour certains hommes d'institutionnaliser un système de domination. Les religions – surtout l'Église catholique – ont construit leurs structures à l'identique pour les mêmes raisons : le lien avec le Divin devra passer par l'homme, et non par la femme. Ce pouvoir masculin associé à l'homme se poursuit encore aujourd'hui dans toutes les structures, malgré les efforts réalisés pour gommer cette différenciation.

Néanmoins, nous verrons qu'en la matière le féminin reste l'initiateur de la plupart des phénomènes, tant au niveau externe dans les affaires, la politique, la religion, qu'au niveau interne lors des relations sexuelles.

Mystérieuses polarités

Le mécanisme des polarités a été décrit depuis longtemps, notamment par l'énergétique chinoise. Mais il reste bien mystérieux ! En effet, il se dérobe à toute comparaison, alors que notre cerveau rationnel rêve de l'enfermer dans une certitude rassurante. Essayons toutefois d'y voir plus clair.

Ce sont des qualités

La première description qui vient à l'esprit est celle issue de nos perceptions. Ainsi, l'Occident – plutôt logique et rationnel – a-t-il été tenté de décrire les polarités par des opposés.

Le masculin est le symbole dynamique puisque le mâle s'active dans un va-et-vient lors de la relation sexuelle. Le féminin sera, par conséquent, associé à la passivité, comme la fleur des champs.

Nous aboutissons à un classement certes binaire, mais intéressant.

Masculin – yang	Féminin – yin
Homme	Femme
Positif	Négatif
Actif	Passif
Chaud	Froid
Sec	Humide
Jour	Nuit
Soleil	Lune
Droit	Sinueux
Été	Hiver
Midi	Minuit
Lumière	Ombre
Plein	Vide
Externe	Interne
Etc.	Etc.

Mais cette classification se révèle limitante et, surtout, elle induit dans notre cerveau la suite que l'on connaît : on classera aussi les genres en bien/mal, Dieu/diable, etc.

Ce sont des mouvements

L'Orient préfère, quant à lui, aborder des aspects invisibles en dépeignant les polarités par leurs qualités énergétiques et symboliques. Le yang est décrit comme une force fécondante, puisque le mâle possède le sperme ; et le féminin, comme une force nourrissante, puisque la femelle nourrit la création. Mais il y a bien d'autres découvertes révélées par cette observation.

Masculin – yang	**Féminin – yin**
Fécondant	Nourrissant
Pénétrant (plein)	Attractif (vide)
Force cosmique involutive	Force tellurique évolutive
Mouvement descendant	Mouvement ascendant
Rotation qui rayonne (centrifuge)	Rotation qui rassemble (centripète)
Blanc (renvoie les rayons du soleil)	Noir (absorbe toute la lumière)
Contrôlant	Soutenant
Donnant	Demandant et recevant

Par cette approche, on observe que les polarités, loin de s'opposer, se complètent et participent à un même jeu. Ainsi, la pénétration du pénis lors de la relation sexuelle s'accompagne, si la femme laisse son corps agir, d'un mouvement aspirant du vagin.

On comprendra aussi pourquoi la femme a toujours été cantonnée au rôle familial du foyer puisque le yin est un mouvement centripète qui rassemble et attire. La femme est au cœur des rassemblements familiaux, ne serait-ce que par les repas qu'elle prépare, même si ce rôle yin est de plus en plus tenu par les hommes en ce moment de bascule des polarités que nous connaissons.

De même, le rôle d'explorateur dévolu aux hommes par le passé, du fait du mouvement rayonnant et pénétrant du yang, est de plus en plus incarné par des femmes qui testent ainsi leur polarité masculine.

Enfin, on voit apparaître une circulation entre les deux polarités, circulation induite par le yin.

Lors d'une relation sexuelle, l'observation de la nature montre trois étapes :

- l'aspect femelle émet une attractivité (les chaleurs de la biche, par exemple). C'est le principe symbolique de DEMANDER ;

– le mâle arrive pour féconder la femelle (le cerf perçoit la demande à des kilomètres de distance). Le masculin satisfait la demande, il féconde, afin de DONNER ;
– les deux principes se marient, créent du nouveau. Le féminin reçoit et nourrit le don, le fait prospérer et grandir. Le masculin informe chaque cellule de sa mission. C'est l'aspect RECEVOIR.

Le mécanisme créateur de la vie

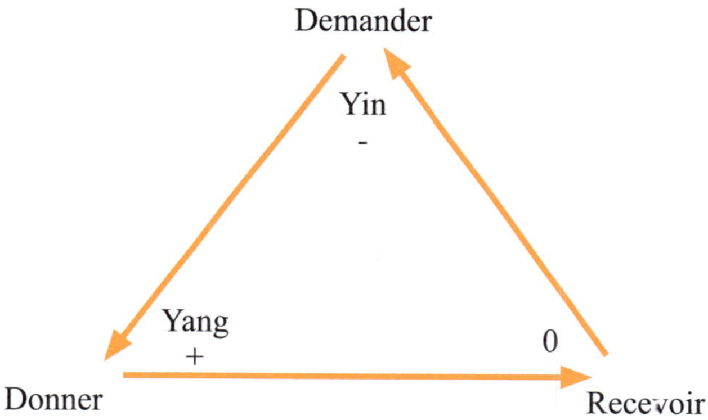

Attention : ce mécanisme fonctionne aussi bien en cercle vertueux qu'en cercle vicieux. Cela explique pourquoi des situations négatives se répètent alors que les personnes concernées voudraient les faire cesser. Tout simplement, ces dernières n'ont pas encore pu conscientiser suffisamment le phénomène. Souvent, il manque la dimension d'enseignement qui permet à la conscience de grandir. Car ce mécanisme, s'il permet de créer des enfants, fonctionne à l'identique pour produire des problématiques ou de l'éveil de conscience.

De la dualité à la trinité

Lorsque nous parlons polarités, nous oublions systématiquement que nous évoquons les forces mêmes qui constituent la Vie, autrement dit « Dieu ». Le concept de Dieu est neutre, et il ne peut pas être polarisé, ou, pour le moins, il rassemble les deux polarités puisqu'il représente le « Tout ». Or nous savons qu'il a été traduit au masculin, alors que toute référence au féminin a été largement gommée lors de la construction de la chrétienté.

Ce n'est pas le cas des traditions non monothéistes. Par exemple, les Amérindiens se réfèrent autant à la notion de père/ciel qu'à la présence de mère/Terre.

Il reste que la vision de l'énergétique chinoise nous donne un aperçu de la trinité qui émerge de l'apparente dualité des polarités. Le symbole du tao montre que le yin et le yang sont mariés intimement, chacun contenant en lui une graine de l'autre polarité.

Le symbole du tao

Pour illustrer cette réalité, on peut prendre l'exemple de la Terre, qui est la représentation classique du yin, et qui contient en son centre un noyau de feu, symbole du yang. À l'opposé, le ciel, qui symbolise le yang, contient des trous noirs, symboles du yin qui absorbe toute la lumière et toute matière passant à sa portée.
Résultat de cette construction ? Un équilibre inexplicable et parfait qui montre que les deux polarités produisent en fait un point neutre, que l'on pourrait d'ailleurs nommer « la voie du juste milieu », chère au taoïsme. Ce phénomène est illustré par la figure de la lemniscate en déplacement – symbole de l'harmonie de la construction de la vie.

Le mouvement de la vie

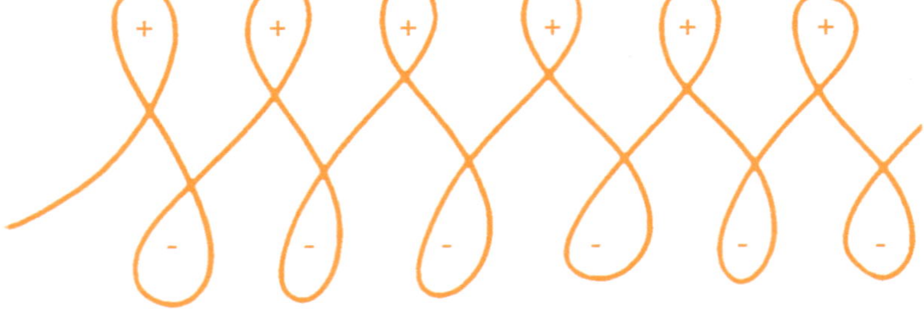

Lorsque cette circulation se bloque dans le corps humain, une maladie et des douleurs apparaissent. À une échelle plus grande, nous appelons « paranormal », ou « pas-normal », le fait que cette harmonie cosmo-tellurique soit rompue. La zone sexuelle et la zone laryngée qui lui est attachée manifestent souvent ce paranormal par des castrations énergétiques en bas, et par un serrement de la gorge accompagné de sensations d'étouffement et de toux sèche en haut. On constate aussi souvent de la zizanie dans les relations avec les autres.

Ce sont des intelligences

Il reste le plus étonnant. Cette combinaison de polarités positive et négative, en perpétuelle dynamique, engendre ce que l'on constate dans l'univers : l'évolution !

La complicité de ces deux mouvements ne peut être dépourvue d'intelligence. Nous sommes obligés d'envisager que cette collaboration soit voulue et pensée. Toutes les traditions parlent de cet « esprit » qui guide la manifestation. Qu'on le nomme « Dieu » ou « Grand Esprit » ne change rien à l'affaire : il y a une intelligence et une conscience derrière tout cela !

C'est probablement une *intention d'éveil de la conscience* qui guide l'univers. Si nous reprenons le schéma de la trinité « demander – donner – recevoir », nous pouvons nous questionner sur l'origine du déclenchement de ce cycle. On sait que les règnes précédant l'humain – minéral, végétal, animal – n'ont guère le choix, car tout semble y être géré par des cycles instinctifs. Mais l'humain, lui, peut choisir et décider.

Lorsque nous faisons des choix plaisants, nous ne nous posons pas cette question. Mais quelle est la partie de l'humain qui déclenche une demande, consciente ou inconsciente, qui va faire se matérialiser des phénomènes peu agréables comme des épreuves ou des maladies ?

Probablement, la partie divine qui nous anime et qui veut se réaliser, partie que l'on nomme « âme » dans les traditions. Si l'on se réfère à la trinité « corps-âme-esprit », nous nous rendons compte que l'humain en est une représentation symbolique.

Trinité	Corps humain
Esprit : tête, cerveau Aspect yang/masculin, la pensée	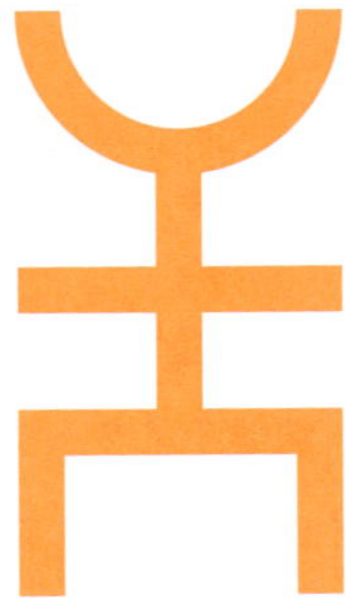
Âme : thorax, cœur et respiration Aspect neutre, le mouvement, l'émotion	
Corps : ventre et jambes Aspect yin/féminin, la matière, l'instinct	

Mais cette vision linéaire du haut vers le bas (force involutive), et du bas vers le haut (force évolutive), cache un autre mode de fonctionnement qui est circulaire, partant du centre, le siège de l'âme, symbolisé par la zone cardiaque.

L'animation du mouvement des polarités

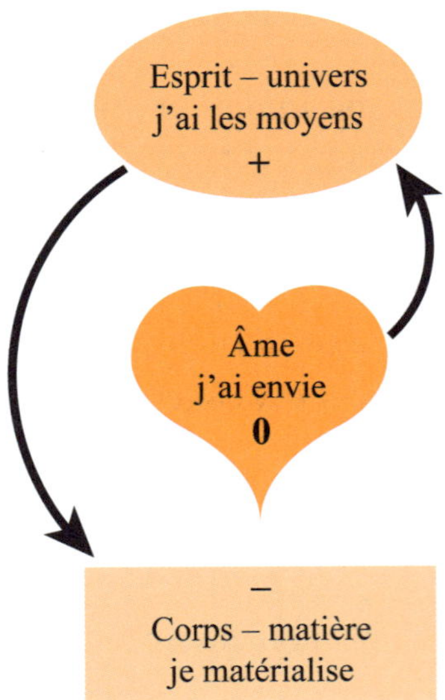

Comment cela fonctionne-t-il ?

– L'Intelligence divine qui nous anime, l'âme, procède par envie. L'envie est une aspiration, c'est aussi un principe de demande qui va créer le mouvement du yang. On peut comparer cette envie à l'inspiration du poumon quand il a besoin d'air. C'est ce même mécanisme qui déclenche un phénomène en physique quantique. La conscience, ou l'observateur, est interreliée à ce qui va se manifester.

- Cette conscience va créer une intention.
- L'intention met en mouvement l'univers. Ce mouvement se polarise : le yang féconde, le yin nourrit. L'appel de l'âme est satisfait par les deux polarités qui, en travaillant de concert, font apparaître les éléments nécessaires.
- Petit à petit, l'intention se matérialise.

Grâce à ce mécanisme, la conscience de l'individu va pouvoir s'éveiller puisque l'invisible (l'envie de l'âme, l'inconscient, la pensée) a pris corps. **Ce processus permet à un individu de constater sa création.** Par la suite, par l'émergence de cette conscience, nous pouvons changer, persévérer ou nous adapter.

À ce niveau, le problème réside dans notre ignorance totale de ces phénomènes. Jusqu'à quel point sommes-nous créateurs, ou acceptons-nous d'être créateurs ? Inversement, n'est-il pas préférable de refuser ce rôle pour rester ainsi une créature victime des circonstances externes, ceci afin d'avoir un statut d'innocence ?

Plus généralement, l'humain manque surtout de foi ! Son esprit est obscurci par les peurs et les culpabilités, qui sont autant d'obstacles au bonheur, puisqu'elles nous poussent à nous punir et à créer des désordres.

Mais cela nous éveille par la négative ! Si nous créons aussi facilement l'enfer ici-bas, certainement aurons-nous un jour la réaction de créer l'harmonie ? Nous l'avons déjà expérimenté par le sursaut de bon sens qui avait suivi la dernière guerre mondiale, avec la création de l'Europe, de systèmes collectifs d'entraide, etc. À l'époque, l'objectif avoué était d'établir la paix et la prospérité entre les peuples de manière durable, en réaction à ce qui venait de se passer.

Lorsque nous observons le fonctionnement des polarités de cette façon, l'Intelligence qui anime tout cela saute aux yeux.

Les trois dimensions fonctionnent de concert pour obtenir *in fine* une évolution favorable de la conscience. Dans quel but ? **Celui de devenir (ou redevenir) créateur conscient.**

L'âme serait-elle au cœur de ces mécanismes ? Il est important d'évoquer cette hypothèse, car nous en aurons besoin ultérieurement pour comprendre comment transmuter l'énergie sexuelle.

Sexe, pouvoir, argent

Venons-en maintenant à la symbolique de nos trois domaines précités, et voyons comment ils se rassemblent pour n'en former qu'un.

Sexe et argent

La sexualité procède avant tout d'une circulation induite par un mécanisme automatique, comme on peut l'observer chez les animaux et les plantes. Chez l'humain, s'il existe aussi des cycles naturels, nous percevons néanmoins que certaines de nos créations pourraient avoir pour origine notre âme, celle-ci désirant atteindre, par ce mécanisme, un éveil de la conscience. L'âme désire ardemment évoluer, comme tout le reste de la création.

Cette circulation énergétique procède d'un échange donner/recevoir, le principe mâle venant féconder un principe féminin attractif et nourrissant.

Or l'argent sert justement à comptabiliser facilement les échanges entre les humains. Toute relation commerciale procède, elle aussi, par un échange donner/recevoir. Un commerçant veut satisfaire un besoin de sa clientèle, cette dernière ayant manifesté au préalable son intérêt. La monnaie sert à quantifier cet échange d'énergie yang et yin. Avant l'apparition des monnaies, il se gérait par des systèmes de comptes, le collectif étant, à l'époque, beaucoup plus soudé qu'il ne l'est aujourd'hui. Lorsqu'on avait été aidé, on aidait à son tour. Ce système reposait plus sur la dette que sur le troc, contrairement aux hypothèses souvent émises[4]

4. David Graeber, *Dette : 5 000 ans d'histoire*, Les Liens qui libèrent, 2013.

en économie. L'argent n'est devenu un moyen facile pour marquer les échanges que récemment dans l'histoire de l'humanité, car, avant la création des billets, il était réservé à l'usage des puissants qui, seuls, avaient le pouvoir de battre monnaie.

Dans les échanges entre couples, on retrouve en français des expressions symboliques familières qui illustrent cette circulation énergétique. On dit couramment que l'homme « a les bourses bien pleines », et que la femme « le fait cracher au bassinet ». On ne saurait mieux illustrer la circulation du liquide séminal entre les testicules et le vagin. Or on parle bien d'argent !

Nous pouvons aussi noter que l'homme a toujours mis son argent dans un récipient ressemblant à ses bourses (portefeuille, maintenant que l'on a des billets), alors que la femme le met dans un sac à main (ou dans un bas de laine), miroir de son récipient interne.

Les similitudes ne s'arrêtent pas là, et le monde des affaires et de l'économie regorge de clichés à connotations sexuelles.

– On appelle « bourses » les lieux d'échange de l'argent.
– On met notre argent dans le coffre des banques – symbole d'un ventre féminin protecteur (il est d'ailleurs de plus en plus difficile de le récupérer).
– Les démarcheurs et autres vendeurs à domicile sont comparables à des yang conquérants, assiégeant des citadelles féminines (le machisme des commerciaux de terrain est connu).
– Inversement, les magasins rivalisent d'astuces yin/féminines pour attirer le badaud (parfum émis à l'extérieur, lumières attirantes, portes grandes ouvertes sur la rue, jeunes et jolies vendeuses au service des visiteurs, etc.).
– Le sexe entretient un lien étroit avec le commerce. Il constitue à la fois le « moyen de la vente », car il est utilisé la plupart du temps comme argument marketing avec des allusions sexuelles permanentes, et à la fois « l'objet de la vente », car, de même que l'on vend du rêve, on vend de l'amour et du sexe.

Dans une boîte de nuit, un couple se forme. L'homme et la femme dansent ensemble, puis vont au bar prendre une boisson. Finalement, l'homme invite la femme à partir en voiture. Il fait

quelques kilomètres et se gare dans un sous-bois tranquille. Il commence à se déshabiller, et la femme lui dit alors :
– Je ne t'ai pas dit, mais je suis une call-girl. Je me fais payer ! C'est 100 euros.
L'homme se réajuste et lui demande de descendre du véhicule. Elle proteste :
— Tu ne vas pas me laisser ici dans ce bois ?
— Non, mais je ne t'ai pas dit. Je suis chauffeur de taxi et le déplacement fait 100 euros !

L'argent n'est donc rien de plus que la matérialisation symbolique de la circulation de l'énergie vitale entre le principe masculin et le principe féminin. Cet échange d'énergie étant la base même de la vie, il est normal que l'argent ait, petit à petit, envahi toutes les sphères de l'économie, de la politique, du sport, des arts et de la culture, etc.

Par ailleurs, on comprend mieux pourquoi l'argent a autant focalisé la culpabilité. Il ne s'agit que du miroir de la sexualité, et l'on y retrouvera les mêmes pathologies et les mêmes peurs.

Mais il ne faut pas confondre richesse matérielle et richesse spirituelle…

Sexe et pouvoir

Le mot « pouvoir » est maintenant fortement connoté négativement. Or, tout comme le mot « puissance », il évoque, à l'origine, la capacité à réaliser quelque chose. À l'inverse, la personne qui n'a pas cette capacité est une incapable ou une impuissante. En symbolique, cela désigne les enfants, les mineurs, car sont réputés impuissants les petits, les immatures.

On voit bien qu'il se cache derrière ces mots la période de la puberté, où la sexualité donne aux enfants le statut d'adulte. **Quelqu'un de puissant est quelqu'un de sexué.**

Avec la mondialisation, la télévision, Internet, tout est accessible tout le temps par tous, et notamment par les enfants. Ils comprennent très vite que, s'ils veulent s'en sortir dans la vie, il leur faudra être performants. C'est le modèle de pensée qui domine, véhiculé par Hollywood et les États-Unis. La sexualité est liée à cette éducation de masse. Pour les garçons, il faudra, comme dans les films, avoir « la plus grosse », « durer le plus longtemps », et « coucher avec le plus de femmes possible ». Dans la sexualité comme dans le reste de la société, on baisse le niveau de qualité au profit de la quantité. À la suite de quoi, les femmes se conforment à cette représentation en demandant aux hommes d'assurer leur rôle de mâles dominants. Mais, lorsqu'on attribue à l'homme l'étiquette de la puissance, sa pire crainte se construit, celle de devenir impuissant !

Trois disciples parlent du pouvoir extraordinaire de leur maître. Le premier dit :
— Mon maître, il est tellement puissant qu'il peut marcher sur l'eau.
— Le mien est capable de voler dans les airs, surenchérit le deuxième !
— Moi, mon maître, quand il mange, il mange ; quand il boit, il boit ; et quand il dort, il dort, affirme tranquillement le troisième.

En fait, le plus puissant est celui qui est présent entièrement en conscience. Le reste n'est que magie. **Là aussi, il ne faut pas confondre puissance matérielle et puissance spirituelle !**

Mais, quand on a l'illusion de la puissance, il est tentant de s'en servir. Chacun aura remarqué que les puissants de ce monde abusent de leur position sociale, aussi bien sexuellement que politiquement. Le machisme de nos institutions n'aura échappé à personne, ni les astuces des femmes pour détourner à leur profit ce prétendu pouvoir mâle.

Là encore, le pouvoir – qu'il soit utilisé en yang dominant ou en yin manipulateur – représente bien la même symbolique que celle rencontrée dans la relation sexuelle.

Derrière les enjeux de pouvoir se cachent les enjeux dominant/dominé. Comment garder le pouvoir sur l'autre afin d'en tirer profit ? Comment être apparemment soumis et voler de l'énergie à celui qui se prend pour un prédateur ? Le monde tourne autour de cette problématique depuis fort longtemps !

Le fonctionnement même de nos sociétés, rappelons-le, repose sur une structure pyramidale issue du modèle romain. Cela a donné naissance à toutes les structures politiques, économiques, religieuses, militaires. La tendance actuelle est d'ailleurs à la remise en cause de ce fonctionnement, car on voit bien qu'il est à bout de souffle, incapable de s'adapter au nouveau, et créateur de nombreux désordres en interne comme en externe. Surtout, et contrairement aux apparences, on se rend compte que **le principe de vie ne repose aucunement sur cette vision caricaturale dominant/dominé, mais plutôt sur un mode collaboratif**, comme pour la relation sexuelle.

Trois formes d'instincts

Nous avons dit que chacun pouvait être concerné par l'un des trois domaines (sexe, argent, pouvoir). Pourquoi ? Parce que ces trois aspects sont issus d'une même réalité : la puissance sexuelle qui est à l'origine de la création. Le « Un » se décline en une trinité, comme le décrivent les traditions.

Par une autre approche, la figure de l'ennéagramme[5] l'illustre par trois formes d'instincts, appelés encore « sous-types ». Il s'agit, en fait, de trois focalisations inconscientes qui nous obligent à percevoir le monde à travers un prisme plutôt qu'un autre. Cette vision limitée pourrait prendre sa source dans une peur rencontrée lorsque nous étions bébés, ou bien même auparavant, dans un schéma que l'âme aurait décidé d'expérimenter pour le dépasser. Il faut surtout retenir que ces peurs sont terrifiantes, car, dans notre construction inconsciente, les rencontrer équivaut à mourir.

5. Ennéagramme : figure à 9 points qui décrit 9 types de personnalités. Cet outil de connaissance de soi est issu de la tradition grecque, puis est venu jusqu'à nous par le soufisme. On y découvre notamment que trois sous-types concernent tout le monde. Consulter *Les 9 Plaies de l'âme. L'ennéagramme : de la souffrance à l'abondance*, éd. Trajectoire.

Il n'est donc pas étonnant que chaque humain soit concerné par l'un de ces trois instincts, ce qui explique l'universalité de l'outil (l'ennéagramme semble vrai quelles que soient les époques et les cultures).

> **ARGENT**
> Le sous-type de la survie. On l'appelle aussi « alimentaire », car la problématique centrale de l'individu est orientée vers la peur de ne pas être alimenté. Or, comme l'argent sert avant tout à acheter de la nourriture, les personnes qui sont soumises à cette forme d'instinct vont rencontrer beaucoup de pathologies dans ce domaine.

Comment le repérer ? Justement au fait que, toute sa vie, l'individu est confronté à des problématiques « alimentaire-argent ». Cela peut se matérialiser par des maladies concernant la nourriture (anorexie, boulimie, problèmes de poids, intolérances alimentaires, diabète, cholestérol, maladies du foie, de la rate, du pancréas, de l'estomac, du tube digestif, etc.), ou par des pathologies concernant l'argent (manque d'argent, difficulté à joindre les deux bouts, travail non rémunérateur, ou alors trop d'argent, stockage démesuré, obsession sur ce domaine, etc.).

Symboliquement, les personnes concernées sont mariées avec la matière, donc avec l'avoir.

Elles ont un problème avec la Source en tant que Big-Bang. Celle-ci va-t-elle me nourrir ? Va-t-elle me suffire ? Il y a la peur inconsciente de ne plus être alimenté par la Source. La vie se réduit à son aspect matériel, et il faut que cela dure le plus possible. Par exemple, on verra symboliquement des personnes âgées qui « s'empiffrent », qui thésaurisent et ne dépensent plus. Elles ne voient que l'aspect visible de l'énergie, et pas l'aspect invisible et renouvelable.

On retrouve, dans ce domaine, deux grands symboles :

- **L'anorexie.** « Je me suffis à moi-même, je n'ai pas besoin de la source. » En symbolique, cela ressemble au message de l'homosexualité, qui affirme ne pas avoir besoin de complément polarisé. On retrouve aussi ce miroir symbolique chez les personnes qui veulent obtenir une forme d'autarcie financière et alimentaire, comme fabriquer une maison autonome, vivre dans une communauté fermée sur elle-même, etc.

- **La boulimie.** « Il faut que je me remplisse pour exister, car ça va manquer et s'arrêter. » Il faut remplir le corps, sans entendre l'être, l'âme. La raison d'être du corps est oubliée au profit d'un gavage rassurant. Dans la société, on retrouve cette symbolique dans la recherche de croissance infinie et le désir insatiable de consommation.

On peut aussi décliner cette symbolique anorexie/boulimie en symbolique yin/yang.

- Si les personnes sont yang, elles dépensent, gaspillent, consomment à outrance. La matière, considérée comme yin, est une chose dont on peut abuser et que l'on exploite. En sexualité, ce sont souvent des comportements de prédateurs – homme comme femme – qui veulent obtenir rapidement de quoi se satisfaire.
- Si les personnes sont yin, elles accumulent et thésaurisent. Elles font de la rétention. La source est considérée comme yang, et les gens font des stocks pour survivre. Dans la sexualité, on retrouve ces miroirs symboliques chez l'homme qui pratique la rétention de l'éjaculation ; et chez la femme, qui veut au contraire que l'homme éjacule. On veut soit conserver le stock d'énergie, soit le prendre à l'autre ! Ces gens finissent par être possédés par leurs possessions.

Deux nonnes font du stop pour rentrer au monastère. Une superbe voiture décapotable s'arrête à leur hauteur. Une très belle blonde les invite à monter. La voiture démarre. Les deux nonnes commencent à s'extasier :
— Quelle robe magnifique !
— Oh, ça ? Juste une soirée avec un garçon : il me l'a offerte le lendemain !
Les deux nonnes échangent un regard. Elles poursuivent :
— Et ce manteau ? On dirait du vison ?
— Ah oui, c'est du vison. En fait, j'ai passé un week-end avec mon chéri, et il me l'a acheté !
Les deux nonnes sont stupéfaites.

— Et la voiture ?
— J'ai pris une semaine de vacances avec mon patron. Il me l'a achetée pour me remercier !
Une des nonnes se tourne vers l'autre :
— Tu n'as pas l'impression qu'on se fait avoir avec le curé et ses paquets de bonbons ?

Les personnes qui se repèrent dans cette catégorie devront aborder ce livre en traduisant les symboles sexuels dans le domaine de l'argent. Par exemple, quelqu'un qui thésaurise relève du même symbole que la personne qui pratique exagérément la rétention de l'éjaculation, ou qui cherche à prendre l'énergie de son/sa partenaire.

POUVOIR

Le sous-type social. On l'appelle « social », car la problématique centrale de l'individu est orientée vers la peur de ne pas être accepté dans le groupe ou d'être rejeté de la vie sociale. Par conséquent, les personnes qui sont soumises à cette forme d'instinct vont rencontrer beaucoup de pathologies dans leurs relations avec les groupes.

On retrouve ici presque tous les individus qui ont des mandats électifs (vie politique), ceux qui participent activement à des structures collectives (syndicats, entreprises, religions, associations, organisations, etc.). Ils recherchent, dans ces structures, à combler le manque dont ils sont hantés.

Symboliquement, ils sont mariés avec une image, un statut, du virtuel. D'ailleurs, le monde des médias marche main dans la main avec le monde politique, comme le raconte très bien cette blague animalière.

Un singe se promène dans la savane lorsqu'il voit le lion – le roi des animaux – en train de boire au point d'eau. À la vue de ce petit derrière blanc, le sang du singe ne fait qu'un tour. Il sait qu'il va faire une bêtise, mais tant pis : il se précipite derrière le lion, et lui fait son affaire !

Le lion se retourne en rugissant. Le singe s'enfuit à toute vitesse, poursuivi par le lion en furie. Le singe rentre dans une case. Le lion s'y engouffre en hurlant :
– Avez-vous vu un singe passer par ici ?
Le singe s'est assis sur une chaise et il est camouflé derrière un journal qu'il fait semblant de lire.
– Le singe qui vient de se taper le lion au point d'eau, demande-t-il ?
– Quoi ! Et c'est déjà marqué dans le journal, dit le lion en s'effondrant !

Le statut social repose sur une image qui a besoin d'être vue...

- Si les individus sont yang, le social se polarise en yin (par exemple, le président veut féconder son peuple). Ils ont une boulimie de pouvoir, qui repose sur la vision que le yang fait tout et décide de tout (le président omniprésent, omnipotent). En réalité, il n'y a pas d'écoute du yin et de ses besoins, donc pas de vrai mariage. Le yin n'est pas entendu et devient insatisfait, comme une femme délaissée par son mari. Mais le yin (le collectif), lui-même, ne sait pas forcément ce qui le satisferait ! Veut-il une considération ? Les attentes sont multiples et pas forcément cohérentes. C'est pour cela que les problématiques de pouvoir persistent quelles que soient les personnes qui dirigent.

En fait, les gens (le peuple) veulent pouvoir se conduire librement et ne plus devoir obéir à un mental menteur culpabilisant (le gouvernant symbolise le rôle du mental).

- S'ils sont yin, le social fait le yang. Alors, les individus jouent le féminin qui attend que le masculin les féconde. Ils participent, profitent du système, se plaignent. Ils sont en manque perpétuel et ne savent pas comment être satisfaits. Les Français sont d'ailleurs réputés être de perpétuels insatisfaits dans de nombreux domaines !
- Le cas des indépendantistes. Un peu partout, la tendance est à l'autonomisme, en revendiquant le fait de pouvoir se passer des autres, du complément. Souvent, les régions riches veulent se

passer des régions pauvres ! Symboliquement, ces gens veulent fonctionner sans la polarité opposée, un peu à l'image de l'homosexualité qui ne veut fonctionner qu'avec une seule polarité.

Par conséquent, c'est dans le domaine social que ces personnes vont rencontrer leurs problématiques, essentiellement par les enjeux de pouvoir décrits par la dynamique des groupes[6] : jeu de leadership affiché ou caché, position valorisante et existentielle ou, à l'inverse, position asociale, bouc émissaire, exclusion des groupes. Au niveau du corps, ce sera la zone cardiaque, symbole du lien aux autres, qui sera souvent touchée, ainsi que d'autres zones spécifiques comme la prostate chez l'homme, symbole de sa puissance.

L'enjeu se trouve donc ici dans la relation au collectif, alors que la relation sexuelle est le domaine de la relation interpersonnelle. Mais nous y retrouverons la même symbolique qu'il suffira de transposer.

Deux Belges discutent autour d'un café.
— Moi, les patrons, ils m'énervent. Ce sont des radins qui ne partagent rien. Il n'y en a que pour leur pomme !
Le deuxième tente d'atténuer ces propos :
— Tu sais, ils ne sont pas tous comme ça. Il y en a qui viennent te saluer le matin. Certains prennent le café en même temps que leurs salariés. Ils discutent avec eux. Il y en a même qui peuvent t'inviter au restaurant, ou même te convier à venir chez eux, le week-end, pour passer un moment ensemble.
— Alors là ! Je n'ai encore jamais vu une chose pareille, s'exclame l'autre !
— Mais si, je te dis : c'est arrivé à ma sœur !

6. Dynamique des groupes : Kurt Lewin, psychologue allemand, explique que dans un groupe qui partage un objectif commun, les membres vont jouer des rôles, se soumettre à des normes, etc. La force du groupe réside dans ce système d'interdépendance qui peut finalement se révéler autant positif que négatif. En fait, le groupe fonctionne comme une entité autonome, et la volonté de chaque individu en est influencée plus ou moins consciemment.

SEXE

Le sous-type sexuel. On l'appelle aussi *one-to-one*, car la problématique centrale de l'individu est orientée vers la peur de ne pas être en relation interpersonnelle.

Comme la meilleure relation interpersonnelle est la relation sexuelle, on trouvera chez ces personnes beaucoup de difficultés liées aux organes génitaux (douleurs, envahissements visibles et invisibles, absence d'orgasme, maladie sexuelle, fragilité de la zone du bassin, etc.), ainsi que des problématiques psycho-émotionnelles de couple (divorces, séparations, couples qui ne tiennent pas, impossibilité de trouver un partenaire, etc.). **L'individu sous-type sexuel est en association avec un partenaire qui joue le complément.** Par conséquent, on peut vivre le symbole du couple avec un ou une amie, avec un enfant (parent célibataire), avec un animal domestique, avec une addiction, etc.

C'est un homme qui rencontre, dans la rue, un de ses meilleurs amis d'enfance.
– Ça alors, Philippe ! Depuis vingt ans qu'on ne s'est pas vus ! Comment vas-tu ?
Philippe a les traits tirés, il semble déprimé.
– Bof, pas fort, j'en ai marre de cette vie. Je songe au suicide !
L'homme joue immédiatement les sauveurs :
– Oh là là ! Effectivement, je ne te reconnais plus ! Viens, on va se boire une bière, comme au bon vieux temps !
– Bof, tu sais, boire, toujours boire... Non, je n'ai pas envie.
L'homme insiste, en regardant sa montre :
– Allez, c'est l'heure de manger, viens, je t'offre le restaurant !
– Oh, manger, toujours manger. J'en ai marre !
L'homme est pris d'une idée soudaine.
– J'ai un meilleur plan : je l'invite à la maison ! Tu ne connais pas ma femme, je vais te la présenter !
– Oh tu sais, baiser, toujours baiser...

- Si la personne est yang, l'autre est polarisé yin. Elle veut féconder l'autre, le diriger, le forcer, avoir raison. Elle peut utiliser le jeu du dominant dans la relation pour asseoir son pouvoir.
- Si elle est yin, l'autre est polarisé yang. La personne cherche alors à manipuler, à obtenir de l'énergie par des stratégies de dominé, de plainte, de culpabilisation.

Ces polarités ne sont pas forcément en lien avec la réalité biologique, bien au contraire : un homme peut jouer des stratégies yin ; et des femmes, prendre des rôles masculins fécondants. C'est d'ailleurs de plus en plus courant !

Pour les personnes de ce sous-type, les exercices sexuels proposés plus loin sont parfaitement adaptés, car ils vont déloger les mécanismes de peurs, culpabilités et croyances qui activent les problématiques.

D'une manière globale, on remarquera que ces trois instincts se matérialisent de manière similaire dans les trois domaines, puis évoluent avec le temps et la conscience.

- Dans un premier temps, la solution de ces trois instincts semble être le divorce (de l'autre, du social, de la source vitale). Mais, en faisant cela, l'individu se retrouve seul (sans l'autre, sans le groupe ou sans argent). Pourtant, il survit ! Symboliquement, s'il comprend le message, cela le renvoie au fait qu'il est UN et n'a pas besoin de l'autre.
- Dans un deuxième temps, en évoluant, l'individu connaît le vrai mariage à l'intérieur. Il peut explorer ses polarités et le complément véritable, sans ego existentiel, en coopération, au lieu de mettre en place un système dominant/dominé. Là, il peut construire une vie stable dans le couple (sous-type sexuel), en lien avec le groupe (sous-type social), et avec suffisamment d'argent (sous-type alimentaire).

Ces trois instincts étant les pierres de fondation d'un individu (se nourrir, se reproduire, être en lien social), nous les retrouvons avec des termes similaires dans la pyramide des besoins de Maslow.

Pyramide des besoins – Maslow

Réalisée dans les années 1940 par le psychologue Abraham Maslow, cette représentation pyramidale des besoins humains met en évidence que les besoins physiologiques priment pour un individu (le sexe, notamment). Ils sont suivis de besoins de sécurité (l'argent) et des besoins d'appartenance à un groupe (le social). Maslow décrit, pour finir, les besoins d'estime et d'accomplissement, qui ne sont plus du domaine instinctif (les animaux ne semblent pas avoir ce type de besoins). Ce sont des besoins propres à l'âme humaine. On retrouve, par conséquent, la même trinité sexe-pouvoir-argent à la base de la pyramide de Maslow.

Il est important d'avoir ces notions en tête avant d'entreprendre une démarche personnelle, car ces instincts vont forcément teinter les représentations que l'on se fait de la vie.

Concrètement, cela signifie qu'un individu utilise trois façons de mobiliser l'énergie vitale sexuelle dont il dispose dans son corps véhicule :

- soit il la transforme en argent, puis en nourriture, afin de s'alimenter et de n'avoir jamais de manque dans ce domaine. Mais certains le vivront en anorexie ou en pénurie d'argent ;
- soit il la transforme en instrument de pouvoir pour obtenir une alimentation venant des groupes qu'il fréquente. Il peut utiliser cette énergie en yang (prise de pouvoir directe) ou en yin (prise de pouvoir souterraine). Là aussi, certains le vivront en excès, d'autres en manque ;
- soit il la transforme en instrument de satisfaction dans sa relation interpersonnelle. L'énergie sexuelle est alors souvent utilisée pour la conquête de l'autre (en yang comme en yin).

On retrouvera le jeu des polarités avec des formes d'excès (trop de tout) ou des formes de manque (abstinence, isolement).

Lorsque ces trois besoins fondamentaux sont satisfaits, alors seulement l'humain peut répondre aux besoins de son âme, et se réaliser dans les étages supérieurs de la pyramide de Maslow (besoin d'estime et d'accomplissement personnel).

Nous verrons, plus loin, que la transmutation de l'énergie sexuelle est l'une des clefs pour y parvenir !

Il existe évidemment un lien symbolique entre ces trois formes d'instinct et les trois niveaux d'expression de l'humain.

Expression	Humain	Trois instincts
Tête : expression intellectuelle. ARGENT La sécurité alimentaire ≠ l'insécurité, la survie.		Le mental est le roi du calcul. C'est lui qui sous-tend cette forme d'instinct, par l'aspect réflexif du cortex. La personne calcule comment en avoir toujours plus, comment ne pas manquer (boulimie) ou, à l'inverse, comment vivre sans nourriture et sans argent (anorexie).
Thorax : expression affective. POUVOIR L'appartenance au groupe ≠ le rejet.		L'affectif représente aussi le lien social. C'est le limbique qui gère ce type de relationnel. La personne calcule son alimentation affective (reconnaissance, statut social) pour en avoir toujours plus (être vue positivement, être sûre de sa valeur) ou, à l'inverse, pour obtenir une image dégradée (être rejetée et bannie des groupes, avoir la honte).
Ventre et jambes : expression physique. SEXE la relation interpersonnelle ≠ l'isolement.		Le bassin représente l'énergie vitale de survie et de reproduction. C'est l'instinct du reptilien qui nous habite. La personne veut obtenir un pouvoir sexuel sur l'autre, le partenaire, l'ami (sensation satisfaite quand l'autre lui appartient) ou, à l'inverse, elle se retrouve isolée (célibat, abstinence, sans pouvoir personnel).

Chacun possède donc les trois formes d'instinct, mais chacun en a privilégié un dans son mode de fonctionnement personnel. Comme souligné auparavant, ce domaine est facile à découvrir, car c'est ici que l'on concentre le plus de problèmes dans sa vie.

- Survie : problèmes récurrents avec l'argent et la nourriture (recherche/manque).
- Social : problèmes réguliers avec les groupes (appartenance/rejet).
- Sexuel : problèmes habituels de vie de couple (construction/destruction).

Suivant son mode opératoire personnel, nous conseillons de décliner les exercices du livre dans son domaine de prédilection, afin que cela soit plus efficace. Il n'empêche que l'humain possédant les trois registres, chacun peut appliquer les exercices là où il l'entend ! Mais la porte d'accès de la zone sexuelle peut aider à guérir les autres.

Car l'une des règles en matière de travail sur soi est que plus on pratique, plus on s'enrichit.

Trois cadavres

Les taoïstes décrivent trois formes d'énergies mortifères[7] qui occupent chacune l'un des trois centres principaux de l'humain (Dan-Tian). Comme il s'agit encore d'une trinité qui se rapporte à la trinité occidentale « corps-âme-esprit », il est tentant de les évoquer ici, car cela va éclairer le thème « sexe-pouvoir-argent » d'un autre regard.

Ces trois « vers » sont ***le cadavre sanglant*** dans le ventre, ***la demoiselle blanche*** dans le thorax, et ***le vieux bleu*** dans la tête. Pour cette tradition chinoise, la vie porte en elle le germe de la mort. Les trois cadavres sont comme des entités dont la fonction naturelle est d'entraîner l'humain vers la mort. Contrairement à la pensée occidentale, le mal n'est pas extérieur (le diable et les forces de la tentation), mais il est situé en germe à l'intérieur de

---

7. Les trois cadavres du taoïsme : pour plus de détail et faire le lien avec chaque ennéatype, consulter *Les 9 Plaies de l'âme*, éd. Trajectoire, 2019.

chaque être humain. De plus, d'après le taoïsme, ces trois vers possèdent une volonté propre et délibérée de tuer leur hôte afin de se libérer de la prison du corps.

Comme ces trois formes sont centrées dans les trois parties principales de l'être humain (physique, émotionnel, mental), voyons quels sont les points communs avec « sexe-pouvoir-argent ».

- **Le cadavre sanglant**

Il représente la pulsion sexuelle et la pulsion de survie. Il est logé dans le bassin, les reins, le sacrum, le ventre et la zone sexuelle. Le cadavre sanglant représente les aspects négatifs et exagérés de cette force instinctive. Les abus de violence et de sexe seront abordés un peu plus loin, car ils méritent qu'on les regarde d'un autre œil. Mais on peut, d'ores et déjà, noter que les animaux ne connaissent pas ces dérives. Pourquoi l'humain est-il soumis à cette « tentation » ? La réponse est évidente : **le cadavre sanglant nous entraîne vers la bestialité, et il nous empêche de spiritualiser la sexualité !**

- **La demoiselle blanche**

Elle se fait passer pour le bien, d'où son nom. Elle est logée dans le thorax, cherchant à désorienter l'humain dans ses choix entre « bien » et « mal ». En Occident, la tentation de faire le bien est plutôt valorisée, car la demoiselle blanche n'a été que rarement observée, même si un dicton note justement que « l'enfer est pavé de bonnes intentions » et que chacun aura remarqué que « faire le bien » arrive souvent à l'effet inverse de celui affiché au départ. **La demoiselle blanche prend le pouvoir sur notre âme et l'empêche de se réaliser**, faisant passer la prétendue réalisation des autres en premier (jusqu'au sacrifice qui innocente, issu des traditions judéo-chrétiennes).

- **Le vieux bleu**

Il est logé dans la tête, cherchant à détourner les pensées et voilant nos perceptions. Par exemple, il fait croire que la connaissance (le savoir) signe l'évolution et l'intelligence.

Ou alors, il sclérose l'esprit en enfermant la personne dans des croyances limitées. On peut d'ailleurs le rapprocher des mots « mental » et « ego ». C'est le petit « je » qui croit exister et qui se prend pour « dieu ». **Le vieux bleu nous pousse à posséder, à retenir, à fermer toute circulation, ou bien il voile nos perceptions, nous faisant croire que la richesse spirituelle réside dans le savoir intellectuel ou le porte-feuille.** Il est au cœur de la notion de propriété individuelle (« c'est à moi »), du mythe qui fait croire que l'on existe parce que l'on est riche, que l'on pense, que l'on a un statut ou un diplôme. Il utilise la propagande, le bourrage de crâne, la dictature mentale de la pensée prête à être consommée. Lorsqu'il n'est pas content, il boude et se ferme.
Pour alimenter l'énergie mentale, le vieux bleu va puiser dans l'énergie sexuelle par la colonne vertébrale ; et, en miroir, l'argent devient indispensable pour cela.
Le vieux bleu et le cadavre sanglant marchent donc souvent de concert !

De plus, cette trinité se rapproche aussi des trois poisons de notre cerveau, à savoir les peurs, les culpabilités, les croyances.

- **Les peurs**

Le mental est un menteur, et il est envahi par les peurs. C'est cela qui nous oblige à nous prémunir, à anticiper, à suspecter. Mais derrière toutes ces peurs se cache une peur fondamentale, celle de la mort. Les peurs de l'ego tentent de masquer une réalité : la disparition du corps. Or cette peur viscérale est logée dans le ventre et le mécanisme de survie. Le cadavre sanglant se cache derrière nos peurs mentales. C'est lui qui va s'activer en cas de danger de mort.

Un roi, qui avait beaucoup de guerres à mener, alla voir un sage réputé de son pays afin de lui demander une protection pour ses conquêtes. Ce dernier écrivit quelques mots sur un papier et les enferma dans une petite boîte en disant :
« Porte ce talisman autour de ton cou, et ne l'ouvre qu'en

dernier recours pour lire ce qui est écrit ! »
Ainsi fut fait, et le roi se mit à gagner toutes ses guerres. Mais, un jour, le vent tourna, et son armée fut mise en déroute. Le roi, pourchassé par ses ennemis, se retrouva face à un ravin. Il sauta dans le vide et s'accrocha à une branche. Des archers bandaient leurs arcs pour le tuer. Fébrilement, il prit son talisman, l'ouvrit et lu le papier. Il était écrit :
« Même cela passera aussi ! »

• Les culpabilités

L'action de la culpabilité est censée nous aider à faire les bons choix, et à ne pas faire le mal. Mais il existe de nombreuses culpabilités mentales infondées dont on ne peut se débarrasser et qui obligent les personnes à agir d'une certaine façon, par exemple en se sacrifiant. La demoiselle blanche agit toujours en sourdine derrière ces mécanismes, sabotant les vraies envies de l'âme au profit de « il faut » ou « on doit » aux intentions douteuses.

La maîtresse demande à ses élèves de faire une bonne action pendant le week-end. Le lundi, la classe est fébrile. Toto lève la main :
— Maîtresse, moi, j'ai fait une bonne action !
— Ah oui, et laquelle ?
— J'ai aidé une vieille dame à traverser sur le passage piéton.
— Bravo, Toto, c'est très bien !
Pierre lève aussitôt sa main.
— Et toi, Pierre ? demande la maîtresse.
— J'ai aidé Toto à faire traverser la vieille dame.
La maîtresse est gênée.
— Ah bon. Oui, on peut dire que c'est aussi une bonne action… Maintenant, toute la classe lève la main !
— Et vous tous ?
— On aidait Toto à faire traverser la vieille dame !
— Pourquoi étiez-vous si nombreux pour aider Toto ?
— Vous savez, maîtresse, ce n'était pas facile : elle ne voulait pas traverser !

- **Les croyances**
  Le mental est insécurisé par l'inconnu. Or l'esprit/yang ne cesse de créer du nouveau. Les croyances vont venir s'interposer dans ce mécanisme pour enfermer l'univers dans un monde plus rassurant, plus « scientifique ». Le vieux bleu utilise ce mécanisme pour s'installer et se nourrir. Il sclérose le cerveau par des certitudes et des dogmes qui, *in fine*, créent un monde mortifère, répétitif de schémas anciens et dépassés.

La mère de famille prend le poisson, lui coupe la tête et la queue et le met dans la poêle pour le cuire. Sa petite fille, qui observait tout, demande à sa mère :
— Pourquoi coupes-tu la tête et la queue du poisson ?
— Parce que c'est comme ça qu'il faut faire : c'est une recette de ma mère.
Aussitôt, la petite fille court voir la grand-mère.
— Pourquoi faut-il couper la tête et la queue du poisson afin de le faire cuire ?
— Ma mère faisait toujours cela, et je fais la même recette. Elle est très bonne !
La fille va voir l'arrière-grand-mère, assise dans son fauteuil au soleil :
— Dis, Mémé, pourquoi tu coupais la tête et la queue des poissons dans ta recette ?
— Ce n'est pas une recette. C'est parce qu'à l'époque je n'avais pas de poêle assez grande !

Par conséquent, nous voyons apparaître un lien symbolique cohérent entre les trois niveaux (corps-âme-esprit), les trois instincts (sexuel-social-survie), les trois cadavres (cadavre sanglant-demoiselle blanche-vieux bleu), les trois poisons du mental (peur-culpabilité-croyance) et la trinité « sexe-pouvoir-argent ».

Nous pouvons facilement l'illustrer par des miroirs collectifs déformants.

Expression	Trois cadavres
Tête : expression intellectuelle. ARGENT Mode d’action privilégié : LA CROYANCE. Exemple : il va de soi qu’il faut de l’argent pour réaliser un projet. Donc, il faut « avoir » avant d’« être ». • L’Être passe au second plan, ou il est carrément oublié.	**Le vieux bleu** Il a besoin de l’argent et de l’énergie sexuelle pour alimenter son avidité sans fin. Le miroir d’Internet est éloquent : le réseau connaît une croissance de glouton qui dévore les ressources énergétiques de la planète pour créer... du virtuel ! Les mastodontes du secteur pèsent des milliards alors qu’ils ne brassent que du vent. La société est « normalisée », plus rien de nouveau ne peut être entrepris. Tout est bloqué, rigidifié, ou dévié de sa fonction vitale. C’est l’argent roi qui dirige selon ses propres valeurs, imposant ses critères.
Thorax : expression affective. POUVOIR Mode d’action privilégié : LA CULPABILITÉ. Exemple : il va de soi qu’il faut aider les autres à aller vers le bien. Donc, il faut les empêcher de faire des erreurs. • L’expérience est interdite, car elle n’est plus utile pour évoluer !	**La demoiselle blanche** Elle se pose en juge du bien et du mal, et tire profit de cette position pour exercer son pouvoir personnel. Le miroir actuel réside dans la « bien-pensance » dictée par les médias, les philosophies, la politique, etc. Les individus n’ont plus le libre arbitre d’expérimenter leurs voies, car ils sont immédiatement culpabilisés de ne pas suivre « le droit chemin ». L’arme de la culpabilisation est omniprésente et elle dirige les discours des médias, comme elle oriente les lois des gouvernements (cf. les discours pendant l’épidémie de coronavirus !).

Expression	Trois cadavres
Ventre et jambes : expression physique. SEXE Mode d'action privilégié : LA PEUR. Exemple : il va de soi que la réalité est matérielle. Donc, nous sommes en danger permanent de mourir. Seuls les forts survivent. • La mort doit être empêchée et combattue quoi qu'il en coûte. La dimension spirituelle n'existe pas.	**Le cadavre sanglant** Il se pose en gardien de l'énergie sexuelle et de la puissance de la création. Ce faisant, il la détourne soit en abus, soit en déviance. Le miroir de la société est éloquent : la contrainte est partout, sans que cela repose sur le moindre bon sens (cf. la gestion de l'épidémie de coronavirus). Le corps est oublié, la nourriture nous empoisonne, les médicaments rendent malade, la vie devient une lutte de survie, etc. La créativité devient mortifère au lieu d'être au service d'un mieux-être. En matière de sexualité, tout est permis, ou tout est interdit. Les repères n'existent plus…, pas plus que la dimension sacrée.

Comme on peut le voir, le lien entre notre thème (sexe-pouvoir-argent) et la description des trois cadavres du taoïsme est très utile pour discerner les mensonges tant individuels (l'ego ou l'ennéatype) que collectifs qui sont à l'œuvre au grand jour, en ce moment !

On peut aussi comparer ces trois niveaux à la définition de l'homme vu sous ses trois angles :

– La physiologie donne la mesure de la santé ou de la maladie. C'est le domaine du corps.
– La morphologie donne la mesure du beau ou du laid. C'est le reflet de l'âme.
– La psychologie donne la mesure de l'intelligence ou de la folie. C'est le domaine de l'esprit.

Le sexe, créateur et destructeur

Le sexe représente avant tout l'instinct de survie et de reproduction de l'espèce. À ce titre, il est porteur d'une énergie colossale dont l'orientation biologique sera d'atteindre cet objectif coûte que coûte !

Son expression de base est, par conséquent, de créer du nouveau. Mais, pour cela, il faut détruire l'ancien.

On retrouve donc le sexe hyperprésent dans les périodes de guerre et de fin de civilisation, sur son registre destructeur. À l'opposé, il est très présent sur son registre constructeur dans les périodes de renouveau comme après une guerre (*cf.* le baby-boom des années d'après-guerre).

L'aspect destructeur se manifeste par deux caractéristiques qui peuvent se combiner et se mélanger :

– la puissance pulsionnelle instinctive, lorsque l'humain se laisse submerger par la violence animale de sa zone sexuelle. C'est ce qui se passe dans les zones de guerre ou d'insécurité ;
– le désordre des polarités qui se séparent au lieu de se marier, lorsque l'humain désire inconsciemment détruire au lieu de créer. C'est ce qui se passe actuellement dans les sociétés riches qui arrivent à une impasse économique, politique, écologique, etc.

La puissance pulsionnelle et ses excès

Comme nous venons de le voir, dans le siège de l'énergie sexuelle se trouve le cadavre sanglant. Son nom seul suffit à expliquer son action : il utilise la puissance de l'énergie vitale pour créer de la mort. Son action est, hélas, bien connue, mais il n'est pas le seul à l'œuvre !

Nous nous contenterons, ici, de décrire les conséquences les plus actuelles, sous l'angle du carburant qui alimente les phénomènes.

Les guerres, viols et violences

L'histoire humaine est parsemée de guerres et conquêtes causées par le besoin vital de l'espèce de se développer, de trouver à manger et d'avoir de la descendance. Le cadavre sanglant est alors pleinement actif.

Ce n'est que depuis l'Inquisition – et, surtout, lors de la guerre de 1939-1945 – que l'homme entreprend de se battre pour des idées, c'est-à-dire au nom d'une idéologie mentale. Nous verrons que, du coup, le jeu des polarités en est bouleversé. Le vieux bleu entre en scène…

Auparavant, les enjeux consistaient à :

- s'emparer de nouveaux territoires, évidemment riches en terres cultivables, pâturages, ressources naturelles, accès à la mer, etc. ;
- capturer, par la même occasion, les femmes des vaincus afin d'avoir des génitrices pouvant porter une descendance.

C'est lors des guerres que l'on constate le plus fortement les abus de pulsion sexuelle. Fréquemment, les combattants violent les femmes des vaincus. Viol et violence ont la même racine. Il est donc intéressant de se poser la question sur l'origine de cette pulsion sexuelle. L'hypothèse la plus répandue consiste à expliquer que le vainqueur marque ainsi l'expression de sa possession virile. En violant, l'homme assied son pouvoir sur le féminin et sur le territoire conquis.

Au-delà de la lutte pour le pouvoir, et du désir machiste de l'homme de posséder sa ou ses femmes – désir validé par les trois religions monothéistes qui font de la femme la « propriété de son mari » –, il existe une origine symbolique à ce phénomène qui concerne chaque être humain.

Si l'on remonte le fil du temps, l'humain arrive sur Terre tout d'abord dans un sentiment de reconnaissance pour cette dernière. De la terre provient la nourriture et la vie. L'humain commence donc par vénérer cette puissance, et la déifier : ce sont les cultes à la Terre-Mère qui apparaissent en premier dans l'histoire de l'humanité. On reconnaît la puissance des arbres, des éléments de la nature, etc. L'humain est petit, et il le sait...

Par la suite, l'évolution fait que l'humain découvre « le Père », l'Invisible qui sous-tend la matière. Par cette découverte, il passe au culte des dieux, puis de Dieu, le Un. Le pouvoir de l'homme prend l'ascendant sur le pouvoir de la femme. Petit à petit, cet ascendant gonfle et va jusqu'à vouloir maîtriser la planète : l'humain devient « propriétaire » de la Terre. On dit qu'il se sédentarise, mais nous avons vu, plus haut, qu'il s'agit aussi du mode d'action du vieux bleu... L'homme tente de ne plus être soumis aux cycles naturels, et notamment à la toute-puissance des éléments (eau, terre, feu, air). En devenant propriétaire, il espère échapper à son destin, qui est de retourner en poussière, car c'est son corps qui appartient à la terre, et non le contraire ! La période actuelle montre que la plupart des humains continuent d'adhérer à ce credo, tentant désespérément de se soustraire aux lois biologiques de leur corps et de la planète afin d'en profiter le plus possible.

On voit juste apparaître une nouvelle conscience avec les mouvements écologistes, mais il ne faut pas se tromper : **en chacun de nous, il y a un mental machiste qui veut gouverner le corps-matière comme il l'entend** ! Et cela concerne autant les hommes que les femmes.

De plus, dans les actes de viol en temps de guerre, il y a aussi des causes biologiques à prendre en compte, ce qui va nous éclairer aussi sur nos pratiques sexuelles personnelles. Le fait de se sentir en danger de survie, ce qui est le cas d'un combattant qui vit continuellement dans le stress, va déclencher des poussées d'adrénaline. L'homme ressent alors un besoin irrépressible d'exprimer ce regain d'énergie. À la première occasion, il aura du mal à se contrôler. Les chefs de guerre le savaient, et certains encourageaient même leurs combattants à piller, violer, tuer tout ce qui passait à leur portée. La croisade contre les Albigeois est restée dans les mémoires avec la phrase prêtée à Arnaud Amaury lors du siège de Béziers en 1209 : « Tuez-les tous, Dieu reconnaîtra les siens. » La terreur suscitée par la nouvelle de ce massacre a entraîné la capitulation ultérieure de toutes les villes assiégées. Attila et Gengis Khan avaient utilisé cette même stratégie, avec le succès que l'on sait.

C'est le versant destructeur de l'énergie sexuelle, lorsqu'elle se manifeste dans les états de stress de survie. Comme dit plus haut, les taoïstes appellent cette énergie qui habite le bassin, dans sa version sombre, le « cadavre sanglant ». Il représente la pulsion de tuer et de violer.

Quant à elles, les femmes ont une autre attitude biologique. Une femelle observe les combats des mâles de loin, car elle attend de savoir lequel sera le plus puissant. Son instinct la pousse à se donner au mâle dominant, car son énergie sexuelle veut être fécondée par le meilleur possible. Si elle n'avait pas cette faculté instinctive, l'espèce ne progresserait pas. Là aussi, il s'agit d'une fonction biologique automatique, gérée par le cerveau reptilien.

Ainsi, on a pu observer que les femmes des vaincus pouvaient tomber amoureuses des vainqueurs, comme ce fut le cas de Françaises avec des Allemands après la victoire de l'Allemagne en 1940.

De même, on constatera à titre individuel que beaucoup de femmes sont attirées par des hommes :

- ayant une musculature affirmée, ce qui laisse supposer une puissance sexuelle capable de faire de beaux enfants en bonne santé ;

– ayant des avoirs (métier, héritage, revenus), ce qui laisse supposer une puissance financière capable de mettre sa femme et ses enfants en sécurité pendant longtemps ;
– ayant un statut social reconnu, ce qui laisse espérer une puissance sociale qui donnera à sa compagne un pouvoir important.

Lorsqu'une femme préfère les aspects argent/pouvoir, elle est alors prête à se marier avec un homme beaucoup plus âgé qui sera garant de ces deux critères, quitte à sacrifier l'aspect sexuel physiologique. Actuellement, dans les sociétés riches, les enjeux psycho-émotionnels semblent souvent avoir pris le pas sur les besoins du corps.

Néanmoins, le fait d'obtenir une fécondation allant jusqu'à être enceinte représente encore chez beaucoup de femmes une fin en soi. Ainsi, des femmes tombent enceintes à chaque rencontre opportune, afin de satisfaire ce besoin de se combler soi-même (lorsqu'elle est fécondée, une femelle est dite « pleine »). Souvent, on présente ce besoin comme provenant de l'envie de l'homme d'obtenir une descendance (et un héritier mâle), additionné d'une règle édictée par les coutumes. Mais il ne faut pas oublier le besoin biologique de la femme qui va venir compléter et accentuer celui de l'homme ! La femme a, elle aussi, le sentiment d'exister plus et mieux lorsqu'elle porte un bébé. Par conséquent, on observe, là encore, que les deux pulsions ne s'affrontent pas, mais se marient.

Par ailleurs, concernant cette pulsion sexuelle, il existe des sources d'inquiétude lointaines qui ne sont pas souvent évoquées mais qui pourraient vite nous concerner.

Le déficit en femmes de l'Inde et de la Chine

On sait que, dans ces deux pays, on a sacrifié une quantité énorme de filles afin d'avoir un garçon. Cette habitude continue localement dans certaines régions, car avoir une fille coûte plus cher que d'avoir un garçon (il faut la marier et elle n'hérite pas). Résultat : il y a des millions d'hommes qui se retrouvent célibataires dans ces pays, sans espoir de compagne. Évidemment, ce déséquilibre va faire monter des tensions, car, quand on est jeune, la pulsion sexuelle est telle qu'il n'y a guère d'échappatoires possibles.

Les solutions sont faciles à imaginer.

- Traditionnellement, les hommes en excédent servent à faire la guerre. Ils se libèrent ainsi de leur pulsion sexuelle, et l'autorité qui les emploie peut parvenir à d'autres objectifs à bon compte. Les craintes sont sérieuses, notamment en ce qui concerne l'Inde et son gouvernement nationaliste, qui pourrait profiter de cet excédent d'hommes pour engager un conflit contre des populations internes ou externes qui ne lui plaisent pas.
- Un développement de l'homosexualité.
- Et, évidemment, un business lucratif pour les marchands de femmes ! Ce marché porteur est déjà à l'œuvre pour ceux qui en ont les moyens.

N. B. : nous parlons ici d'un enjeu qui n'est pas que local et éloigné, mais collectif, puisqu'il concerne les deux pays les plus peuplés au monde. Les répercussions de ce déséquilibre vont être ressenties partout ailleurs, qu'on le veuille ou non, car l'humanité est une et indivisible. Contrairement à ce que notre mental veut nous laisser croire, les frontières n'existent pas pour les polarités !

Les déplacements de populations, conséquences des dérèglements climatiques, des guerres, des famines, etc.

Ces phénomènes commencent à faire monter des tensions dans le monde entier, aussi bien dans les pays de départ, dans les pays traversés, que dans ceux de destination. Partout, les nationalismes prennent le pouvoir politique, à l'aide de discours assez binaires qui reposent avant tout sur des peurs et de l'égoïsme, quand ce n'est pas sur des pensées ouvertement racistes.

Or tous ces symptômes concernent également la zone sexuelle. En effet, un migrant est perçu comme un envahisseur dans le territoire sur lequel il s'installe, ce qui pousse les habitants locaux à se défendre. Rappel : on marque son territoire avec son urine, et on a toujours dit que les immigrés venaient prendre « notre place, notre pain, notre argent, nos femmes » ! La notion de territoire est gérée tout d'abord par le poumon (notre espace vital), puis par notre sexe (notre espace intime).

De l'autre côté, un migrant est en position de survie. Il est alors prêt à tout pour manger, ce qui est du même registre sexuel. Ces phénomènes vont forcément créer des tensions et de la violence s'ils ne sont pas gérés convenablement, et l'on voit bien qu'aucune population d'accueil n'est vraiment prête à ce qui va arriver.

L'instinct sexuel n'est pas partageur !

Le désordre des polarités : la fin d'un monde ?

Il s'agit actuellement des problématiques les plus pernicieuses, car elles ne sont pas pulsionnelles, mais avant tout d'origines mentales. Or leurs dégâts sont considérables, et le pire est sans doute à venir.

Les guerres idéologiques

Nous constatons que les guerres actuelles ont changé : elles sont devenues idéologiques. Ce n'est plus le cadavre sanglant qui est à l'œuvre, mais le vieux bleu, par sa volonté d'imposer sa croyance comme la seule à avoir le droit d'exister. L'Inquisition est la première manifestation collective à montrer que l'on va imposer un point de vue par la force, quitte à éliminer l'adversaire. Cela se manifeste par des tueries de masse, génocides par exemple, ou par des luttes idéologiques et religieuses de type « le bien contre le mal », comme les guerres entreprises par les États-Unis, par les nationalismes et par les intégrismes religieux. Ce type de conflit n'est pas près de cesser, puisqu'il s'auto-alimente sans fin. En effet, plus on veut avoir raison, plus on s'attire d'ennemis. Par exemple, on retrouve deux habitudes fondamentales lorsqu'un pays veut entreprendre ce type de guerre.

– **Désigner l'autre comme coupable**, pour avoir le statut d'innocence. La demoiselle blanche intervient pour piper les dés et faire en sorte que l'agresseur paraisse dans son bon droit. Les Occidentaux sont experts dans ce mode de fonctionnement, en se parant d'être les défenseurs de la liberté et des bonnes valeurs (ils sont du côté de la démocratie). C'est bien vu, car cela ne laisse que la place du méchant pour les contradicteurs éventuels. Hélas, les intégrismes religieux se régalent de cette posture qui leur permet de se positionner dans le rang des victimes sacrificielles, et d'avoir ainsi la certitude mentale d'obtenir, eux aussi, un statut d'innocence, le grand Satan devenant l'Amérique et ses alliés. La lutte contre le terrorisme est là pour nous montrer cette impasse idéologique. Nous retrouvons dans ce type de guerre la même dualité que celle instituée sur le sexe. Au lieu de collaborer, les polarités s'opposent, car elles s'accusent mutuellement d'être « le mal », la faute.

La source de la guerre n'est plus la pulsion sexuelle, mais se trouve dans une problématique morale (jugement bien/mal de la demoiselle blanche) et idéologique (le besoin d'avoir raison du vieux bleu).

– **La raison du plus fort.** En dernier recours, les pays riches et armés possèdent le moyen de détruire quiconque, et même la planète s'ils le désirent. Cet argument du type « à moi le dernier mot, puisque j'ai le plus gros canon/pénis » crée deux réactions automatiques, là aussi d'ordre sexuel (cadavre sanglant).

Tout d'abord en externe, le positionnement viril entraîne une jalousie, une envie et un désir d'en découdre quand même. Par exemple, les États-Unis créent de l'animosité à leur encontre partout dans le monde, car chaque yang rêve de détrôner le mâle dominant. C'est dans la nature des polarités.

En interne, une stratégie yin est mise en place pour compenser cet excès de yang machiste. L'arme principale du yin est la manipulation. On a ainsi pu constater depuis des dizaines d'années que les guerres entreprises par les États-Unis se révélaient n'être que de gigantesques manipulations médiatiques dont les intentions cachées sont bien loin de celles affichées. Par conséquent, un excès de yang pathologique conduit à un excès de yin tout aussi pathologique.

L'histoire est remplie de ce genre de conflits inutiles qui, forcément, se terminent mal ou ne se terminent jamais, à l'image du conflit religieux qui épuise le Moyen-Orient. Derrière se cachent deux polarités qui refusent de se marier !

Or ce désordre n'est pas dû à un excès biologique pulsionnel – même si le *conflit israélo-palestinien* repose aussi sur un problème de territoire –, mais il est la conséquence d'une vision binaire des polarités qui veulent exister l'une sans l'autre. C'est le royaume de la division, et les religions mentalisées sont devenues expertes en ce domaine !

Toutes les montées en puissance des revendications identitaires et nationalistes, Brexit y compris, relèvent de cette même analyse.

Nous voyons apparaître le lien entre problèmes psy et désordres sexuels.

Les suicides

Dans la rubrique destruction, il n'y a pas que les guerres collectives. Le suicide devient aussi un symbole de nos désordres sexuels intimes.

Tout d'abord, le plus voyant : les attentats suicides se développent depuis de nombreuses années. On sait que les intégristes religieux le font au nom d'une croyance, censée leur apporter le paradis dans l'au-delà. L'exemple remonte à loin dans le temps, puisque les chrétiens l'ont utilisé rapidement pour « imiter » le sacrifice du Christ. Mais le symbole actuel est plus d'ordre sexuel. Par exemple, le fait de se faire exploser le ventre avec une ceinture d'explosifs représente le symbole d'une énergie sexuelle qui ne peut pas s'exprimer et qui, du coup, explose de l'intérieur. Il y a fort à parier que les candidats à ce type d'attentat suicide sont majoritairement des jeunes gens qui ne peuvent pas avoir de relations sexuelles et pour qui la pulsion interne ne peut trouver d'autre échappatoire que la violence contre les autres et contre soi, pour faire cesser cette tension insupportable.

Le nombre important de suicides chez les jeunes est à rapprocher de cette analyse, en précisant qu'à la tension principale sexuelle de la puberté, avec son lot d'obstacles à dépasser, s'ajoutent :

- des tensions venant de l'extérieur comme le stress des études, de la compétition ambiante, des enjeux familiaux, des réseaux sociaux, des jeux et des films mortifères proposés partout, etc.
- du non-sens proposé par la société actuelle qui ne peut donner une vision positive de la vie ni un objectif à l'incarnation sur Terre, hormis de vieux clichés religieux dépassés et une catastrophe annoncée du seul modèle économique proposé.

Le fait de porter atteinte à son intégrité par un acte contre son corps, comme le suicide, se retrouve aussi dans la consommation de substances dangereuses pour sa santé (drogues), dans l'acte de s'abîmer le corps et la peau (piercings, tatouages), etc. Tout cela marque l'action du cadavre sanglant et donc de la mauvaise utilisation de l'énergie sexuelle.

Détournement de l'énergie sexuelle

Pour conclure, il est intéressant d'observer les aspects destructeurs de l'énergie sexuelle dans les pays riches qui se trouvent plutôt sur le versant « fin de civilisation ». Ces aspects sont moins visibles dans les sociétés émergentes qui connaissent une phase de croissance et de construction.

Ainsi, quels signaux peut-on observer dans les pays riches ?

- **Une baisse générale de la fécondité.** Certes, compte tenu du nombre d'habitants que compte la planète, on ne va pas s'en plaindre. Mais il faut bien en conclure que l'énergie sexuelle est forcément utilisée dans un autre but que celui de prolonger la descendance. Quelles sont ces autres utilisations ? Nous avons déjà souligné que le mental puisait dans cette énergie pour alimenter les peurs, culpabilités, croyances. Or on constate que les maladies mentales se développent rapidement dans les sociétés riches.
- **Une augmentation des couples homosexuels.** Ce phénomène est très visible dans les grandes villes. Dans ce cas, l'énergie sexuelle ne peut créer de la descendance, sauf action médicale ciblée. Mais, au-delà de ces aspects, l'homosexualité est porteuse d'un symbole fort : elle marque le fait que les polarités naturelles ne sont plus suffisamment attractives, puisque les individus préfèrent créer des couples de mêmes polarités.

Or deux polarités similaires sont censées se repousser.

- **Une augmentation du nombre de célibataires.** Pour beaucoup, cela peut consister en un choix délibéré. Quelquefois, les circonstances l'imposent suite à un décès ou à des déceptions amoureuses. En fait, nombre de personnes sont en couple avec un animal de compagnie ! Dans ce cas, la créativité sexuelle va cesser, et il ne va subsister que le versant affectif de la relation. Comme pour l'homosexualité, nous voyons que les polarités naturelles (attractivité d'un masculin et d'un féminin) sont supplantées par des choix psycho-émotionnels.
- **Une augmentation des addictions.** Lorsque l'énergie sexuelle n'est pas exprimée naturellement, elle est utilisée par d'autres formes d'énergie – internes ou externes – à l'individu. On parle souvent d'"entités" pour les désigner. Ainsi, notre approche des harmonisations habitat-habitant[8] a montré que les addictions les plus fréquentes (alcool, tabac, drogues, médicaments) provenaient de ces entités qui poussent ainsi l'humain à détruire sa vitalité. Pour ce faire, la plupart de ces entités utilisent l'énergie vitale de l'individu. Il suffit d'observer comment s'exprime – ou ne s'exprime pas – l'énergie sexuelle des personnes concernées pour s'en convaincre.
- **Une augmentation des maladies mentales.** La forme d'énergie la plus répandue qui squatte l'énergie sexuelle se trouve dans la tête, siège de ce que les taoïstes nomment « le vieux bleu ». Cette forme d'énergie interne détruit petit à petit les fonctions cérébrales de l'individu (nous en parlions déjà dans notre ouvrage *La Guérison de l'âme*[9]). Or le développement

8. Harmonisations habitat/habitants : la Médecine symbolique repose sur le constat que l'habitat est un miroir du corps, alors que l'habitant est le symbole de ce qui habite le corps (l'âme). Aussi les phénomènes invasifs rencontrés dans l'habitat et l'environnement, appelés « entités » par les traditions, sont-ils souvent le miroir de formes de vie qui squattent l'être humain et le poussent à consommer des substances nocives. Ces formes puisent dans la réserve d'énergie sexuelle de l'individu pour s'alimenter. Pour plus de renseignements, consulter *Entités et parasites énergétiques*, éd. Trajectoire, 2014.

9. Rose et Gilles Gandy, *La Guérison de l'âme – pour un esprit libre dans un corps sain*, éd. Trajectoire, 2017.

de ce type de maladies est croissant ! Il va d'ailleurs de pair avec le fait que les gens n'utilisent plus correctement leur énergie sexuelle. De là à penser que tout cela marche de concert, il n'y a qu'un pas. Nous verrons plus loin que Wilhelm Reich, un élève de Freud, avait émis la même hypothèse dès 1929 ! Pour conclure, on peut se demander si ces symptômes collectifs d'arrêt de la créativité sexuelle (célibat, homosexualité, baisse de la fécondité), qui vont forcément entraîner une diminution de la population, ajoutés aux désordres dus aux addictions, aux problématiques « psy » et à la perte de repères, ne matérialiseraient pas le désespoir inconscient des individus qui sentent que le modèle sociétal actuel arrive à bout de course. À ce propos, le point commun à beaucoup d'empires ayant connu la décadence semble être « une perte du sens du réel au profit de règles formelles ». Autrement dit, le fait de quitter le bon sens dicté par les lois de la matière pour édicter des règles mentales marquerait les fins de civilisations. Actuellement, qui est capable de faire le distinguo entre les principes de réalité – dont les polarités font partie – et les lois et réglementations votées par les êtres humains ? Le sens du réel laisse bien place à des règles purement mentales !

Finalement, il n'est pas étonnant que les collapsologues[10] tiennent le devant de la scène médiatique, car ils sont dans l'air du temps.

Le sexe, côté créateur

S'il est un point dont il faut se persuader, c'est que la sexualité ne peut pas (et ne doit pas) être répétitive. L'aspect yang est incapable de faire deux fois la même chose, contrairement à l'aspect yin. **Si une pratique sexuelle s'avère être une duplication, une photocopie, c'est qu'il n'y a pas de masculin yang dans la relation.**

Le fait que le sexe soit créateur de nouveautés se repère en interne et en externe.

10. Collapsologie : théorie qui étudie l'hypothèse de l'effondrement de la civilisation industrielle et de ce qui pourrait lui succéder.

Le sexe induit des changements internes

Normalement, faire l'amour met les partenaires dans un état que l'on peut qualifier au minimum d'« agréable » quand ce n'est pas plus. À l'inverse, les personnes qui ne font pas ou qui font mal l'amour passent souvent pour des « mal baisées », ce qui signifie qu'elles n'atteignent pas le bien-être que cette activité est censée produire. Pire : le manque que cela induit crée une tristesse infinie dans l'âme qui habite le corps – ce qui rend acariâtre, rigide, dur. L'âme se désespère, elle qui aime la dilatation, la joie, le beau, le vrai.

Sœur Marie, la mère supérieure du couvent, rencontre de bon matin sœur Thérèse dans le couloir.
— Bonjour Sœur Thérèse ! Belle journée, n'est-ce pas ? Quel bonheur !
— Oh vous, ma mère, vous vous êtes levée du mauvais côté du lit, ce matin !
Sœur Marie est interpellée, mais continue sa promenade. Elle voit sœur Anne, affairée dans sa cuisine.
— Bonjour, Sœur Anne. Ça sent très bon ! Que de plaisirs en perspective !
— Ma mère, je pense que vous vous êtes levée du mauvais côté du lit ce matin, répond sœur Anne.
Sœur Marie croise enfin sœur Dominique.
— Quelle mine ravissante, ce matin ! Vous êtes magnifique !
— Ma mère, je crois que vous vous êtes levée du mauvais côté du lit, ce matin…
— Mais qu'est-ce que vous avez toutes à me dire que je me suis levée du mauvais côté du lit ?
— Regardez vos pieds ! Ce sont les chaussons de frère Jacques que vous portez !

Le corps a ses besoins, et il demande satisfaction. Mais, bien plus que pour les autres besoins physiques (boire, manger, dormir), le besoin sexuel, quand il est comblé, a des conséquences positives sur tous les plans : physique, émotionnel, mental et spirituel.

Donc la sexualité a bien un effet créateur dans le sens où les partenaires se retrouvent pendant un certain temps dans une ambiance et une réalité complètement différentes de ce qu'elles étaient quelques instants auparavant. Elle a un effet satisfaisant global bien plus efficace qu'un repas, une boisson ou une nuit de sommeil. Mais, comme tous les effets issus du physiologique, cela ne dure pas dans le temps, car tout y est géré par des cycles.

Ce domaine a été abordé sans tabou, à la fois par la médecine et par la psychanalyse.

Wilhelm Reich, un élève de Freud, fut sans doute le premier Occidental à évoquer l'aspect sexuel sous un angle complètement novateur. De sa description de l'orgasme et des liens entre névrose et troubles de la génitalité, jusqu'aux principes d'une véritable révolution sexuelle, il aura marqué le début d'une prise de conscience qui n'a fait que s'amplifier par la suite.

Son idée de base était que l'énergie sexuelle non déchargée convenablement pendant un rapport amoureux s'accumulait dans le corps de la personne, formant ensuite un « noyau somatique » qui alimentait la névrose. Pour lui, il était donc indispensable d'obtenir un orgasme satisfaisant pour pouvoir traiter ensuite convenablement sa névrose. L'idée était révolutionnaire et a suscité, on s'en doute, beaucoup de levées de boucliers.

Nous avons fait part, dans nos derniers ouvrages, de notre découverte de liens énergétiques directs entre les pollutions d'ordre psychique (voix dans la tête, idées perverses qui défilent) et la zone du bassin (rein, zone génitale). Dans ces cas, les zones de la nuque et du sacrum semblent prises par des informations limitantes. Il paraît donc cohérent, quand c'est possible, de nettoyer ces aspects dans la tête et dans la zone sexuelle par deux types d'actions : une action énergétique et symbolique, comme la Médecine symbolique le pratique, et une action physique venant de la part de la personne concernée. Pour cette dernière part, le plus pertinent serait d'agir par la zone sexuelle, mais nous voyons qu'en général cette partie est complètement squattée et que la personne n'y a pas accès. Sortir des pathologies mentales se révèle donc difficile.

Reich résume le mécanisme de l'orgasme en quatre étapes :
- une **tension** ;
- qui entraîne une **charge** (la pression monte) ;
- puis une **décharge** ;
- suivie d'un **relâchement**.

Il a ensuite découvert que ce mécanisme était présent dans le vivant, par une étude sur des protozoaires. Il en déduisit toutes ses théories sur l'énergie vitale, qu'il appela « orgone » justement en rapport avec ce mouvement réflexe de l'orgasme. Il rejoignait ainsi les théories énergétiques de l'Orient, comme la description du « qi » des Chinois, par exemple.

D'après Reich, une vie sexuelle saine se manifeste par un rapport où, lors d'une étreinte avec un partenaire du sexe opposé, il peut y avoir décharge complète de l'énergie sexuelle, accompagnée d'une perte momentanée de conscience. Il appelle la capacité d'une telle décharge la « puissance orgastique ».

Les sexologues américains Kinsey, Masters et Johnson lui ont emboîté le pas par des études sur le comportement sexuel des hommes et des femmes, ce qui a permis de comprendre un peu mieux ce qui se passait pendant cette phase, avec notamment la description du ou des orgasmes féminins, la découverte du point G, etc.

Le rapprochement avec l'Orient s'est poursuivi par la transmission, en Occident, du tantrisme et du taoïsme, deux traditions venues respectivement de l'Inde et de la Chine, qui avaient déjà largement exploré le domaine de la sexualité. Par exemple, le taoïsme décrit des positions amoureuses dont l'optique est purement thérapeutique, comme obtenir la guérison de certains organes, rééquilibrer les circulations énergétiques dans les méridiens, etc.

En Chine, sous la dynastie Tang[11], l'Empire du milieu connaît une période de prospérité et un rayonnement culturel considérable. À cette époque, « l'art de la chambre à coucher » est définitivement classé comme une branche de la science médicale.

11. Dynastie Tang : elle commence en 618 et se termine en 907.

Les Chinois appréhendant l'humain à travers ses trois foyers (la trinité corps-émotion-pensée) ont, par conséquent, cherché à les nourrir et à les soigner de la meilleure façon possible. C'est ainsi que la discipline sexuelle fait partie de la médecine traditionnelle chinoise, au même titre que le qi gong (exercices physiques et énergétiques) et la pharmacopée (ingestion de différentes substances naturelles).

Le constat va donc plus loin que ce que l'on peut supposer de prime abord. Une bonne pratique sexuelle entraîne plus que l'obtention d'un bien-être global. Elle permet aussi de soigner des aspects bien plus graves, névroses pour Reich, maladies dites « mentales », et pourquoi pas maladies physiques.

Le sexe induit des changements externes

Une autre observation s'impose : la vie se transmet et évolue… par la sexualité. Cela semble évident, et pourtant, qui en a réellement pris conscience ? Les espèces se transforment, s'adaptent et s'améliorent par ce moyen naturel. L'être humain n'échappe pas à cette règle. Il suffit de regarder le résultat des métissages et des brassages de population pour constater que les échanges sont facteurs de richesse et de diversité. Chacun sait que la nature privilégie toujours ce qui est fort et qui s'adapte, au détriment du faible qui disparaît inéluctablement. Cette sélection naturelle nous semble aller de soi. Pourtant, comment se réalise cette alchimie qui fait qu'une espèce change et évolue ? Quelle est l'intelligence qui crée cela ? Forcément, la zone sexuelle !

Quant à l'être humain, il possède une particularité de taille : il est plus conscient que le reste de la Création. Cela implique une question simple et fondamentale : si tout changement provient d'un choix sexuel, l'humain peut-il prendre conscience de ce mécanisme et l'utiliser selon son envie ?

Autrement dit, serions-nous capables de nous transformer consciemment par la sexualité ?

L'idée est séduisante. Nous avons peut-être en nous non seulement un outil de guérison de nos traumatismes physiques et psychologiques, mais aussi un outil fabuleux de développement personnel que nous délaissons, tout simplement par manque de conscience, de connaissance, et d'expérimentation.

Le sexe est nourrissant

Cet aspect provient de l'aspect yin qui nourrit et remplit. **Si une pratique sexuelle amène un état de manque, de vide, d'insatisfaction, c'est qu'il n'y a pas de féminin yin dans la relation.**

L'aspect yang crée du nouveau, le yin le nourrit. Par conséquent, faire l'amour devrait nourrir ses acteurs. Or on raconte plutôt que cela les épuise ! Notamment, l'homme se fatigue au fil du temps, alors que, paradoxalement, l'énergie sexuelle de la femme peut s'éveiller et s'épanouir. Injustice de la nature ? Pas si sûr.

Cela pourrait nous montrer que les pratiques sexuelles actuelles ne sont pas en accord avec la vie, ou que nous n'avons pas tout découvert sur la sexualité.

Effectivement, nous sommes souvent dans un fonctionnement yin reproducteur : notre cerveau duplique ce qu'il connaît, ce qui induit que la sexualité devient, au fil du temps, routinière. On essaie de reproduire des techniques, comme on va copier une recette de cuisine sur Internet.

Mais tout cela n'est pas vivant. Comme dit plus haut, l'aspect yang qui crée du nouveau n'est pas présent. Il ne reste qu'un aspect yin qui duplique ce qu'il connaît. Dans ces conditions, il n'y a pas réellement de mariage des polarités. Cela explique que les couples ne rencontrent pas les autres possibilités de la sexualité.

Nous en reparlerons plus loin, mais il faut savoir qu'une relation sexuelle complète :
- apporte inlassablement du nouveau dans la relation (aspect yang) ;
- comble les partenaires, les densifie, les rend plus vivants (aspect yin).

Loin de fatiguer, la relation sexuelle ressemble alors à ce qui se passe lors d'une visite sur un lieu énergétique fort : les auras s'emplissent d'énergie pétillante et régénératrice, ce qui entraîne une bonne santé physique, émotionnelle et mentale.

Les cycles de la sexualité

Les phases de création et de destruction sont aussi gérées par des cycles naturels, au premier rang desquels la phase de la puberté et celle de la ménopause. Qu'en est-il réellement ?

Il faut distinguer l'aspect matériel (yin) de l'aspect spirituel (yang).

Les cycles de la matière

Ces cycles sont très connus et très étudiés, puisque l'humain aimerait bien les dépasser ! Comme la sexualité et la libido vont decrescendo, il existe partout dans le monde des recettes pour redonner un peu de vigueur aux hommes, car ce sont eux qui manifestent de la manière la plus évidente cette décrue énergétique.

Tout d'abord, il faut bien aborder la réalité. Si les hommes perdent aussi vite leur virilité, c'est souvent la conséquence :

– d'une mauvaise hygiène de vie caractérisée par de mauvaises habitudes alimentaires, des addictions et des abus en tout genre. Il existe aussi des vérités méconnues. Par exemple, manger de la viande est censé « donner de la force musculaire », alors que la réalité montre qu'au contraire, en vieillissant, cette alimentation devient de plus en plus difficile à digérer pour l'organisme, d'autant plus que l'activité physique se réduit dans le même temps. Il ne faut pas confondre quantité d'énergie absorbée physiquement (calories, par exemple) et vitalité. Un exemple personnel : nous nous sentons extrêmement dynamiques et puissants... après 7 jours de jeûne ! Et jamais après un repas copieux. Inutile de parler des drogues en tout genre qui sont consommées uniquement dans le but d'échapper à la réalité ambiante : elles sont à prohiber si l'on veut avoir une bonne sexualité ;

– d'un manque de travail sur la notion de puissance. Le cancer de la prostate est là pour le rappeler. L'homme ne doit pas tout miser sur son pouvoir et sa puissance physique. Tout cela n'est qu'illusion…

Par conséquent, si un homme possède une bonne hygiène de vie physique, émotionnelle et mentale, accompagnée d'un travail sur soi pour transformer ce qui doit l'être, en vieillissant, il devrait pouvoir continuer à avoir des érections suffisantes pour explorer les cycles de l'esprit (voir ci-dessous).

Pour les femmes, c'est pire. Elles ont été médicalisées par les laboratoires, sous couvert de leur donner de la liberté et de leur éviter tous les symptômes dérangeants. Mais la réalité est tout autre :

– elles ingèrent des hormones pratiquement toute leur vie, ce qui signifie que leur corps n'est jamais dans son fonctionnement biologique normal ;
– elles connaissent des cycles naturels bien plus marqués que les hommes : puberté, règles, maternité, ménopause. Ces cycles sont porteurs de beaucoup de peurs et de culpabilités. Certains sont bien connotés, comme la maternité (devenir mère donne un statut d'innocence), et d'autres, mal vus, comme la puberté et les règles (la plupart des femmes les vivent comme une contrainte). Quant à la ménopause, elle marque la fin de la fécondité, donc un deuil difficile à faire. Or cette charge de culpabilité agit en sous-marin dans beaucoup de maladies féminines, cancer du sein au premier rang.
– la plupart des femmes, si on en croit les statistiques, ne connaissent pas de plaisir dans la relation sexuelle. Souvent, cette dernière est même douloureuse. Pourquoi ? L'une des réponses est étonnante : le sexe féminin est souvent bloqué par des mémoires du passé (viol, mémoires familiales, interdits socioculturels). En effet, le vagin et l'utérus étant des cavités énergétiques, la femme peut y stocker ses mémoires dérangeantes. L'homme ne possède pas cette zone de stockage, ce qui peut expliquer qu'il ait une durée de vie plus courte.

Les femmes ont cet avantage doublé d'un autre : cette cavité se nettoie en partie tous les 28 jours par les règles !
- mais, comme les règles cessent à la ménopause, toutes les mémoires contenues dans les organes génitaux se réveillent brusquement. Cela peut expliquer les bouffées de chaleur, maladies et autres désagréments vécus à cette période. Comme pour les hommes, l'absence de travail sur soi, sur ses croyances et ses limitations, entraîne une fin de vie sexuelle douloureuse, limitée ou absente.

Le constat est, hélas, édifiant : dans la matière, les cycles sexuels portent en eux les marques de la lente diminution de leur puissance, pour les hommes comme pour les femmes. Si tout cela semble correct d'un point de vue physique, est-ce la seule réalité ? Non, comme nous allons le voir.

Les cycles de l'esprit

Il est rare que ce sujet soit abordé. En effet, notre culture nous a habitués à ne concevoir la vie que d'après ce que nous voyons. Mais l'Orient possède une vision énergétique et symbolique qui la complète. Ainsi, les Chinois vont décrire le yin et le yang comme des mouvements réguliers, ressemblant au flux et au reflux d'une marée.

Par exemple, il est facile de vérifier qu'un enfant est très yang, dynamique, alors qu'un vieillard devient de plus en plus yin en fin de vie. La bascule se fait symboliquement à 42 ans, âge marqué aussi par la crise de la quarantaine. Il existe des cycles de 7 ans qui jalonnent la vie d'un individu, et l'âge de 42 ans symbolise ce moment d'inversion des polarités.

Donc, on peut considérer qu'un individu est très yang extériorisé jusqu'à 42 ans, puis qu'il devient de plus en plus yin jusqu'à la fin de ses jours.

Pour la sexualité, qu'est-ce que cela implique ?

Un individu a une puissance sexuelle yang très forte jusqu'à la quarantaine, car c'est la période pendant laquelle il faut prolonger l'espèce et se reproduire. L'énergie dynamique est donc mise au service de ce besoin de féconder la matière, et elle est alors orientée vers une création matérielle : enfants, maison, travail, etc. Elle est symboliquement orientée vers le bas (cycle involutif qui descend dans la matière).

Par la suite, nous avons vu que le cycle sexuel allait decrescendo physiquement. Mais se développe alors un cycle évolutif, complètement passé sous silence dans notre société. **La sexualité n'est plus dirigée vers une créativité matérielle, mais vers une créativité spirituelle**. Le yin, majoritaire en fin de vie, nourrit l'évolution de l'esprit.

Notre vie personnelle illustre bien ces deux cycles. À nous deux, nous avons fait 7 enfants avant l'âge de 30 ans. Nous avions aussi construit des couples, avec maison, travail, famille, etc. Nous nous sommes rencontrés à l'âge de 44 ans. Nous avions, par conséquent, effectué la bascule des polarités de 42 ans. C'est là que nous avons choisi de ne plus faire d'enfant – malgré la tentation de ce schéma socioculturel – ni de fabriquer un idéal de famille qui nous avait conduits à des désillusions. Nous avons décidé de nous consacrer à construire un couple sur des polarités stables respectant notre biologie, et à explorer cette expérience.

Résultat : en quelques années, nous avons découvert la Médecine symbolique, nous avons partagé cette créativité par de nombreux ouvrages, des formations, des conférences, etc.

C'est cela que nous désignons par « créativité du cycle de l'esprit ».

Avant 42 ans	Le cycle yang/yin de la vie humaine	Après 42 ans
Oubli de l'origine spirituelle Construction de l'ego et de la personnalité Sexualité yang involutive	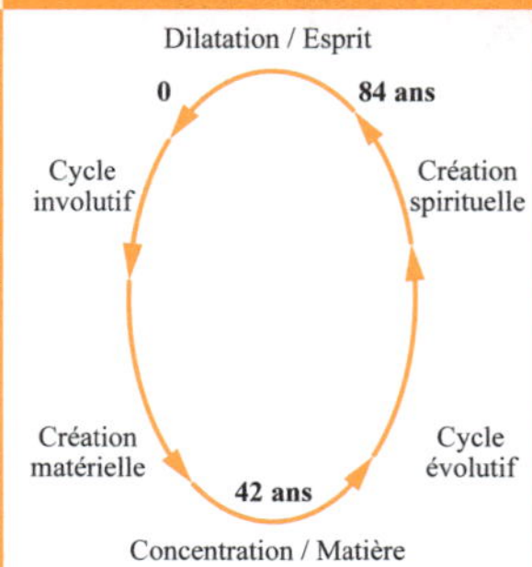	Sexualité yin évolutive Construction de la personnalité spirituelle Dissolution de la personnalité égotique

Par conséquent, cette vision va à l'opposé de nos croyances établies sur la sexualité. Au lieu de nous accrocher à une vision matérialiste due au cycle involutif yang, nous ferions mieux d'observer la sagesse de l'organisation des polarités qui laisse entrevoir une exploration spirituelle et évolutive de la sexualité, permise par le cycle yin évolutif de deuxième partie de vie.

De plus, ce cycle naturel, étalé sur une vie, peut s'observer facilement lors d'un simple rapport sexuel. En effet, on scinde traditionnellement l'acte sexuel en deux parties : les préliminaires et l'acte à proprement parler.

Or les préliminaires sont caractérisés par une montée de l'excitation (c'est d'ailleurs leur fonction). En miroir, les chaleurs d'une femelle excitent les mâles à des kilomètres à la ronde. Par conséquent, l'énergie se concentre dans la zone sexuelle, produisant un feu qui va pouvoir activer le désir, puis l'envie impérieuse des partenaires de s'accoupler. Il en est ainsi dans toute la nature. Ce besoin physiologique instinctif est le garant que l'espèce va se perpétuer. La créativité pourra ainsi naître de l'union des deux sexes.

Mais, en général, les partenaires sexuels restent dans cette phase descendante du yang, cherchant à augmenter au maximum l'excitation afin d'obtenir un effet de détente, lui aussi, maximum (charge, tension, décharge, détente). L'union des deux sexes va être réduite à ce simple rôle, l'homme, et même la femme, cherchant consciemment ou inconsciemment à obtenir un orgasme rapidement, notamment par l'éjaculation de l'homme.

C'est seulement en vieillissant que l'on commence à entrevoir les possibilités du yin évolutif. Le feu sexuel peut alors être orienté vers d'autres objectifs que celui de procréer. **Il s'agit d'une énergie spirituelle ascendante, capable de création sur d'autres plans.**

Ces deux cycles de 42 ans sont eux-mêmes divisés en 12 cycles de 7 ans qui éclairent le déroulement de la vie humaine sur des aspects symboliques forts. En voici le détail.

Cycle		Descriptif et symbolique
0 à 7 ans	La vie s'égare dans l'illusion de la forme. Oubli du spirituel.	J'entre dans la vie, je suis. Je me construis avec la mère.
7 à 14 ans		Je possède, je me possède. Je me construis avec le père.
14 à 21 ans		Crise d'adolescence. Je communique avec les autres.
21 ans : âge de la majorité, fin de la construction de soi, début de la vie sociale.		
21 à 28 ans	Désillusion, incertitude, les modèles s'effondrent.	Je suis moi-même et personne d'autre.
28 à 35 ans		Je m'analyse et je me connais.
35 à 42 ans		Je fusionne dans l'amour.
Minuit, 42 ans : la crise de la quarantaine, tout s'effondre. Je touche le fond.		
42 à 49 ans	Éveil à la vérité. Le sens de la vie apparaît.	J'aspire à m'élever vers mon idéal, le sens de la vie.
49 à 56 ans		J'utilise tous mes acquis pour créer, innover, réinventer.
56 à 63 ans		Je distribue, je donne mon expérience aux autres.
63 ans : âge du plein potentiel. Compétences, expérience, savoir-faire, etc.		
63 à 70 ans	Illumination croissante.	Je me fonds dans l'univers. Sagesse.
70 à 77 ans		J'abandonne les valeurs passées. Dépossession.
77 à 84 ans		Dissolution.
84 ans : retour au monde spirituel, éveil.		

Là aussi, la symbolique de ces cycles yin/yang va contredire ce que beaucoup croient. Notamment, on entend souvent dire que les quinquagénaires ne sont plus performants, qu'ils sont dépassés. La vérité est tout autre : c'est là où ils sont les plus pertinents et les plus productifs. Mais le socioculturel préfère éliminer ces classes d'âge, ou limiter leur influence, car ils sont beaucoup moins dupes du système et pourraient perturber l'installation des jeunes recrues dans le schéma qu'on leur prédestine.

Dans l'absolu, ces cycles devraient se dérouler ainsi pour chacun. Mais certaines personnes restent bloquées sur une période de l'enfance, ou sur une expérience mal vécue dans la trentaine. Dans ce cas, les cycles suivants ne peuvent porter leurs fruits, et la personne se fige dans son schéma. L'évolution yin spirituelle ne peut pas se dérouler librement.

On peut le vérifier en observant les personnes âgées : la plupart sont dans un état physique et mental qui est loin de l'illumination promise !

Il en est de même pour la sexualité et la créativité, d'où l'intérêt d'aller voir tout cela d'un peu plus près...

La sexualité se définit humoristiquement par les lettres M. M. S. :
– À 20 ans, c'est Matin, Midi et Soir.
– À 40 ans, c'est Mardi, Mercredi et Samedi.
– À 60 ans, cela devient Mars, Mai et Septembre.
– À 80 ans, cela reste Mes Meilleurs Souvenirs !

Chapitre II

Le sexe, mode d'expression de l'univers

Pour définir un être humain, on commence toujours par sa polarité. S'agit-il d'un homme ou d'une femme ? La polarité représente, en effet, le fondement de l'individu. Mais c'est aussi le fondement de chaque chose, puisque tout est polarisé, jusqu'à la circulation des électrons autour du noyau de l'atome.

Lorsqu'on observe une personne debout, on s'aperçoit que la zone sexuelle se situe au plus bas du corps, juste avant les racines (les jambes). Par conséquent, symboliquement, le sexe est la partie la plus spirituelle de l'humain (le feu sexuel) ; et le cerveau, la partie la plus évoluée (l'eau), comme le montre ce schéma.

La zone sexuelle, la partie la plus spirituelle

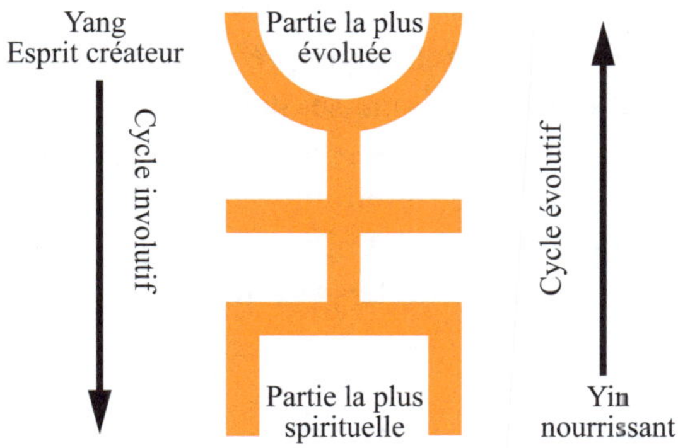

En effet, l'esprit, par son cycle yang involutif, descend son information au plus profond de la matière. On dit que cette énergie – « le Père » – représente le créateur. Effectivement, la zone de la création se situe tout en bas du corps, chez les hommes comme chez les femmes…, mais elle est rarement sacralisée ! C'est pourtant la partie la plus spirituelle, dans le sens où c'est elle qui contient le plus d'énergie yang cosmique.

Le verbe

Le sexe, c'est du verbe. Si l'Évangile de saint Jean nous dit « au commencement était le Verbe », il n'est pas le seul. Pour l'hindouisme, il existe un son primordial d'où le monde est issu, le « Om ». Même les scientifiques parlent d'un Big-Bang.

C'est le sexe qui crée

Quel est le lien entre la gorge, où se fabrique le verbe, et le sexe ? Un petit détour par l'Inde nous apprend qu'il existe un lien entre ces deux chakras, le chakra sexuel et le chakra laryngé. Ce lien est vérifiable par plusieurs indices concordants :
– la voix d'un garçon (et d'un animal) mue lorsqu'il devient mâle ;
– un étranglement de la gorge provoque une érection chez l'homme ;
– une castration laisse la voix dans les aigus ;
– la zone de la gorge symbolise l'expression de soi, et donc de la créativité, tout comme la zone sexuelle ;
– si l'on observe une photo des cordes vocales, cela ressemble à s'y méprendre à un sexe féminin ;
– il y a là aussi deux boules, les amygdales, que l'on ne manque pas de comparer à celles du bas (les testicules) ;
– etc.

Cela explique pourquoi certaines voix de femmes ou d'hommes semblent nous toucher au plus profond de notre intimité. On peut ainsi littéralement « tomber amoureux » d'une voix, que cela soit celle d'une star de la chanson ou celle de l'être aimé.

Pour les amoureux, passer du temps à échanger au téléphone équivaut à faire l'amour à distance. Pourquoi ? Là encore, un passage par l'énergétique chinoise nous éclaire. La sexualité est gérée par le couple rein-vessie, autrement dit, par l'élément eau. Or ce système est rattaché à l'audition, l'oreille ressemblant à la forme d'un rein. Les problématiques d'audition sont en rapport avec les reins, et l'on trouve souvent comme cause des pollutions de lignées familiales (généalogie) ou des problématiques sexuelles. D'ailleurs, ne disait-on pas que la masturbation rendait sourd ? On remarquera que les abus sexuels peuvent interagir avec la gorge (voix cassée, par exemple) ou les oreilles. C'est parce que l'énergie vitale est épuisée, freinée ou bloquée.

Là où la vue touche l'âme – voir l'être aimé nous met en joie et réveille notre cœur –, l'audition permet de passer directement dans la zone biologique, la vibration du son portant l'information de la zone sexuelle. Il faut d'ailleurs remarquer que la plupart des animaux communiquent sexuellement en exprimant un son pour attirer un partenaire.

En fait, lorsqu'on s'exprime, c'est du « sexe prime » qui s'extériorise. On ne peut pas créer avec autre chose que l'énergie sexuelle. Toute créativité commence tout en bas, dans la zone sexuelle. Cette énergie est ensuite transmutée pour devenir expression.

Exprimer par en haut permet d'utiliser ce qui ne s'exprime pas en bas. L'exemple le plus notoire est celui des groupes de religieux qui font le choix de l'abstinence sexuelle. Leur échappatoire consiste à chanter. Leur énergie sexuelle non utilisée est alors libérée, ce qui évite qu'elle ne se bloque et ne crée des problématiques physiques. C'est une autre façon de voir les chants religieux : au-delà de leurs évocations spirituelles, ils répondent aussi à une nécessité biologique !

Dans un monastère, un novice recopie un vieux texte de son ordre religieux. Mais il est pris par un doute et va s'en ouvrir au père supérieur :

— Dites-moi, est-ce que le manuscrit que je copie est un original ou une copie ?
— Voyons, c'est une copie ! L'original est conservé en lieu sûr dans une pièce souterraine. On ne peut courir le risque de le perdre ou de l'abîmer !
— Mais si la copie que je recopie contient une erreur de transcription, je vais reproduire cette erreur ?
Le père supérieur est, lui aussi, saisi d'un doute ! Il n'y avait pas songé.
— Vous avez raison ! Je vais vérifier de ce pas.
Il quitte la salle, le manuscrit à la main, et descend un escalier. Le novice attend pendant plus d'un quart d'heure. Le moine ne revenant pas, le novice décide de descendre à sa rencontre. Au bout de l'escalier, dans la pièce du bas, il découvre le père supérieur hagard, qui se déchire les vêtements et se tape le front contre le mur !
— Quelle bande d'imbéciles ! Ce n'était pas vœu de chasteté, mais vœu de charité !

On peut élargir ce constat à toute créativité. Dans un corps, l'âme ne peut qu'utiliser ce corps, et la polarité sexuée qui va avec. Par conséquent, l'expression de soi commence par l'expression sexuelle.

À l'opposé, la non-expression de soi commence aussi par une non-expression sexuelle ! Par exemple, ce que l'on nomme « vieux garçon » ou « vieille fille » désigne un individu qui n'a pas dépassé le stade de la puberté et qui est resté immature. L'équation est alors quasi mathématique : **pas de sexualité = pas de mariage[12] = pas d'enfant = pas de création**. Alors, symboliquement, la création s'arrêtera et n'ira pas plus loin. L'arbre meurt et s'éteint. Dans beaucoup de traditions, il s'agit de la plus grande des catastrophes, car cela signifie qu'il n'y aura plus personne pour rendre hommage aux ancêtres, manière

12. Mariage : nous l'entendons dans son sens littéral, et pas juridique ! Le mariage est la rencontre de deux éléments complémentaires qui se mélangent pour ne faire plus qu'un. Certains éléments ne se marient pas, mais s'additionnent, comme l'huile et le vinaigre.

de laisser entendre que l'arbre généalogique a fait tout ce travail pour rien. Il ne portera plus de fruits.

Dans ce cas, le verbe peut-il remplacer la créativité absente en bas ?

Le sexe ne peut mentir

Si nous revenons sur le verbe, en tant qu'expression sexuée, nous allons commencer à voir apparaître des nuances. Notamment, l'expression verbale peut être mensongère, alors que, pour le sexe, c'est différent.

Tout d'abord, qu'est-ce que le mensonge ? Ce mot vient du latin *mens, mentis* qui a donné les mots « mensonge » et « mental ». Par conséquent, le mensonge vient du mental. C'est, hélas, facile à vérifier : la scène médiatique est tellement envahie par des menteurs professionnels que l'on n'ose même plus brancher sa télévision ou surfer sur Internet. Les gens ne parlent plus avec leur corps et leur âme, mais avec leur tête. Il y a quelques décennies, un contrat se faisait sur parole. Qui oserait tenter encore cette expérience ? Même avec des papiers signés, on s'expose à toutes les entourloupes !

Quelle est la différence fondamentale ?

- Premièrement, l'homme est constitué de trois niveaux, chaque niveau ayant sa propre intelligence qu'il convient de ne pas confondre.

Humain	Intelligence
	**Tête :** intelligence cérébrale, réflexion, calcul mental. « Je sais, je crois, je calcule. » Gestion par le cortex et le néocortex. **Thorax :** intelligence émotionnelle et affective. « Je le sens ou je ne le sens pas, je suis attiré ou repoussé. » Gestion par le cerveau limbique. **Ventre et jambes :** intelligence instinctive. « C'est comme ça et pas autrement. » Gestion par le cerveau reptilien.

Le domaine qui peut le moins mentir est le cerveau reptilien. C'est lui qui assure les mécanismes de survie du corps : respirer, sentir les besoins fondamentaux du corps (manger, boire, dormir, etc.). Il gère la zone sexuelle, car il s'agit de la reproduction de l'espèce. Notamment, le désir sexuel, ou le non-désir – même s'ils peuvent être alimentés par le monde cérébral (suggestivité positive ou négative) – sont, avant tout, une affaire d'instinct. Comme l'exprime justement Georges Brassens dans l'une de ses chansons « La bandaison, papa, ça n'se commande pas ». La zone sexuelle ne ment pas, car le mensonge est ailleurs. Quand on a faim, on a faim. Quand le corps a besoin de faire l'amour, il a besoin. Biologiquement, c'est aussi simple que cela !

La zone du thorax, siège de l'âme, peut commencer à mentir. Chacun aura remarqué qu'il pouvait être attiré par des choses qui se révélaient être des expériences négatives, comme si son ressenti était faussé ou voilé.

Pourtant, cette zone symbolise le discernement du cœur (avoir la sagesse), ainsi que le discernement du poumon (faire la pesée du bien et du mal). C'est la zone de la conscience. Autrement dit, si l'on passait nos envies et nos pensées au filtre de notre conscience, le mensonge devrait être éliminé. Mais nous avons vu précédemment que la demoiselle blanche investissait cette zone pour détourner nos envies à son profit.

La zone de la tête est, en revanche, le siège du mental/menteur. Là se nourrissent toutes nos peurs, toutes nos culpabilités, toutes les histoires que nous nous racontons, et que nous racontons aux autres, afin de paraître intéressants, d'avoir le sentiment d'exister, ou bien de disparaître comme une petite souris dans son trou.

Bref : rien que du mensonge ! Tout cela n'existe que parce que nous le nourrissons par notre attention. D'ailleurs, le menteur le plus dangereux n'est pas celui qui ment consciemment. Celui-là est vite démasqué. **Non, le menteur le plus dangereux est celui qui croit en son mensonge !** Si nous regardons en nous, nous voyons vite qu'il y a les petits mensonges – que nous sommes prêts à dénoncer et à ranger au placard, parce que nos expériences et notre conscience ont réalisé leur travail – et les fondamentaux

– les mensonges qui structurent notre existence même[13]. Il faut de nombreuses années pour les dévoiler et les transformer. Mais n'oublions pas que ces mensonges sont capables de perturber les étages du dessous :

– les ressentis de l'âme et de la conscience peuvent être faussés ;
– l'instinct du corps peut être complètement occulté par les peurs mentales.

Nasr Eddin est dans le désert. Il rencontre un chamelier perdu, qui meurt de soif et de faim. Ce dernier lui demande à boire et à manger. Nasr Eddin refuse poliment, mais commence à lui raconter une histoire :
— Tu sais, derrière cette dune que tu vois, là-bas, il y a un mariage qui se déroule, où tout le monde est invité ! Il y a des boissons rafraîchissantes, des mets délicieux… Il y a des musiciens qui jouent, tout le monde fait la fête, et ça va durer ainsi pendant une semaine !
Plus il en parle, plus il s'excite. Le chamelier est contaminé, il s'excite lui aussi et commence à partir, courant en direction de la dune.
Nasr Eddin le regarde s'éloigner, puis, tout à coup, il l'interpelle :
— Eh, attends-moi ! Je viens avec toi !

Même le menteur finit par croire en son mensonge !

Mais, à l'inverse – et c'est la démarche que nous proposons dans cet ouvrage –, partir de l'expérience permet de déjouer le menteur. Si nous vivons une expérience contraire à l'une de nos croyances, cette dernière n'est plus « vraie » !

13. Les neufs mensonges de l'ennéagramme, pour commencer, qui se développent en 27, puis… en 7 milliards ! L'ennéagramme décrit 9 peurs inconscientes qui structurent 9 personnalités fonctionnant alors en pilotage automatique. Contrairement à ce que chacun se raconte, nous ne sommes, au départ, que des marionnettes animées par ces peurs inconscientes !

Une expérience est toujours vraie. Il nous appartient de modifier nos croyances par des expériences, car c'est cela seulement qui nous permet d'évoluer et d'éveiller notre conscience.

- Deuxièmement, le verbe doit venir du corps et du cœur.

Si le cérébral est le domaine de prédilection du mensonge, il faut, par conséquent, que notre verbe s'exprime à partir d'une autre zone.

En miroir collectif, dans la plupart des pays, plus personne ne croit les hommes politiques rompus au langage du mental. Leur verbe ne veut plus rien dire. Et, d'ailleurs, on ne peut que plaisanter sur le gouvernement (qui gouverne et ment), le parlement (qui parle et ment), etc.

De même, les discours des entreprises, avec leur communication institutionnelle, leur culture d'entreprise, leur image de marque, les promesses de leur publicité, etc., tout cela ne fait même plus sourire.

En fait, la planète est shootée au mensonge. C'est l'overdose. Les États-Unis, leaders du monde moderne, nous montrent à quel point on peut s'enfoncer dans ce délire. Jamais la parole des hommes politiques n'est allée aussi loin dans le mensonge, en s'en vantant ouvertement. Grâce à M. Trump, il ne s'agit plus de mensonges, mais de « faits alternatifs ». D'ailleurs, un menteur qui affirme fortement son mensonge est plus écouté qu'un personnage hésitant qui cherche la vérité.

Mais attention : tout cela n'est pas neutre ! Notre cerveau ne réagit pas de la même manière lorsqu'il entend « fait alternatif » et « mensonge ». Il n'appréhende pas de la même façon un « plan de licenciement » et un « plan de sauvegarde de l'emploi ». C'est ainsi que la manipulation de nos cerveaux a commencé, depuis longtemps, à faire son travail de sape.

Le meilleur de l'actualité récente, c'est la « distanciation sociale ». Deux mots accolés qui veulent dire exactement le contraire ! Comment fait notre cerveau pour gérer cet oxymore ?

Que comprend-on vraiment ? Que l'on doit se séparer, mettre de la distance et, surtout, ne plus faire du social. Et que dire des « gestes barrières » !

Plus inquiétant, nous pouvons observer que le verbe menteur nous ramène directement dans la bassesse de l'humain. Nous retournons dans le domaine sexuel basique, avec des échanges de plus en plus vulgaires sur Internet. Le mental menteur ne serait-il finalement que l'expression d'un désordre sexuel ? Pourquoi qualifier un mets excellent de « tuerie » ou de « mortel » ? Ne serait-ce pas le cadavre sanglant qui influence notre verbe ?

Nous allons sûrement creuser cette piste…

Par conséquent, nous devons nous méfier de ce qui peut transformer le verbe en mensonge. D'ailleurs, le mensonge ne s'arrête pas au verbe. Il va tenter de camoufler toute notre personnalité !

Le personnage est un menteur

Nous avons tous un personnage, et même plusieurs qui cherchent à exister à travers nous. Ils semblent issus, pour la plupart, de notre histoire personnelle et du socioculturel ambiant.

Rappelons que le mot « personnage » vient du latin *persona* qui désigne, à l'origine, un masque de théâtre à travers lequel les acteurs donnaient de la voix (« sonner à travers »). Le personnage est donc un jeu de rôle auquel on adhère, le temps d'une pièce de théâtre. Comme à l'époque des Romains, les femmes n'avaient pas accès à cet art, c'était un homme qui jouait un rôle féminin à travers un déguisement représentant une femme. Tiens, tiens ! On dirait que cela n'a pas beaucoup changé en deux mille ans. **Nos jeux sexuels de polarités ne sont-ils que des masques ?**

– Comment faire viril ? En gardant une barbe de trois jours mal rasée ? En montrant ostensiblement quelques muscles ? Tout cela rassure les femmes : elles auront bien affaire à « un vrai mec » !

- Comment faire féminine ? En exagérant le mouvement des hanches qui ondulent ? En mettant des talons ? En clignant des yeux et en feignant l'ignorance ? Tout cela rassure les hommes : voilà une femme disponible qui aura besoin d'eux pour être fécondée !
- Inversement, comment faire croire que ce corps de femme devrait être celui d'un homme ? En gonflant sa masse musculaire, en descendant la voix dans les graves, en fumant, en buvant, en étant grossière et en portant un pantalon ?
- Comment faire croire que ce corps d'homme est, en fait, féminin ? En minaudant et en exagérant une pseudo-sensibilité ? En imitant les femmes ? En distribuant de la nourriture et en gavant son entourage ?

Cependant, nos masques sont très variés. Par exemple, il y a le personnage « gentil » et le « méchant » de notre cour de récréation, le masque fabriqué par l'histoire familiale, celui attribué par le travail, le statut social, etc. Tout cela n'est que mensonge, mais force est de reconnaître que nous dépensons une énergie folle pour les maintenir en place.

Sexe, argent, pouvoir… Notre ego veut se prouver qu'il existe et, pour cela, il a besoin de carburant.

Plus globalement, l'ennéagramme décrit 9 types de mensonge, qui viennent autant de l'inné (l'âme et son karma) que de l'acquis (notre construction). Toutefois, si nous regardons bien le fondement de tous ces masques, nous découvrons, en général, un besoin viscéral de s'acheter une innocence !

La culpabilité ne serait-elle pas le moteur qui anime toutes ces marionnettes ?

Et cette culpabilité prend toujours naissance dans un refus d'accepter la réalité de la vie : descente dans la matière et le corps, naissance, polarités, cycles naturels de la vie. Toutes ces réalités entraînent des deuils difficiles, voire impossibles à réaliser. Nous préférons alors dire « non » et refuser l'incarnation, notre polarité, la puberté, le vieillissement, notre fragilité, etc.

La culpabilité s'accumule sur ce refus, se matérialisant par un personnage qu'il faut jouer toute sa vie.

La plupart du temps, nous jouons « l'idée que l'on se fait que les autres pensent de nous ».

C'est un bourreau qui s'apprête à torturer un prisonnier. Il lui avoue :
« Vous savez, au fond de moi, il y a un état du moi gentil, doux, qui aime partager. Mais ce n'est pas à celui-ci que vous allez avoir affaire aujourd'hui ! »

Comme tous ces masques de théâtre sont faux, ils finissent par tomber un jour ou l'autre, notamment par les prises de conscience et l'éveil à ces schémas internes.

Que voit-on apparaître alors ? Quelque chose d'inattendu, qui nous surprend. En fait, nous ne savons pas qui nous sommes réellement. Mais il faut du temps, de multiples expériences, et beaucoup de lucidité pour y parvenir.

La sexualité peut-elle nous aider à lever ces masques plus rapidement ? La réponse est oui, puisqu'elle constitue la base de notre existence.

Le sexe, un outil de connaissance de soi

La sexualité est un fabuleux outil de connaissance de soi. C'est aussi un fabuleux outil de connaissance de l'autre, quand on possède certaines grilles de lecture.

Ainsi, le sexe devient un outil d'exploration sans limite, car le jeu des polarités crée un mouvement qui semble perpétuel. Par conséquent, il permet d'aller toujours plus loin dans la découverte de ses profondeurs, de ce que nous ignorons de nous-mêmes et devons révéler.

De même que l'humain est en devenir, « être un homme » ou « être une femme » est le résultat d'une exploration individuelle par l'expérience, et d'une exploration collective, car nous bénéficions des acquis et des informations de nos ancêtres.

Deux bébés sont à la maternité. Une fille s'adresse à son voisin de couffin :
– Et toi, t'es une fille ou un garçon ?
– Ben, j'sais pas !
– T'es bête, soulève le drap et regarde dessous ! Alors, ta layette, elle est rose ou bleue ?

Si la carte est censée représenter le territoire, il reste, en effet, beaucoup à découvrir sur la sexualité, et donc beaucoup à explorer !

Les bases

Avant de passer aux clefs qui permettent de mieux comprendre le fonctionnement sexuel de la vie, il convient de rappeler quelques bases qu'il faut avoir en tête pour ne pas se leurrer dans nos observations ultérieures.

Trois modes de fonctionnement

L'être humain est composé de trois modes de fonctionnement interreliés, qui sont le physique, l'émotionnel et l'intellectuel. Nous avons besoin d'utiliser ces trois modes dans l'observation de la sexualité. Il faudra donc constamment se poser la question du déclencheur de tel ou tel processus. Est-il activé par une partie instinctive et animale ? L'est-il par un besoin d'affection ? Ou bien vient-il d'un fantasme, d'une pensée, d'une suggestion ?

En se posant ce genre de question, nous pouvons vite découvrir beaucoup de choses sur nos fonctionnements intimes. L'être humain a une tendance naturelle à s'associer à l'un des trois modes et à ignorer ou combattre les autres. Mais, dans certaines conditions – la relation sexuelle en est une –, cette limite saute, et un individu peut se retrouver submergé par l'émotionnel, par l'animalité ou par des pensées perverses, alors qu'il ne s'y attendait pas.

L'effet miroir

Nous savons depuis longtemps qu'il est plus facile de voir la paille dans l'œil du voisin que de voir la poutre dans son propre œil. Autrement dit, il est plus facile d'accuser son partenaire de ne pas faire d'effort, d'être éjaculateur précoce, inexpérimenté, coincé ou frigide, pervers narcissique[14], plutôt que de se remettre en cause soi-même !

L'une des bases du développement personnel consiste à utiliser le monde extérieur et la présence de l'autre comme un miroir de soi-même.

« Ce que je remarque si bien chez l'autre ne révèle-t-il pas quelque chose de profondément caché en moi ? »

Ce genre de réflexion aide vraiment à approfondir l'exploration de son intériorité. Se rappeler que son partenaire sexuel est un miroir, ou du moins vérifier qu'il ne l'est pas, est une précaution importante à prendre lors de toute relation.

L'effet miroir est d'ailleurs un outil très précis et très facile à utiliser dans tous les domaines, au travail comme dans l'intimité !

Tout a un sens

Une autre règle de l'univers est que **tout ce qui nous arrive est porteur de sens**. Le hasard n'a pas sa place dans la création yin/yang. Il ne peut y avoir de phénomène yang sans qu'un phénomène yin attractif ne soit présent *au préalable*. Nous remarquons forcément les facteurs yang quand ils se manifestent, mais nous n'avons que peu conscience de ce qui les a appelés. Quand une manifestation se révèle positive, nous trouvons cela plutôt sympathique et classons l'événement dans la rubrique « chance ». Mais, quand il s'agit de quelque chose de douloureux, c'est moins amusant.

Cependant, il y a un avantage à considérer que les choses n'arrivent pas par hasard : nous pouvons alors découvrir qu'elles sont porteuses de sens. Lorsque nous cherchons ce sens caché – il est toujours symbolique –, nous nous apercevons que ce hasard est une conséquence et non une cause. Souvent, ce sont

14. Pervers narcissique : c'est la mode depuis quelques temps ! Accuser son ou sa partenaire de cet attribut permet de se rassurer de son innocence. Peut-être faudrait-il se poser la question de l'utilité à fréquenter ce type de personnage ? Quel enseignement en retire notre âme ? Quel miroir ne veut-on pas voir ? PS : la mode suivante est déjà lancée : les « parents toxiques » !

l'une de nos attitudes profondes ou l'un de nos personnages qui l'ont créée.

Le pouvoir de l'intention

L'intention est la qualité vibratoire, le parfum, qui émane de nous et se répand dans l'univers. Par conséquent, nous en sommes entièrement propriétaires et donc... responsables. Nous ne repérons pas toutes nos intentions lorsque nous posons un acte, car beaucoup restent inconscientes. Pourtant, elles se matérialisent ! En matière de sexualité, il y a tellement de choses cachées en nous qu'il n'est pas rare que de tels événements se produisent. Commençons donc par observer en détail ce mécanisme déclencheur avant d'accuser des phénomènes externes.

Une consultation récente nous a confirmé cette analyse : Caroline vient pour des problèmes de surpoids, qu'elle attribue au fait qu'elle a été forcée et abusée pendant des années lorsqu'elle était jeune fille. Il est, en effet, fréquent que ce genre d'abus sexuel entraîne un surpoids, pour plusieurs raisons psychologiques (s'envelopper d'une couche de protection, ou s'enlaidir pour être moins attractive, etc.). Mais le soin fait émerger que Caroline était, dès sa naissance, dans une forme de négation de la « loi » (elle n'en faisait qu'à sa tête) – intention renforcée par une lignée de femmes qui avaient comme consigne de « ne pas se plier à la volonté des hommes, et d'être autonomes ». Bref, Caroline a obéi à une intention plus ou moins consciente de ne pas se plier à quoi que ce soit, et surtout pas au masculin représenté par l'homme. Avec une telle intention, elle se construit « forte » – d'où le surpoids. Mais quiconque se construit un bouclier finit toujours par rencontrer une pointe qui le pénétrera. L'histoire des armes humaines le montre bien : à chaque invention d'une protection (bouclier, armure, blindé, blockhaus, etc.) répond une invention pénétrante plus puissante (flèche, balle, missile, bombe, etc.). De plus, la protection contre l'homme est contraire à la fonction biologique d'un corps de femme. Caroline finit donc par être forcée (les abus), car, si son conscient l'a construite « forte », sa peur d'être faible est cachée derrière ! Caroline met alors en lumière, par l'observation de son mécanisme sexuel, l'intention inconsciente qui était créatrice de sa situation actuelle insatisfaisante. Elle peut donc commencer à modifier ce facteur, alors qu'elle était complètement impuissante et victime auparavant.

Nous pouvons d'ailleurs nous poser la question de l'origine de ces intentions inconscientes. Viennent-elles de l'histoire de cette vie, du socioculturel, des mémoires familiales, des mémoires karmiques ? Impossible de le savoir, car nous constatons que le processus de guérison ne provient pas de cette connaissance, mais du choix correcteur conscient de la personne, associé à un acte symbolique.

Une jeune femme est chez le dentiste. Ce dernier examine sa dent douloureuse et lui dit :
— Il va falloir l'arracher !
— Ah non, plutôt tomber enceinte ! s'exclame la femme.
— Bon, décidez-vous, pour que je règle la bonne hauteur de la table, conclut le dentiste !

Il vaut mieux se contenter de remarquer que ces informations sont nécessaires à nos prises de conscience, ce qui donne une vision de la vie complètement différente. Les contraintes nous obligent jusqu'à ce que nous n'en ressentions plus le besoin.

La sexualité étant au cœur du mécanisme créateur, elle devient, par conséquent, l'outil de connaissance de soi le plus pertinent qui puisse exister !

Un moyen de transformation

Par cette exploration qui démarre de « qui nous croyons être » pour aller vers « qui nous sommes », la sexualité ne fait pas que nous révéler. Elle permet aussi de changer. En explorant nos polarités, nous rencontrons des limites. Or affronter ces limites fait changer et évoluer en profondeur notre conscience.

Ce que nous avions tenu pour vrai jusqu'à ce jour disparaît pour laisser place à une expérimentation qui vient le démentir. Bref, l'ancien laisse place à un nouveau.

Il en est ainsi de la progression naturelle de notre conscience au fil de l'âge et des expériences réalisées. Mais l'avantage de la sexualité réside dans sa connexion directe avec l'instinctif, qui évite par conséquent l'intellectualisation. **Ce qui passe par une expérience sexuelle permet de changer les fonctionnements les plus archaïques et les plus résistants en nous.**

Autrement dit, c'est un moyen de changement radical et rapide de nos croyances et blocages issus du mental, du socioculturel, du karma, etc. C'est la piste que propose cet ouvrage.

Comment utiliser son corps polarisé pour que l'âme puisse créer consciemment ?

Des suggestions d'exercices à réaliser vont ponctuer chaque thème ; et ce sera à chacun, à l'aide de son expérience, d'en tirer le maximum de profit. Ils sont à pratiquer seul ou en couple, dans le domaine sexuel, celui du pouvoir ou celui de l'argent. Faites-les consciencieusement, même si vous avez envie de passer plus loin et plus vite ! Ils ont une portée symbolique profonde et, par conséquent, ils ont une réelle influence sur la circulation des énergies en vous et dans votre relation au monde.

Conseils préalables pour aborder les exercices proposés

- Lorsqu'un exercice est facile à réaliser, n'insistez pas. Cela signifie probablement qu'il n'a que peu d'intérêt pour vous, car il ne révèle aucun saboteur ou limitation actifs.
- Lorsque l'exercice vous plaît beaucoup, c'est peut-être louche. Regardez si cela n'active pas un désir ou un sentiment de toute-puissance, si cela n'alimente pas votre ego, etc. Il peut aussi activer l'un des trois cadavres. Dans ce cas, il faut cesser l'exercice et plutôt aller rechercher l'exercice opposé !
- Lorsque l'exercice est difficile, voire impossible à réaliser, c'est très bien. Vous avez touché un de vos blocages inconscients. Il faut persister jusqu'à la libération totale. Aller lentement, en conscience, petit à petit.

- Il est inutile de trop analyser psychologiquement les blocages. Le fait de passer par des exercices dans la zone sexuelle vise justement à faire disjoncter les processus « psy » par l'expérience physique. Lorsqu'une expérience est vécue plusieurs fois, les croyances, les peurs et les culpabilités s'atténuent puis disparaissent. Vous pouvez alors vous sentir libéré et passer à autre chose.

Comment cela fonctionne-t-il ?

Le principe de la friction ou de l'acte psycho-magique

Une friction est un acte volontaire qui crée un effet énergétique, à l'image de la chaleur produite par le frottement des deux mains, ou par le frottement des deux sexes lors de l'acte sexuel. En l'occurrence, dans le développement personnel, l'intention est de créer des frictions pour libérer une énergie qui est bloquée ou inexistante. Par exemple, si j'ai peur d'aller exprimer une envie à mon/ma partenaire, le fait d'affronter cet interdit va libérer le blocage. Mais il faut être prudent dans l'utilisation de ce type d'acte symbolique, car le résultat peut se situer à l'opposé de ce que l'on désire !

Il y a des règles de sécurité à anticiper

- Ne rien attendre du partenaire ou des gens impliqués dans l'acte. Ne pas attendre non plus un résultat. En effet, si j'espère une réponse favorable de l'extérieur pour résoudre mon problème interne, cela ne marchera pas. Il faut donc éliminer toute attente de ce type et se concentrer uniquement sur l'exercice physique. Le mieux est d'en faire une sorte d'entraînement, sans enjeu de réussite. « Je fais cela pour voir, je suis curieux de vérifier si je peux le faire, etc. »
- Il faut que l'acte soit réalisable assez facilement. Si je mets la barre trop haut, les blocages vont sortir vainqueurs, et c'est le pire des scénarios. Lorsque j'entreprends un acte psycho-magique, je dois être presque certain de gagner !
- En revanche, la charge émotionnelle à affronter doit exister. Si l'acte ne comporte rien de difficile, il n'a aucun intérêt et ne fera rien changer à ma vie – exactement comme les actes

routiniers que je pose tous les jours. Il y a donc un dosage à effectuer au préalable, avant de se lancer. Par exemple, dans les exercices que nous proposerons plus loin, il appartient à chacun de prendre la mesure de l'acte et de sa mise en situation en fonction de son ressenti et de ses capacités.

Les effets sur les croyances, peurs, culpabilités

Lorsqu'on arrive à vivre une situation inverse à celle d'une croyance établie, cette dernière s'atténue, car elle est démentie par un fait. Si l'on persiste dans l'expérience, la croyance va vite faire partie des mauvais souvenirs.

On peut facilement trouver des actes psycho-magiques à réaliser dans toutes sortes de domaines. En revanche, dès que l'on veut affronter une peur, l'intensité est plus grande. Les résistances s'organisent. Il faudra répéter les exercices, essayer plusieurs fois, pour arriver à affronter certaines situations.

En ce qui concerne la culpabilité, la sexualité est son terrain de prédilection ! Dans ce domaine, il y a beaucoup à travailler et il faut être patient, car, si les résultats peuvent être extrêmement libérateurs sur tous les plans, il faut quelquefois des années avant de pouvoir affronter certains interdits.

Pourquoi ? Parce que la culpabilité est aussi de nature existentielle. Elle met dans la balance notre existence même. C'est d'ailleurs pour cela que ces exercices sont si efficaces !

Deux moines zen se dirigent vers leur monastère. Ils traversent un village à moitié inondé par les pluies récentes et voient une geisha sur le trottoir, qui hésite visiblement à traverser la route boueuse. Le plus vieux des deux moines s'approche alors d'elle, et lui propose de la porter de l'autre côté. Il la saisit délicatement dans ses bras et il va la déposer, les pieds au sec, sur le trottoir d'en face. L'autre moine assiste médusé à la scène, mais ne dit rien.

Ils poursuivent leur route, mais, au bout de deux heures, le deuxième moine n'en peut plus. Il interpelle son aîné.

— Comment as-tu pu te salir ainsi à porter une prostituée dans tes bras, toi qui es un moine ?
— Oh, c'est donc ça qui te préoccupe ? répond tranquillement le vieux moine. Sache que, moi, j'ai passé trente secondes avec cette femme. Mais toi, ça fait deux heures que tu es avec elle !

Exercice seul ou à deux ?
Il n'y a pas de règles en la matière. Ou, plutôt, il faut bien voir que l'idéal serait de travailler avec un partenaire et d'avancer ainsi ensemble. Mais, dans la pratique, nous nous retrouvons toujours seuls au moment d'affronter une peur ou une culpabilité. Il n'est donc pas forcément utile d'informer les autres, dans certains des exercices. Au contraire, l'intensité d'une friction se mesure aussi au fait qu'elle constitue une surprise, une nouveauté. La personne partenaire n'étant pas informée, elle en profitera pour expérimenter à fond la situation, ce qui lui sera aussi profitable.

Dans ces moments de proximité et d'intimité, les corps énergétiques sont étroitement mélangés, ce qui produit trois réalités :
– celle que je vis ;
– celle que vit l'autre ;
– celle que vivent les deux corps fusionnés.
La richesse de ces expérimentations est, par conséquent, fabuleuse, d'autant plus qu'il y a des transmissions d'informations qui échappent à notre mental et à notre contrôle (le mariage corps et âme, par exemple).

Un moyen d'expérimentation

Dans la sexualité, la priorité consiste à explorer le fonctionnement des polarités. Si les pratiquants d'arts martiaux sont familiarisés au discours énergétique et à certaines formes d'exercices – comme le ressenti des vides et des pleins lors des mouvements du corps –, le commun des mortels n'est pas habitué à cette observation. Pourtant, toute la vie fonctionne par la combinaison de ces deux énergies.

Énumérons tout d'abord les principales qualités du yang et du yin.

Le yang

Le yang est l'aspect masculin. Symboliquement, il s'incarne par le pénis. En observant cet organe, et en le comparant à l'organe féminin, nous pouvons donc en deviner les attributs énergétiques et spirituels.

- **Il est plein.** C'est la chose que l'on remarque au premier coup d'œil lorsqu'on compare le pénis au vagin. Le surcroît de yang masculin donne à l'homme plus de muscles, ainsi qu'à la plupart des animaux mâles. Cette densité est souvent associée à la force et à la puissance. C'est en partie vrai, mais pas sur tous les plans ! Le pénis est, en fait, très souple, ce qui ne l'empêche pas d'avoir une forme de présence qui donne une direction, qui impulse une autorité.
- **Il est pénétrant.** Cet aspect a été largement imité par les humains pour fabriquer des armes, tout d'abord (lances, flèches, fusils, etc.). Puis des fonctions en sont dérivées, comme le couteau de cuisine qui sert à découper, la forme élancée d'un avion pour mieux pénétrer l'air ou la rotation d'une foreuse pour faire un trou.
- **Il est fécondant.** Le pénis sert à déposer une information dans l'organe féminin. Or, en faisant cela, il se vide. Les bourses se rempliront à nouveau. Mais regardons déjà ce symbole attentivement : le yang n'est pas fait pour rester plein, mais pour aller féconder. C'est sur cet aspect que l'on peut le plus facilement comprendre les erreurs actuelles dans notre façon de gérer l'argent quand on le thésaurise au lieu de le faire circuler.
- **Il est contrôlant.** Les mâles ont toujours besoin de contrôler les femelles pour les féconder. On le remarque au fait qu'ils les maîtrisent pour qu'elles ne puissent plus bouger. En énergétique chinoise, l'aspect contrôlant du yang s'applique aussi aux cinq éléments. Par exemple, l'eau, qui est plutôt yin, contrôle le feu, qui est plutôt yang. En sexualité et en relation de couple, on retrouve cet aspect dans les jeux dominant/dominé, qui sont souvent connotés négativement. Pourtant, à la base, il s'agit d'énergies complémentaires. L'aspect contrôlant structure, rassure, pose un cadre et des limites.

Le yin

Le yin représente l'aspect féminin, illustré par le vagin, qui est le complémentaire du pénis. Quels sont ses principaux attributs ?

– **Il est vide.** Étant vide, il demande à être rempli. Une femme enceinte est dite « pleine », alors que sa nature profonde la pousse plutôt à se sentir vide. Cela explique que certaines femmes vont adorer être enceintes, car elles ont alors un sentiment de plénitude confortable. Le sentiment de vide va pousser les femmes à demander une relation sexuelle pour être remplies et satisfaites, ce qui déclenche le mouvement de la vie. Le masculin se sent alors tellement attiré qu'il vient remplir et féconder ce vide. Mais cette symbolique est souvent détournée ! Ainsi, beaucoup de femmes préfèrent se remplir la tête ou chercher de l'affect ou de l'amitié auprès d'un animal de compagnie plutôt que de demander à être remplies sexuellement.

– **Il est attractif.** Comme les trous noirs dans le cosmos, le vide attire tout ce qui passe à sa portée. Cet appel est impossible à refuser. Les odeurs des femelles et des fleurs sont impérieuses, et rien ne saurait leur résister. Cette fonction yin est utilisée depuis la nuit des temps, tant par les femmes pour accroître leur séduction que par les commerces pour attirer une clientèle. Pourquoi ? Parce que la force d'attraction est bien plus puissante que la force de pénétration !

– **Il est nourrissant et guérisseur.** On sait que les femelles nourrissent et soignent leurs enfants, mais ce n'est pas cet aspect que nous voulons évoquer. D'après les textes chinois, l'énergie sexuelle féminine est inépuisable. D'ailleurs, les études modernes ont confirmé qu'une femme pouvait avoir des orgasmes multiples. Or un orgasme crée une énergie nourrissante et guérisseuse pour le corps physique, et bien plus. Cela est vrai pour la femme, mais aussi pour son partenaire.

– **Il est enveloppant.** Le vagin (ou la bouche) enveloppe le pénis et le met en sécurité. Le yin protège de manière souple et accueillante. La notion d'accueil est fondamentalement reliée à l'aspect yin, car c'est la fonction principale du vagin. Il est normal que l'organe féminin ait cultivé une ambiance chaleureuse et agréable pour conserver le pénis le temps nécessaire à la fécondation. En miroir, on remarquera que, si la plupart des lieux de vie essaient d'être hospitaliers, d'autres tentent visiblement de repousser les visiteurs !

Maintenant, il est intéressant d'observer les implications de ces jeux de polarités dans notre vie. Nous allons commencer par une rapide introspection qui permettra de lister les domaines dans lesquels il faudra travailler. Par la suite, des exercices plus précis permettront d'aller modifier ce qui doit l'être.

Il est important de comprendre que les mouvements yin/yang sont des cycles qui s'enchaînent, et non des mouvements séparés. À l'image du cycle du soleil qui fait alterner le jour et la nuit, il n'y a jamais une chose unique à un instant donné. Tout est affaire de complémentarité et de dosage. Pour l'énergétique chinoise, le jour commence à apparaître à minuit, et le soleil commence à se coucher à midi. En Occident, nous pensons que l'été est en juillet et août, alors qu'en fait l'hiver a commencé au 21 juin, pic du yang !

Le binôme plein/vide

Cette notion est à la base des mouvements de l'énergie. Mais une rapide analyse de notre façon de pratiquer l'acte sexuel nous renseigne instantanément sur nos préférences.

- **Plein :** la plupart des hommes ressentent un besoin irrépressible de se vider dans l'acte sexuel, car ils se sentent trop pleins. Le sexe est avant tout un moyen de faire baisser cette pression interne. Faute de rapports sexuels, l'homme met en place d'autres moyens pour se vider : il se dépense ! Soit il dépense son argent, soit il dépense son énergie en pratiquant la guerre, le sport, le chant, l'expression artistique ou intellectuelle, la politique, le business, le travail, etc.

Mais tout cela n'a que des effets temporaires et devient fatigant, en vieillissant. L'énergie sexuelle est là pour créer du nouveau au service de la vie, et pas pour nourrir un ego.

Le plein, pour les hommes

Quelle est votre gestion du plein ?

- Après l'acte sexuel, vous sentez-vous vidé et épuisé, ou bien en paix ?
- À quelle fréquence avez-vous besoin de vous vider ? Il est important de connaître ses rythmes et de les respecter. Tous les hommes n'ont pas les mêmes besoins physiologiques.
- Observez quelles sont vos stratégies mises en place pour vider votre plein. Est-ce correct pour votre santé ?
- Repérez si derrière ce besoin physiologique ne se cache pas un besoin existentiel. Il peut s'agir, par exemple, de conforter un sentiment de puissance, ou de masquer une inquiétude quant à sa puissance.

Attention : cette faculté du yang n'est pas faite pour nourrir un ego. Il s'agit d'un détournement de l'énergie sexuelle naturelle vers une autre voie. Ces dépenses inutiles se traduisent hélas souvent par des problématiques ou des maladies, en vieillissant.

Pour l'argent

- Faites-vous circuler l'argent ? Est-ce que vous le thésaurisez ?

L'argent, comme le liquide séminal, ne peut être stocké. Mettre de l'argent dans un coffre-fort équivaut à mettre son sperme dans un congélateur ! Il ne produit plus de richesses.

Pour le pouvoir

- Déléguez-vous votre pouvoir ? Aimez-vous donner des missions aux autres ? Ou est-ce que vous gérez vos affaires tout seul ?

La circulation du pouvoir permet, elle aussi, de créer de la richesse, même si cette richesse passe par une phase d'apprentissage par l'erreur !

N. B. : si des femmes se reconnaissent dans le plein, avec le besoin de se vider, il s'agit souvent d'un besoin autre que physique, comme le besoin de donner de l'affection, ou de donner des leçons ou des conseils intellectuels. C'est alors parce qu'elles ont trop rempli cette zone au détriment de celle du bas ! Pourquoi le sexe est-il oublié ? C'est pourtant là que se trouve la solution.

Par exemple, une femme qui n'a pas de relations sexuelles avec son mari pendant trop longtemps va diriger son foyer, sa maison, ses enfants et sa profession pour occuper sa tête. Mais elle sera obligée d'aller chanter, de faire énormément de sport, de trouver des soupapes, pour libérer ce trop-plein d'énergie mentale.

– **Vide :** la plupart des femmes ont besoin d'être remplies lors d'un rapport sexuel. Sinon, elles ne sont pas satisfaites et deviennent aigries, irascibles, etc. On dit qu'elles sont « mal baisées », ce qui signifie que leur vide n'est pas comblé. Quand elles ne peuvent pas être satisfaites dans la zone sexuelle, elles désirent remplir l'affect ou l'intellect. Quelquefois, elles entreprennent des démarches spirituelles en cherchant à être fécondées par le Divin (les nonnes, par exemple, ou les groupies des gourous ou des stars de la chanson). D'ailleurs, on remarquera que beaucoup de femmes font des stages de développement personnel pour combler ce vide, ou passent des heures à se remplir d'informations sur Internet, devant la télévision, etc. Mais, comme pour les stratégies masculines, tout cela se fissure en vieillissant.

Le vide, pour les femmes

Quelle est votre gestion du vide ?

- Après l'acte sexuel, vous sentez-vous comblée ou insatisfaite ?
- À quelle fréquence ressentez-vous le besoin d'être remplie ? Notez ce rythme, vérifiez-en la pertinence. Beaucoup de femmes se contentent de peu, car, l'énergie yin montant dans le sommet du corps, elles ne ressentent donc pas forcément leurs besoins physiologiques et sexuels.
- Quelles sont vos habitudes pour être remplie ? Que recherchez-vous ?

- Repérez si, derrière ce besoin physiologique, il n'y a pas un sentiment de manque. Souvent, c'est la croyance selon laquelle la femme n'a pas l'aspect masculin (*cf.* Freud) et qu'elle est « l'oubliée de Dieu ».

L'énergie sexuelle est alors détournée de sa fonction. La femme va faire du shopping, lire ou se remplir la tête lors de stages ou de formations. Elle n'a pas conscience que **son vide est fait pour créer un mouvement attirant du yang**, et que ce n'est pas une punition divine que de ressentir ce manque !

Pour l'argent

- Comment faites-vous pour gagner de l'argent ? En travaillant à la sueur de votre front (schéma culpabilisant masculin) ? Ou bien en travaillant du bassin (schéma culpabilisant féminin) ?

L'homme est fait pour travailler du chapeau ; la femme peut se contenter d'aspirer l'argent avec son bassin. Mais c'est en général culpabilisant, car étiqueté « pute » !

Pour le pouvoir

- Comment vous y prenez-vous pour obtenir de l'aide ? En demandant franchement ? En minaudant ? En culpabilisant votre entourage ? En vous plaignant ? En vous sacrifiant et en étant malheureuse ?

Ces stratégies pour obtenir de l'aide permettent aussi d'obtenir un pouvoir. Elles sont multiples, mais rarement assumées !

N. B. : si certains hommes se reconnaissent dans le vide, avec un besoin d'être remplis, il s'agit souvent d'un manque affectif ou intellectuel, et non physique. Cela peut cacher une immaturité de l'ego qui se croit enfant, petit, nécessiteux. Il faut entreprendre un travail sur le masculin pour le remettre à sa place, en bas.

Un petit garçon écossais rentre tout essoufflé de l'école. Son père s'inquiète :
– Qu'est-ce qui t'arrive ?

– Papa, j'ai économisé 5 euros !
– Superbe ! Comment as-tu fait ?
– Eh bien, au lieu de prendre le transport scolaire comme d'habitude, j'ai couru derrière le car !
Son père le gifle brusquement.
– Espèce d'idiot ! Tu aurais pu économiser 25 euros en courant derrière un taxi !

Pour le binôme pénétrant/attractif

Ce binôme est indissociable des deux grandes peurs du genre humain : chez l'autre, le pénétrant entraîne la peur du viol ; et l'attractif, la peur de la castration. Aussi, il ne va pas être facile de libérer ces deux fonctions, surtout avec le basculement de l'expression des polarités qui se déroule depuis cinquante ans entre les hommes et les femmes.

– **Pénétrant :** pour les hommes, l'époque est moins à la peur de la castration en étant pénétrant. Maintenant, la culpabilité se porte sur le fait d'être un violeur potentiel ! Cela limite donc l'expression de cet aspect yang au point que tout devient lisse et aseptisé. Le pénétrant ne va plus au fond des choses, tout reste superficiel, tant dans le monde des idées que dans celui des actes, du verbe, etc.

À l'inverse, si l'homme est très pénétrant, cela cache souvent un manque de confiance en soi, doublé d'un manque d'écoute de l'autre.

Le pénétrant, pour les hommes

Quelle est votre gestion du principe pénétrant ?

- Repérez votre attitude entre ces deux extrêmes (superficiel ou profond ?)
- Vous autorisez-vous à être pénétrant ? Regardez si vous ne vous limitez pas par culpabilité, pour être « gentil » (ce qui est insupportable pour la femme !).
- Dans l'acte sexuel, observez la phase de pénétration. Osez-vous ? Êtes-vous assuré ? Ou bien forcez-vous sans prendre le temps de la relation ?

Pour l'argent

- Comment prenez-vous de l'argent ? En demandant directement ? En forçant ? En vous servant ? En quémandant ? Ou bien préférez-vous ne rien prendre ?

Pour le pouvoir

- Comment donnez-vous des ordres ? Comment vérifiez-vous une tâche confiée à une personne ? Comment vous engagez-vous dans un nouveau projet ? Faites-vous confiance ou préparez-vous méticuleusement toutes vos actions avant d'y aller ? Y a-t-il de la peur derrière tout cela ? Du jugement ?

Les schémas psycho-émotionnels dans le social (gestion des groupes) seront les mêmes que ceux exprimés dans un rapport sexuel (gestion interpersonnelle).

N. B. : si des femmes se reconnaissent dans le pénétrant, c'est toujours par l'aspect mental et inquisiteur. Il faut alors se poser la question du pourquoi. Par exemple, qu'est-ce qui pousse une femme à être intrusive ? Souvent, il s'agit d'une protection en rapport avec une peur interne, qu'elle essaie de masquer et de faire taire ainsi. Car ce n'est pas sa nature biologique que d'agir de cette façon.

– **Attractivité :** pour les femmes, c'est l'inverse. Si la peur du viol (ou la mémoire de viol) est encore manifeste, les femmes sont devenues très castratrices par leur verbe. En même temps, leur attractivité est en berne. La mode est plutôt aux vêtements passe-partout (le pantalon jean), voire aux affichages repoussoirs. L'attractivité, comme le pénétrant, est mal vue et coupable. Le travail de sape de la société est passé par là, mais le désir des femmes de ressembler aux hommes ne facilite pas la correction de ce mouvement. Être attractive est souvent assimilé à « faire la pute ». En tout cas, il n'est pas facile de l'afficher ouvertement et sans culpabilité.

L'attractivité, pour les femmes

Quelle est votre gestion de l'attractivité ?

- Repérez votre positionnement entre ces deux extrêmes : chercher à se faire voir et apprécier, ou passer inaperçue et repousser les hommes ?
- Est-ce que vous cultivez votre attractivité ? N'est-ce pas « coupable » ?
- Dans l'acte sexuel, observez votre vagin : est-il actif et aspirant ? Ou bien immobile et passif ? Est-il ouvert ou a-t-il tendance à se fermer ?

Pour l'argent

- Comment obtenez-vous de l'argent ? En demandant directement ? En forçant ? En prenant ? En quémandant ? Ou préférez-vous ne rien obtenir ?

Pour le pouvoir

- Comment obtenez-vous satisfaction dans les groupes ? Par des stratégies féminines (douceur, manipulation) ou masculine (autoritarisme). Utilisez-vous un statut, un titre, ou utilisez-vous seulement votre charisme, votre présence ?

N. B. : si des hommes se reconnaissent dans l'attractif, il s'agit souvent d'un besoin affectif, d'un besoin d'image ou de la recherche d'un idéal mental. Y a-t-il un doute sur la puissance du masculin ?

Sur le binôme pénétrant/attractif, finalement, on dirait bien que les hommes comme les femmes se castrent tout seuls dans ce mode d'expression du yin et du yang. C'est sans doute dans ce domaine que les exercices seront les plus efficaces, car nous y sentons bien la présence du jugement coupable/innocent !

Pour le binôme fécondant/nourrissant

Ces deux aspects se ressemblent beaucoup et sont donc confondus. Souvent, nous pensons féconder alors que nous nourrissons. Par exemple, donner une idée ou un conseil à quelqu'un fait, a priori, partie du registre fécondant : nous lui posons une graine dans sa tête. Mais, souvent, notre intention n'est pas celle-ci ! Nous voudrions que la personne mette à profit ce conseil, c'est-à-dire applique et obéisse. Nous sommes passés dans le registre nourricier de la mère poule qui formate et limite ! Le principe fécondant consiste à laisser maturer l'information chez la personne, afin qu'elle puisse créer, elle-même, ce qui est bon pour elle.

– **Le fécondant :** il apporte du nouveau. L'aspect yang fécondant ne reproduit jamais deux fois la même chose, ce qui garantit l'évolution et l'adaptation des espèces. Pour exprimer le yang fécondant, il faut accepter l'inconnu et laisser venir l'intuition, les synchronicités. Paradoxalement, ce principe guide, mais accepte d'être guidé ! Par exemple, on ne peut pas dire que le pénis connaît le chemin à lui seul : le vagin le guide. De même, n'est-ce pas l'ovule qui choisit le spermatozoïde qui va le féconder ?

Le fécondant, pour les hommes et les femmes

Quelle est votre gestion du principe fécondant ?

- Comment réagissez-vous face à la nouveauté ? La recherchez-vous ou la fuyez-vous ?
- Aimez-vous les situations nouvelles dans les relations sexuelles ? Avez-vous des idées, des intuitions, des films qui se déroulent, vous suggérant de la nouveauté ?
- Ou aimez-vous répéter les situations ? Est-ce que tout est cadré et ordonné dans votre vie ? Faites-vous l'amour toujours de la même manière ? Dans ce cas, il vous manque du yang fécondant.

Pour l'argent

- Avez-vous vos habitudes ? La circulation de l'argent est-elle cadrée, préparée, organisée ? Ou fonctionnez-vous à l'intuition, pour les dépenses comme pour les recettes ?
- Aimez-vous que votre argent fasse des petits ? Ou êtes-vous comme ce millionnaire américain qui avait réussi à avoir une petite fortune parce qu'il avait hérité d'une grosse fortune ?

Pour le pouvoir

- Comment fonctionnez-vous par rapport à vos idées, vos intuitions ? Est-ce que vous les gardez pour vous, ou est-ce que vous les faites connaître à votre réseau ? Avez-vous peur que l'on vous vole vos idées ?

– **Le nourrissant :** il fait croître et prospérer. L'aspect yin nourricier multiplie et donne la richesse. Il duplique de manière ordonnée pour rendre manifeste l'information de l'esprit. Pour exprimer le yin nourricier, il suffit de laisser du temps au temps (un bébé ne se fait pas en un jour). Mais, là encore, on ne peut limiter l'aspect nourricier au seul yin, car dans chaque parcelle de nourriture il y a une information yang.

La nourriture, pour les femmes et les hommes

Quelle est votre gestion du principe nourrissant ?

- Comment êtes-vous face à une création ? Attentiste ou impatient ?
- Laissez-vous les choses se manifester à leur rythme ? Est-ce que l'abondance se manifeste matériellement dans votre vie ?
- Dans l'acte sexuel, respectez-vous les étapes ? Attendez-vous qu'une étape soit pleinement satisfaite avant de passer à une autre ? Par exemple : prenez-vous le temps de nourrir les préliminaires ? Ou voulez-vous aller à l'essentiel, à l'orgasme, par exemple ? Dans ce cas, il vous manque du yin nourrissant.

Pour l'argent

- Comment faites-vous fructifier vos possessions ? Il n'est pas bon de faire fructifier l'argent tout seul (c'est pourtant ce que proposent le système financier et les États, afin de diriger notre argent là où ils décident). On peut comparer l'argent à la sève d'un arbre. Celle-ci est faite pour aider l'arbre à grandir, et pas pour autre chose. L'argent pour l'argent est aussi stupide que de vouloir éjaculer un maximum de sperme, alors qu'un seul spermatozoïde suffit pour faire un bébé ! L'intérêt est de créer quelque chose avec son argent : c'est cela, la nourriture – qu'elle soit matérielle ou spirituelle.

Pour le pouvoir

- Comment développez-vous votre réseau ? Comment organisez-vous la nourriture à tous les niveaux (argent, relations affectives et distribution de l'information) ? Êtes-vous au service de ce développement ? Ou êtes-vous conservateur, attentiste, ascétique ?

N. B. : dans le collectif, plus on donne, plus on reçoit !

Ces deux aspects sont les clefs de la créativité. Comme on peut l'observer, ils ne sont pas l'apanage d'un sexe plus que de l'autre. Chaque homme, et chaque femme, a des aspects fécondants et nourrissants. La sexualité consciente va permettre de les rendre plus puissants, et cette créativité va alors rayonner dans tous les domaines de la vie (travail, famille, santé, vie sociale, etc.).

Pour le binôme contrôlant/enveloppant

Ces deux aspects sont ceux qui nous structurent. On pourrait dire que le yang contrôlant nous donne notre colonne vertébrale, et que le yin enveloppant nous apporte le confort du corps. Ou encore, que le yang fait la forme, le contenant ; et le yin, le contenu, la substance. Dans ce domaine, il est facile d'imaginer un verre d'eau pour illustrer le concept ! Car, souvent, nous associons le contrôle à la dictature ou à l'autoritarisme ; et l'enveloppe, à un étouffement castrateur. On reproche souvent à nos pères d'avoir été « durs », et à nos mères d'avoir été « étouffantes ».

– **Le contrôlant :** il permet d'obtenir une direction, un but. C'est la représentation du soleil qui fait pousser les arbres droits. Cet aspect yang nous aide donc à voir où nous allons et à atteindre nos objectifs.

N. B. : si des femmes se reconnaissent dans le contrôlant, c'est souvent parce qu'elles cherchent à dominer la relation par leur mental, pour compenser un mauvais vécu de leur féminité. Biologiquement, leur corps préfère exprimer la douceur de l'enveloppement.

Le contrôlant, pour les hommes et les femmes

Quelle est votre gestion du principe contrôlant ?

- Dans la relation sexuelle, est-ce vous qui cherchez à contrôler ? Pourquoi ? Comment ? N'y a-t-il pas une peur cachée derrière ?
- Vos projets avancent-ils correctement dans la bonne direction ? Si votre vie est chaotique, il est probable que vous refusez le yang contrôlant. Vérifiez en observant comment était votre image du père et des figures d'autorité. Souvent, il y a un refus de « la loi ».
- Dans la relation sexuelle, cela peut conduire à des luttes de pouvoir pour être dominant par n'importe quel moyen. Surveillez-vous votre partenaire ?
- Ou bien, au contraire, la relation manque de sécurité. Elle n'est pas rassurante et trop imprécise, sous n'importe quel argument (ne pas s'engager, rester libre, faire « moderne », etc.).

Pour l'argent

- Comment contrôlez-vous votre gestion de l'argent ? Tenez-vous vos comptes personnels ? Ou faites-vous confiance à la banque ou à votre conjoint(e) ?
- Vérifiez-vous vos rentrées d'argent ? Vos sorties ? Vos factures ?

Pour le pouvoir

- Comment gérez-vous vos décisions ? Est-ce qu'un « oui » est un « oui » ? Un « non » est-il un vrai « non » ? Souvent on dit oui en disant non !
- Comment suivez-vous vos dossiers, vos relations, vos contacts ?

– **L'enveloppant :** il permet de se sentir en sécurité et en confort. Cet aspect yin nous aide à supporter les contraintes de la vie, de l'incarnation, etc. À l'opposé, l'absence de yin enveloppant rend les choses dures, douloureuses, sèches.

N. B. : si certains hommes se reconnaissent dans l'enveloppant, c'est souvent parce qu'ils cherchent à jouer aux « papas poules », pour compenser un aspect contrôlant mal vu et connoté négativement. Pourtant, la biologie de leur corps est faite pour rassurer par une direction (je sais où je vais) plutôt que par du cocooning !

L'enveloppant, pour les femmes et les hommes

Quelle est votre gestion du principe enveloppant ?

- Lors d'un rapport sexuel, prêtez-vous attention au confort, à la tranquillité ?
- Si votre vie est douloureuse, pleine de contraintes, il est probable que vous n'exprimez pas le yin accueillant pour vous. Comment avez-vous perçu le lien avec la mère, avec la Terre et l'incarnation ? Souvent, il y a là aussi un « non » aux conditions de l'incarnation.
- Dans la relation sexuelle, cela peut induire des douleurs, un refus de la soumission, une sécheresse, etc.
- À l'inverse, cela peut devenir étouffant, trop mou, trop endormant !

Pour l'argent

- Donnez-vous de l'importance au confort monétaire ? Avez-vous toujours de l'argent en espèces sur vous ? Avez-vous une réserve rassurante ?
- Ou êtes-vous toujours « à sec » ? Avez-vous de quoi vous nourrir convenablement ?

Beaucoup de gens se privent d'une bonne nourriture – bio, par exemple – sous le prétexte que c'est onéreux. Idem pour choisir un restaurant, acheter des vêtements, etc. C'est toujours une peur irrationnelle qui est derrière et coupe ainsi la personne d'un vécu confortable du moment présent.

Pour le pouvoir

- Mettez-vous des formes dans votre relation aux autres ? Savez-vous accueillir, rassurer vos interlocuteurs, être à leur écoute ? Vos relations sont-elles chaleureuses ?
- Ou votre accueil est-il froid et formel ? Professionnel ?

Ces deux aspects sont des sources de travail sur soi énormes, car ils renvoient à la notion de « père » et de « mère », qui sont, pour l'âme, les deux représentations symboliques du yang-esprit et du yin-matière. Autrement dit, beaucoup d'informations et mémoires karmiques viennent nous perturber à ce niveau, qu'elles soient issues de cette vie, ou venant de plus loin (de la généalogie, par exemple).

Synthèse de cette introspection : attribuez-vous une note sur chacun des aspects (1 : domaine à travailler absolument ; 10 : domaine où vous êtes à l'aise). Cela vous permettra de mieux cibler les exercices qui vont suivre.

Qualité	Thème	De 1 à 10
Le plein	Avez-vous une façon naturelle et équilibrante de vider votre plein ?	
Le vide	Avez-vous une façon naturelle et équilibrante de vous remplir ?	
Le pénétrant	Êtes-vous équilibré(e), entre « forcer » et « se retenir » ?	
L'attractif	Êtes-vous équilibré(e), entre « capturer » ou « s'oublier » ?	
Le fécondant	Êtes-vous à l'aise entre les pôles « inconnu » et « répétition » ?	
Le nourrissant	Êtes-vous tranquille entre les pôles « attentisme » et « impatience » ?	
Le contrôlant	Comment exprimez-vous cet aspect, entre « dictature » et « soumission » ?	
L'enveloppant	Comment exprimez-vous cet aspect, entre « étouffement » et « froideur » ?	

Les cinq mouvements

Physiologiquement, le sexe répond à des lois et à des symboliques énergétiques comme pour toute chose dans l'univers. Ces qualités sont décrites par l'énergétique chinoise. Un petit détour par cette symbolique va éclairer bien des aspects méconnus en sexualité, et va permettre à chacun de mieux cerner la cause de certains désagréments.

Les cinq mouvements sont souvent traduits par les cinq éléments. En Occident, quatre sont déjà bien connus sous ce terme (l'air, l'eau, la terre et le feu). Les Chinois en mentionnent cinq, car ils se réfèrent plus à des mouvements pour les décrire (l'énergie). D'ailleurs, en numérologie, le chiffre 5 est un symbole de mouvement, car il repose sur une base instable.

Nous allons retrouver toutes ces symboliques dans la sexualité. Aussi, faisons un rapide tour d'horizon de ces potentiels en nous.

Les cinq mouvements

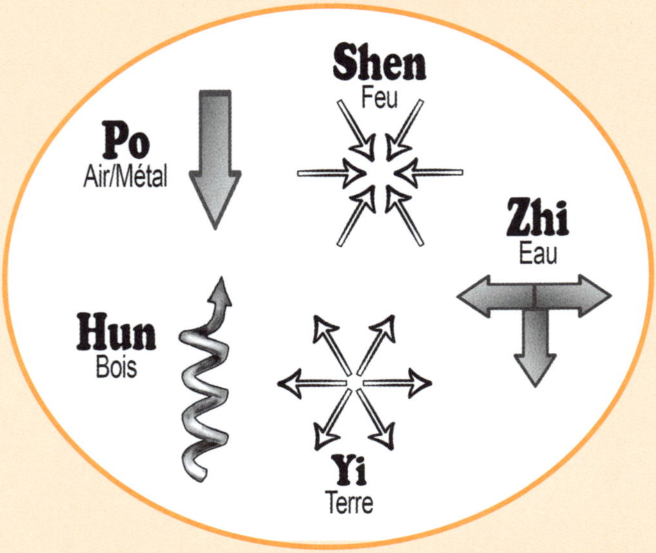

Le bois

C'est un mouvement qui monte en spirale, à l'image des végétaux. Il représente la partie la plus céleste de l'âme. Il symbolise donc le Père Ciel et l'esprit. Sexuellement, il participe à l'érection de l'homme et à l'attractivité de la femme.

Le feu

Il représente un mouvement centrifuge qui rayonne, s'étend en se dilatant. Par association, il représente le soleil, le mouvement le plus yang. Mais, sexuellement, il représente autant le magnétisme d'un homme charismatique que d'une femme remarquable !

La terre

C'est le mouvement inverse, centripète, qui rassemble et concentre. Il représente l'attractivité terrestre qui nous ancre et nous recentre. C'est pourquoi il symbolise la Mère Terre et la matière. Sexuellement, cet aspect gère les muqueuses et la sensibilité, le lien affectif, tant du pénis que du vagin.

Le métal/l'air

C'est un mouvement qui tombe vers le bas. Il représente la partie la plus terrestre de l'âme, celle qui va faire descendre la conscience dans le corps. Comme peu d'âmes désirent réellement s'ancrer, il n'est pas étonnant qu'il y ait autant d'addictions sur le poumon pour tenter d'échapper à l'incarnation (cigarettes, drogues, médicaments, méthodes pour planer, etc.). Mais cet élément va nous aider à aller plus profondément dans la sexualité, dans l'engagement. Il participe aussi au parfum sexuel, puisque c'est lui qui transmet les odeurs subtiles des femelles en chaleur.

L'eau

C'est un mouvement qui s'adapte, serpente et descend. Il symbolise beaucoup de choses, puisque c'est par l'eau que se transmet la vie (les spermatozoïdes sont dans un liquide). Il participe à la lubrification des sexes, en accord avec la terre (les muqueuses) et, surtout, c'est le rein qui reçoit l'énergie sexuelle des ancêtres. L'eau est un élément fondamental, car il se manifeste sous trois aspects : solide (la glace), liquide (l'eau d'en bas), et gazeux (l'eau d'en haut, dans les nuages). Il représente la puissance sexuelle, la volonté, et la longévité de la vie sur Terre.

Symbolique	BOIS	FEU	TERRE	MÉTAL/AIR	EAU
Organe yang	Foie	Cœur	Rate-Pancréas	Poumon	Rein
Organe yin	Vésicule biliaire	Intestin grêle	Estomac	Gros intestin	Vessie
Sens	Vision	Toucher	Goût	Odorat	Audition
Organe des sens	Yeux	Mains	Lèvres, bouche	Nez	Oreilles
Saison	Printemps	Été	Été indien	Automne	Hiver
Couleur	Vert	Rouge	Jaune	Blanc	Bleu noir
Saveur	Acide	Amer	Doux sucré	Piquant	Salé
Émotion	Colère	Joie	Ressassement	Tristesse	Peur
Qualités	Dynamisme	Amour, bonté	Sagesse	Justice	Force
Symbolique	Rôle du père, le guerrier	Le roi, la vitalité et la chaleur	Rôle de la mère, la matière, les muqueuses	Rôle du fils, le « je suis », ma valeur	Énergie ancestrale, puissance
Aspect mental	Lié au plan, viser loin	Discernement, disponibilité, paix	Concentration mentale	Organisation, structuration	Confiance en soi, volonté
Sexe	Dynamisme de l'érection (homme) ou de l'attractivité (femme)	Présence, charisme, rayonnement du sexe (être habité)	Sensibilité des muqueuses, plaisir, nourriture sensorielle	Pénétration (homme), engagement dans la relation (culpabilité), parfum du sexe	Lubrification, fertilité, puissance vitale, volonté

On peut remarquer que des problématiques récurrentes en sexualité sont ainsi explicitées. Une petite recherche supplémentaire permet souvent d'en trouver l'origine symbolique et psycho-émotionnelle.

Problématiques	Pistes de travail possibles pour les hommes
Difficultés d'érection	Problématique avec le père (géniteur ou repère paternel). Problématique de foie (alcool). Manque de dynamisme (guerrier) et difficultés à faire de bons choix (vésicule biliaire). Angoisses de la performance. Problématique d'attachement à la mère (c'est castrateur). N. B. : il est inutile d'accuser son géniteur, car cela ne règle rien ! Il vaut mieux regarder à l'intérieur, comment la conscience considère l'érection, les signes de virilité, etc. C'est souvent interdit ou culpabilisant.
Éjaculation précoce	Problématique avec l'engagement (poumon, incarnation). Anxiété, relation à la mère, à la matière. Problématique avec la conjointe (castratrice). Œil qui surveille (faire vite, ne pas se faire surprendre !). Il faut alors voir le foie et le symbole du « père ».
Difficultés à éjaculer	Problème de lignées familiales, d'héritage, de transmission de l'héritage. Interdit posé sur le principe masculin fécondant (vieille mémoire dans la lignée ou issue d'une mémoire karmique). Peur de la grossesse, de la dépendance. Il faut souvent corriger la mémoire familiale (soins en Médecine symbolique).
Difficultés à avoir un orgasme	Problème en lien avec le cœur : « jouir » et « joie » ont la même racine. Culpabilité existentielle (culpabilité sur l'âme). Le plaisir est interdit, et il faut dénouer ses mémoires, souvent karmiques.
Manque de libido	Problèmes avec la compagne (voir l'image de la mère génitrice, de la femme en général). Problèmes avec la rate (comment est perçue la matière ?). Problèmes avec l'alcool, les drogues, les médicaments (antidépresseurs, opioïdes, bêtabloquants, notamment).
Douleurs pendant les rapports	Souvent, il s'agit de sensations de coupures sur la verge. Voir les peurs de castration et la peur de l'engagement (poumon). Est-ce que l'incarnation est acceptée, ou la personne attend-elle son retour vers le « paradis » de l'au-delà ?

Conseil général pour les hommes : il serait bon d'aller visiter la relation au père, en tant que recherche spirituelle. Souvent, l'homme vient avec ce handicap, justement parce que son karma va l'obliger à spiritualiser la matière. Mais les religions sont hélas des impasses, comme on le constate avec les scandales sexuels à répétition dans la plupart des obédiences ! Cet ouvrage propose justement de spiritualiser la sexualité pour éviter cet écueil.

Problématiques	Pistes de travail possibles pour les femmes
Manque d'attractivité	Problématique avec le père (géniteur ou repère paternel ; danger ?). L'attractivité est mal vue, avec la peur de passer pour une pute (l'œil est géré par le foie). La polarité féminine est-elle bien acceptée et assumée ? La personne accepte-t-elle de grandir, d'être une femme pleinement ? N. B. : souvent, les femmes accusent leur géniteur d'une phrase ou de réflexions déplacées, mais, en fait, quand on creuse, c'est l'âme elle-même qui a ce jugement culpabilisant sur le féminin (et veut donc dépasser ce karma).
Manque d'envie sexuelle	La dépression, le manque d'envie de vivre, ainsi que la prise de drogue et le tabagisme (voir le poumon et le cœur). La prise d'alcool (foie). Attention aux antidépresseurs : ils coupent encore plus la libido. Or certaines femmes se font prescrire ce genre de médicaments par confort, pour être moins angoissées, etc. Trop d'intellectualisations et de prises de tête. Trop de responsabilités et de travail.
Sécheresse	Problématiques avec la mère (génitrice ou repère maternel). Problématiques avec l'incarnation (l'âme ne voulait pas venir). Problématiques avec le plaisir (c'est mal vu, c'est coupable). Regarder du côté de la rate et des reins.
Insatisfaction	Problématique de cœur (manque de présence), de joie (est-ce autorisé ?). Problématique de sacralisation (sexualité routinière, habituelle, par devoir). Sentiment de ne pas mériter d'être comblée (culpabilité).
Douleurs internes ou externes	Regarder du côté de la lignée des femmes (de mère en fille) s'il n'y a pas un interdit collectif, un secret de famille, une culpabilité sur la zone sexuelle (rein). Voir le sentiment de culpabilité, les jugements de valeur (poumon).
Orgasme (absence)	Voir du côté de la culpabilité (c'est interdit), le poumon et le cœur. Voir du côté de la rate (la matière, la mère). Voir du côté du cœur (ce n'est pas sacralisé, c'est un karma de l'âme).
Lèvres	Voir du côté de la rate (muqueuse), de la mère. Voir du côté de la bouche (l'expression est-elle autorisée ou interdite ?). Le Verbe est-il bien vu ? Les paroles sont-elles des bénédictions ou des malédictions (langues de vipère). Les paroles sont-elles allées trop loin ? Ensuite, on s'en mord les lèvres.

Conseil général pour les femmes : compte tenu des abus de l'histoire les concernant – on brûlait les sorcières, il n'y a pas si longtemps –, il faudra aller systématiquement visiter les lignées familiales et traiter les interdits. Les religions (Inquisition, interdit sexuel pour les religieuses, etc.) et la société civile (fille-mère, mariages arrangés, viols, incestes, etc.) ont laissé beaucoup de traces dans la zone sexuelle, tant au niveau individuel que collectif.

Le cycle nourricier et le cycle de contrôle

Les cinq mouvements s'articulent entre eux par deux cycles, entre les 5 organes pleins (foie, cœur, rate, poumons et rein) et les 5 organes vides du corps (vésicule biliaire, intestin grêle, estomac, gros intestin et vessie).

Le cycle nourricier est représenté par les flèches du bord du cercle, le cycle de contrôle se trouvant représenté à l'intérieur. Ces deux cycles éclairent bien les fonctions yin et yang et permettent d'expliquer l'origine de certains schémas psycho-émotionnels par le jeu des « rackets émotionnels ».*

** Racket émotionnel : on parle de « racket » lorsqu'une émotion vient s'exprimer à la place d'une autre. Par exemple, le décès d'un proche réveille de la colère au lieu de nous rendre tristes.*

Le cycle nourricier

Il s'explique ainsi :
- le bois nourrit le feu ;
- le feu nourrit la terre (les cendres fertilisent la terre) ;
- la terre nourrit le métal (la terre donne les mines de minerais) ;
- le métal nourrit l'eau (les nuages dans l'air font tomber la pluie) ;
- l'eau nourrit le bois (le végétal a besoin d'eau).

Le cycle de contrôle

Il s'explique de la manière suivante :
- le bois contrôle la terre (les racines emprisonnent la terre et l'empêchent d'être emportée par l'érosion) ;

– la terre contrôle l'eau (l'eau disparaît dans la terre lorsque la pluie tombe) ;
– l'eau contrôle le feu (elle l'éteint) ;
– le feu contrôle l'air/métal (il fait fondre le métal, ou fait monter l'air dans le ciel) ;
– le métal coupe le bois (les tempêtes cisaillent les arbres).

Ainsi, les problématiques abordées précédemment peuvent s'expliquer grâce à ces deux cycles. En voici un exemple classique.

Un manque d'érection est souvent lié à un problème avec le père. L'homme a dit non à son géniteur, lui reproche quantité de choses, etc. Mais cela peut venir d'une culpabilité sur la relation sexuelle (poumon) qui se transfère sur le foie par le cycle de contrôle (le métal contrôle le bois). Ainsi, une culpabilité importante pourrait conduire un homme à n'avoir que peu ou pas d'érection ; et une femme, à ne plus ressentir l'envie de faire l'amour.

Nous ne voulons pas aller plus loin dans les explications dans ce domaine clinique, car il s'agit d'aspects à travailler en psychothérapie ou en médecine chinoise, et ce n'est pas le but de cet ouvrage. Nous préférons pointer certaines symboliques afin d'éveiller la conscience au fait que chaque problème peut avoir une cause interne à la personne. Il est alors plus facile de gérer cette cause par soi-même, sans médicaliser le corps et sans chercher trop d'explications intellectuelles.

D'ailleurs, les expérimentations qui suivent ont justement pour but d'explorer des pistes qui puissent rendre les gens autonomes.

Vivre les 5 mouvements pour les hommes et les femmes

Il y a beaucoup d'exercices possibles avec les 5 éléments. Voici des pistes générales, rarement abordées, basées sur les organes des sens

Mouvement ascendant du bois : le foie et la vésicule biliaire.

- Travailler le regard, ce qui est bien vu ou mal vu. Regarder le sexe, le sien, celui de l'autre. Accepter d'être regardé(e). Des exercices seront proposés plus loin, car c'est l'un des éléments les plus « coupables ». Il sera donc très efficace de travailler par le regard.

Mouvement descendant du métal/air : le poumon et le gros intestin.

- Travailler l'odorat : sentir l'odeur de son sexe, celle du sexe de l'autre. Une odeur désagréable est souvent liée à une mauvaise hygiène alimentaire (trop de consommation de viande, de produits industriels, de drogues, de tabac et d'alcool, etc.). Normalement, l'odeur du sexe est agréablement parfumée. Elle s'améliore encore lors des ébats amoureux !

Mouvement centripète de la terre : la rate-pancréas et l'estomac.

- Travailler le goût : goûter son sexe, celui de l'autre. Les liquides qui sont sécrétés pendant un rapport, et surtout celui qui apparaît chez une femme lors d'un orgasme, sont incomparables. La salive prend aussi une saveur indescriptible. Pour l'énergétique chinoise, il s'agit d'un nectar de guérison et de longue vie, autant pour la femme que pour l'homme qui boit ce liquide !

Mouvement centrifuge du feu : le cœur et l'intestin grêle.

- Travailler le toucher : se caresser et caresser l'autre. Caresser les parties génitales avec les mains, les laisser faire et apprécier ce contact. Le toucher est un domaine infini d'exploration, car il est porteur d'une extrême sensibilité. De plus, il varie suivant l'intention que l'on y met, la conscience de l'instant présent, etc.

Mouvement adaptable de l'eau : le rein et la vessie.

- Travailler l'audition : fermer les yeux et écouter uniquement la voix de l'autre. Exprimer des paroles ou des sons profonds pendant un rapport sexuel. Souvent, ce type d'expression orale est interdit, ou difficile, car censuré par une forme de pudeur.

Le sexe, un outil de diagnostic

La zone sexuelle est riche par son potentiel, mais aussi par les problématiques qui s'y logent !

Entre les désordres de l'expression des polarités, la présence des trois cadavres, les mémoires personnelles, transgénérationnelles et collectives enfouies ici, il y a de quoi s'occuper...

Comme la sexualité ne peut mentir, elle devient l'un des meilleurs outils qui soit pour nous aider à évoluer en conscience.

Souvent, les personnes qui consultent un thérapeute posent quantité de demandes de type physique (« J'ai mal ici »), ou psycho-émotionnelle (« Je reproduis un schéma », « Je souffre », etc.). Rarement, elles parlent d'une problématique sexuelle. Pourtant, quand on les questionne, il y a toujours un malaise dans cette zone. Soit il y a abstinence, soit la personne ressent des douleurs ou des blocages.

Et si l'on partait de cette base pour comprendre et déloger les problèmes situés plus haut ?

Le vrai du faux

Comment démêler le vrai du faux en matière de sexualité ? La question se pose, en effet. Qu'est-ce qui nous ment dehors ? Qu'est-ce qui nous ment à l'intérieur ?

Le corps ne ment pas

Il faut bien comprendre que l'être humain n'est capable de diriger son corps en conscience que dans une certaine limite. Par exemple, si le cerveau commande facilement le bras pour se saisir du pain sur la table, ce même cerveau est incapable de commander d'autres choses ; et notamment le sexe, le battement du cœur, le mouvement de la respiration, etc.

La sexualité fait partie des domaines où notre cerveau conscient se trouve incapable de diriger quoi que ce soit. Qui peut commander une érection comme il bougerait un doigt ? Qui peut ordonner à son sexe d'arrêter une envie qui monte ?

La sexualité ne peut être commandée par un ordre de notre cerveau conscient, car elle est dirigée par le cerveau instinctif. Mais, du coup, il est a priori impossible à quelqu'un de cacher un aspect indésirable de cette même sexualité : l'être humain est absolument nu et transparent quand il fait l'amour.

De même, on constatera d'une manière plus globale que tout ce qui s'incarne dans le corps est vrai. Chaque maladie est la marque d'un désordre psycho-émotionnel qui s'imprime (tout ce qui ne s'exprime pas s'imprime).

Chaque aspect de notre morphologie est imprimé par notre psychisme. C'est l'esprit qui s'imprime dans la matière et lui donne sa forme. Nous ne sommes que les résultats de nos pensées conscientes et inconscientes. Comme le montrent les constructions des ennéatypes, même notre beauté, notre intelligence, notre physique sont le résultat d'un calcul savant de nos pathologies qui cherchent ainsi à exister ! Tout cela répond à des lois énergétiques.

Bien sûr, ce n'est pas une nouveauté que de l'affirmer. En matière sexuelle, de nombreuses recherches ont été faites en ce domaine, surtout depuis que l'orgasme et le plaisir sont devenus des « droits ». En fait, nous avons juste redécouvert que le corps est fait pour avoir du plaisir. Tous nos sens savent apprécier le beau, le bon, le vrai.

En revanche, il est étonnant de constater que, si notre nez ne sent plus d'odeurs, nous irons consulter. Si nos yeux ne voient plus, si nos oreilles perdent de l'audition, nous irons nous faire soigner.

Mais, si notre sexe ne ressent rien, si le plaisir est absent du toucher, alors nous gardons cela pour nous et « faisons une croix dessus ». Ne serait-ce pas une punition divine ?

Pourtant, le corps ne ment pas : il nous envoie un signal, et nous devrions aller voir pourquoi. Car derrière se cache un message visant à nous éveiller à une autre dimension !

Plaisir et orgasme

Ne pas avoir de plaisir pendant un rapport sexuel a été le premier point sur lequel les sexologues ont été sollicités. Il s'agit donc du premier diagnostic que chacun fait en ce qui concerne sa sexualité. Est-il normal de ne rien ressentir ? Ou d'avoir des douleurs ?

Il existe plusieurs types d'orgasmes, et les plaisirs sont légion. Aussi, l'une des premières questions que chacun se pose face à sa sexualité, c'est d'évaluer son plaisir par rapport à une norme supposée, et de s'interroger, bien sûr, par rapport à son ou sa partenaire (« Est-ce que je lui donne suffisamment de plaisir ? »). Là aussi, nous nous référons à une norme, souvent véhiculée par les médias.

Le premier piège à éviter est justement celui-ci. Ce sont souvent des clichés vus dans des films qui nous donnent des repères sur ce qu'il convient de pratiquer en matière de sexualité. Avant la télévision, l'information circulait de manière auditive (on en parle, on en plaisante). Actuellement, ce sont des tutoriels qui nous enseignent tout ! De là à imiter ce que nous voyons... Or les films montrent toujours des excès. La sexualité y est souvent dépeinte sous un angle exagéré, car la loi du marché fait qu'il faut toujours aller plus loin pour vendre toujours plus de sensations à un public saturé, par ailleurs, de toutes ces images. Le message qui est transmis devient donc, la plupart du temps, déconnecté de notre vécu – ce qui n'arrange pas l'observateur qui veut se sentir dans une forme de normalité. Et ne parlons pas des images dégradantes et perverses qui sont maintenant le lot commun de l'information donnée sur les réseaux sociaux.

Alors, quels sont les critères objectifs qui permettent de se repérer face à sa sexualité ?

Le manque de plaisir peut provenir d'un manque d'attention

Le premier critère est la notion même de « plaisir ». Les plaisirs sont innombrables, et l'humain a inventé quantité de jeux pour les stimuler. Rappelons que les plaisirs s'expriment et se stimulent au niveau du physique (toucher, caresses, baisers), au niveau émotionnel (joie, affection, échange, amour) et au niveau mental (érotisme, fantasmes, mise en scène).

La première chose que l'on peut observer, c'est que **la qualité d'un plaisir dépend de la qualité de l'attention qu'on lui porte**. Un simple toucher très léger sur une partie du corps peut être perçu comme délicieux, alors qu'une pénétration laissera les deux partenaires sur leur faim. Pour apprécier la sexualité et y trouver des plaisirs, il suffit donc d'y porter suffisamment d'attention !

Pour être attentif, il ne faut pas penser à autre chose. Le mental se focalise-t-il sur un objectif à atteindre ? Est-ce que c'est de l'ennui ? Le mental est-il décalé dans le temps (il est souvent « avant » ou « après », mais rarement présent) ? Y a-t-il des peurs cachées qui font fuir les sensations du corps ?

L'attention

Pour éveiller le plaisir

Dans tous les cas, l'exercice qui aide à débrancher le mental consiste à revenir ici et maintenant, en sentant son corps ou des parties du corps.

- Lors d'un échange de caresses, de baisers, ou lors d'un rapport sexuel, ressentir profondément l'acte en lui-même, sans porter aucun jugement.
- Observer alors la sensation qui se diffuse partout. Immédiatement, la présence dans le physique ramène la conscience sur ce qui se vit à l'instant.

Pour dissoudre les zones douloureuses

Les douleurs sont toujours des blocages énergétiques, des nœuds, des « non » incarnés dans le corps. La seule solution est de les visiter en conscience et de les diluer.

- Mettre la conscience dans la zone douloureuse et la diluer, comme si on cherchait à l'écarter, à l'étirer dans toutes les directions. Il faut aider cette zone à respirer normalement.
- Se détendre et recommencer.

Cet exercice est très important pour aider les vieilles mémoires à se dissoudre dans le corps. Ce dernier fera alors son travail de nettoyage.

Avec la conscience dans le corps vient le plaisir des sensations.

L'orgasme n'est pas un but à atteindre

Le deuxième point est que nous associons toujours une sexualité accomplie au fait d'avoir un orgasme. Rien n'est plus faux. Un rapport peut être tout à fait satisfaisant sans qu'il débouche sur un orgasme. Un sentiment de plénitude est souvent perceptible, comme si les corps n'avaient plus faim. Pourquoi aller plus loin, alors ?

Quand les partenaires s'entendent bien, le fait que l'un n'aille pas jusqu'à l'orgasme fait souvent culpabiliser l'autre. Pourtant, rien ne dit que ce dernier n'est pas satisfait. Donner du plaisir à son ou sa partenaire est souvent une source importante de plaisir pour soi-même. En revanche, il est vrai que cette situation ne doit pas se reproduire trop régulièrement pour ne pas entraîner un sentiment de frustration. Un penchant des médias est d'imposer une véritable dictature de l'orgasme et des plaisirs. On le retrouve notamment au travers des écrits de la presse dite « féminine ». Mais l'important est de bien vivre ses rapports avec son ou sa partenaire, sans vouloir coller à un modèle existant.

Pour l'homme, il est faux de croire qu'orgasme et éjaculation sont liés. Il peut avoir une éjaculation sans orgasme, et ressentir un orgasme sans éjaculation !

Il existe différents types d'orgasme

Distinguons les principaux, sans trop entrer dans les définitions techniques données par les sexologues.

L'orgasme classique est un orgasme tension/détente (*cf.* la définition de Reich donnée auparavant). Que se passe-t-il physiquement lors du rapport sexuel ? En s'accroissant, le désir crée une tension de plus en plus forte. Le mouvement des deux sexes vise à accroître encore cette excitation. Plus cette tension sera importante, plus la libération pendant l'orgasme sera source de jouissance. Il s'ensuit une période de détente du corps proportionnelle aux tensions créées auparavant. C'est d'ailleurs pour cela que tous les jeux amoureux cherchent à accroître les tensions et l'excitation pendant le rapport sexuel. Nous ajoutons ainsi à la tension physique (le mouvement) des tensions émotionnelles (affection, stimulation par la voix) et des tensions mentales (imaginaire). L'orgasme détente qui suivra n'en sera que plus fort. C'est, bien sûr, ce type d'orgasme qui sert de modèle de référence dans notre monde surmédiatisé.

La femme peut ressentir au moins deux types d'orgasme de détente : celui lié au clitoris et celui lié au vagin. Certaines femmes ne ressentent que l'un des deux, ou sont obligées de stimuler le clitoris pour ressentir quelque chose au niveau vaginal. Tout cela n'est pas dans la normalité du corps féminin qui possède effectivement deux modes de plaisir dans cette zone.

Un autre type d'orgasme est appelé « orgasme cosmique » par certains auteurs. Il se caractérise par plusieurs différences notables par rapport au précédent :

- il n'est pas lié uniquement à la zone sexuelle, mais se situe à d'autres niveaux du corps, voire au corps tout entier ;
- il n'apparaît pas forcément en multipliant les tensions et les préliminaires, mais plutôt en augmentant son attention et sa conscience ;
- la détente du corps est même souvent une des conditions nécessaires à son apparition.

La détente a alors lieu avant l'orgasme et pas seulement après. Pour ce type d'orgasme, il peut y avoir fréquemment des « ondes » multiples, comme des vagues ; et chacun des partenaires – homme comme femme – peut en avoir plusieurs de suite dans le même rapport. Ce type d'orgasme ne marque donc pas la fin du rapport sexuel, mais le début d'autre chose. De même, il n'est pas suivi d'une période de fatigue, mais d'un sentiment de plénitude et d'énergie.

Les zones érogènes

Pour les femmes, notamment, il est possible de ressentir des orgasmes sans pénétration sexuelle, ou dans des zones autres que la zone sexuelle. Certaines zones du corps sont très sensibles et, avec ou sans pénétration, elles peuvent devenir le siège d'orgasmes plus ou moins intenses. Les sexologues ont longuement débattu des différents types d'orgasme que pouvait vivre une femme. Ils ont aussi décrit toutes les zones connues pour leur sensibilité (zones érogènes).

Autant le corps de la femme semble fait totalement pour ressentir et avoir du plaisir, autant ce sera plus limité pour les hommes. L'égalité n'est pas ce que l'on croit... On compte au moins six zones érogènes pour les femmes (le clitoris, le vagin, la bouche et les lèvres, le haut de la nuque, les seins et les mamelons) et seulement deux importantes pour les hommes (le pénis, la bouche et les lèvres).

Les zones érogènes se rassemblent sous une symbolique très intéressante, ce qui va permettre, là encore, de voir qu'il n'y a pas de hasard dans les mécanismes du vivant.

La zone de la créativité

En priorité, il s'agit du pénis et du vagin. Ce sont des muqueuses ultrasensibles douées d'une intelligence réciproque qui en fait une complémentarité parfaite. Les voir comme des complices ayant un but commun permet de se détacher des clichés (et des mémoires) de viol et de castration.

Cette zone de la créativité s'étend au chakra sexuel et laryngé. On trouvera, par conséquent, une zone érogène sur le sacrum à l'arrière, sur le bas-ventre devant et, en haut, sur la gorge et la nuque.

- Le sacrum aime être caressé doucement.
- La nuque aime être tenue, contrôlée par la main du ou de la partenaire, ou caressée doucement.
- La gorge aime être embrassée (c'est le lieu des « suçons » que les jeunes amoureux se font). C'est même une zone très sensible, dans le creux au-dessus de la clavicule, qui donne accès directement à des sensations sexuelles lorsqu'on l'embrasse ou la taquine avec la langue.

Les zones de la matière

Nous nous sommes tous incarnés par une « entrée en matière », et nous tirerons notre dernière révérence en quittant cette pièce de théâtre qu'est la vie. La comparaison ne s'arrête pas là ! L'entrée en matière est comme une porte : en harmonisation de l'habitat, nous trouvons toutes les informations karmiques du propriétaire ou du locataire inscrits devant la porte d'entrée de son appartement ou de sa maison. Pour nos âmes, la porte d'entrée représente le moment où elles se sont attachées au fœtus. Le processus se fait par étapes tout au long de la grossesse, et il commence par l'énergie du poumon – la partie la plus terrestre de l'âme, le Po – vers trois mois de grossesse. Ensuite, la femme ne peut plus avorter, car l'âme est entrée dans le corps.

Mais cet attachement se fait surtout par la nourriture, après la naissance. Il se renforce beaucoup avec l'allaitement et le sein. Le bébé ressent, par la tétée, le lien affectif avec sa mère ; et c'est la rate qui symbolise ce lien fort ainsi créé.

Or les portes d'entrée et de sortie de la matière dans le corps humain (la bouche et l'anus) sont aussi deux muqueuses extrêmement érogènes. Ce n'est sans doute pas un hasard non plus.

La bouche est une muqueuse habituée au plaisir. Elle dispose de tous les outils – le goût et l'odorat, notamment – pour déterminer ce qui va être bon pour le corps. Comme pour les animaux, il y a même des capteurs énergétiques qui détectent immédiatement et instinctivement les aliments toxiques. Hélas, nous ne les percevons plus ! Nous-mêmes avons appris à détecter ces microsignaux à l'aide des baguettes coudées ; et cela se révèle très pratique pour tester les aliments à consommer.

La bouche ressemble étonnamment à un sexe ! Elle comporte, tout comme le sexe féminin, des lèvres très sensibles ; et la langue est un organe plein masculin qui peut, par conséquent, pénétrer des zones en creux. On y retrouve donc toutes les possibilités des jeux d'union sexuelle tant en yin qu'en yang. Même si le baiser sur la bouche est courant en Occident, il ne faut pas oublier qu'il s'agit avant tout de mélanger les deux principes. Ce n'est pas un acte anodin, car il est porteur du même symbole que l'union des deux sexes.

L'anus représente la sortie de la matière. C'est aussi une zone érogène très puissante, que l'on peut stimuler. Il participe alors à l'excitation et à la tension sexuelle, ce qui permet d'accroître les sensations (la fameuse tension/détente).

En fait, il y a un lien direct entre le sacrum et la zone sexuelle, qui passe par l'anus et le chakra racine (le périnée).

Enfin, les seins, et surtout les tétons, sont extrêmement érogènes pour la femme.

Les autres zones

La sexualité étant reçue des ancêtres par les reins (l'héritage génétique), on va retrouver aussi des zones érogènes liées au méridien de la vessie, qui descend le long de la colonne vertébrale, passe par les fesses, l'arrière du genou (le chakra est sensible, ici), et se termine sur le petit orteil. C'est la même chose pour le méridien du rein qui passe devant le corps et se termine justement sur le chakra de la gorge, vers la thyroïde.

Le cœur, en tant qu'organe du toucher, n'est pas en reste. Notamment, citons le méridien maître du cœur qui passe sur les bras, dans le creux du coude et le chakra des paumes (zones très sensibles) pour se terminer sur le majeur, qui est le symbole... du doigt du plaisir.

Ce sera ce doigt qu'il faudra utiliser en priorité lorsqu'on voudra caresser ou stimuler une zone chez son ou sa partenaire, car il est relié au cœur, siège de l'âme.

Deux méridiens yang partent de l'annulaire et de l'auriculaire pour aller se terminer autour des oreilles, les organes sensoriels liés aux reins. Les oreilles sont, par conséquent, elles aussi érogènes, et l'on peut les stimuler par la bouche et la langue.

Finalement, au regard de tous ces symboles, on se demande s'il existe des zones du corps qui ne sont pas concernées par la stimulation du plaisir sexuel !

Stimuler des zones érogènes

Il suffit de prendre la liste des zones nommées ci-dessus et d'aller leur rendre visite :

– les caresser avec la main, les stimuler avec le majeur ;

– les stimuler avec la bouche, avec la langue, etc.

Remarque : normalement, toutes ces zones devraient fonctionner et donner du plaisir ou de l'envie. Dans le cas contraire, une introspection sera nécessaire. Quel symbole est bloqué ? Pourquoi ? Est-ce en lien avec la mère, l'incarnation ? Est-ce en lien avec une culpabilité ? Etc.

Ce diagnostic servira à aller plus loin dans les exercices suivants.

Les dysfonctionnements du masculin

La panne d'érection est le problème primordial pour les hommes. Non seulement cela les empêche d'avoir des rapports sexuels normaux, mais, en plus, cela touche une part de leur orgueil.

Nous avons souligné plus haut que l'organe qui gère l'érection et le dynamisme était le foie, symbole du père. Il conviendra déjà de creuser cette piste-là. Comment est perçu le rôle du père ? Quelles étaient les relations avec le géniteur ?

Lorsqu'un homme se sent impuissant, il tente souvent de compenser par autre chose. Comme on a vu que l'argent et le pouvoir relevaient de la même symbolique, il sera tentant d'en faire trop dans ces domaines, par exemple en gérant mal la relation à l'argent ou en commettant des abus de pouvoir.

Abus de yang

Les excès de yang se traduisent par des prises de pouvoir autoritaires :

– une pénétration en force au niveau sexuel (viol) ;

– un accaparement de l'argent, quand bon nous semble (vol) ;

– un autoritarisme dans le domaine social, à l'encontre des autres.

Il peut aussi s'agir d'abus de contrôle :
- l'homme se sent propriétaire de sa compagne. Il reste présent à l'intérieur de la femme, comme s'il était chez lui. La femme aime être choisie, mais pas être possédée, car cela l'empêche d'exprimer librement son féminin ;
- une gestion unilatérale de l'argent dans le foyer. Par exemple, la compagne n'a pas accès aux comptes bancaires. Ou bien, l'homme est possédé par ses possessions ;
- l'homme surveille, contrôle, vérifie dans le domaine social. Il « tombe sur le dos » des gens sans prévenir.

Enfin, cela peut se manifester par de la rétention :
- rétention du sperme ou de l'énergie sexuelle (la retenue peut venir aussi des femmes) ;
- rétention de l'argent, stockage ;
- rétention de l'information.

Faire de la rétention de sexe, d'argent ou de pouvoir bloque la circulation de l'énergie.

Un vieux paysan, se remémorant sa vie, avouait : « Nous, pendant la dernière guerre, on a peut-être donné les Juifs, mais on n'a pas donné les coins à champignons ! »

Abus de yang

Normalement, ce sont les hommes qui sont les plus concernés. Mais certaines femmes vont se retrouver ici, et elles devront aussi travailler ces aspects.
Dans tous ces cas, il faudra commencer à relâcher le contrôle, à déléguer, à discuter, à écouter.

- Laisser place à l'écoute sexuelle de l'autre, de ses besoins.
- Faire circuler l'argent.
- Déléguer, relâcher la pression dans la vie sociale, distribuer l'information.

Rappelons que, derrière ces abus, se cache une peur du masculin quant à sa puissance : peur d'être faible, peur de se soumettre, peur de perdre, etc.

Exemple : Paul vient en consultation pour une absence d'érection. Nous découvrons qu'il pratique une rétention exagérée dans le domaine de l'argent en thésaurisant dans de multiples comptes bancaires. De même, il exerce une forme de rétention d'information dans son travail, ce que ses collègues finissent par lui reprocher. La solution de son blocage sexuel passera par un travail dans le domaine de l'argent et du pouvoir social. Il doit ouvrir les vannes !

Manque de yang

La faiblesse va se traduire par un manque de contrôle. L'homme ne peut plus rassurer et mettre en confiance sa partenaire ou son entourage. Ces derniers auront alors des difficultés à s'abandonner, à se donner.

Cela peut se traduire par différents symptômes :

- une perte d'érection, un manque de dynamisme, une libido en berne ;
- une difficulté à faire rentrer de l'argent, à se faire payer ;
- une difficulté à gérer les groupes, à faire entendre sa voix, à trancher, à obtenir la bonne information.

En général, ce manque de yang s'accompagne d'un sentiment de culpabilité, de dévalorisation, de manque d'estime de soi, etc. Beaucoup d'exercices viendront proposer ultérieurement un travail sur ces aspects qui sont fondamentaux pour retrouver un équilibre.

Manque de yang

Tout le monde peut être concerné, hommes comme femmes. Le manque de yang est souvent lié à un jugement négatif que l'on a posé sur le père géniteur ou sur le « Père qui êtes aux cieux » !

- Oser affirmer son désir sexuel, le laisser s'exprimer librement.
- Se faire payer au juste prix, accepter que l'argent arrive.
- Oser prendre des directions, orienter les discussions, chercher l'information, etc.

Les dysfonctionnements du féminin

Les femmes connaissent beaucoup plus de problèmes sexuels. Est-ce la conséquence du schéma judéo-chrétien ? En effet, la femme a beaucoup servi de bouc émissaire depuis plus de deux mille ans ; et la charge de culpabilité qui repose sur elle est énorme.

Mais elle peut aussi se servir avec excès de son yin, qui est très puissant !

Abus de yin

Lorsqu'on abuse du yin, on tombe dans la manipulation. Le féminin est une énergie qui ondule, qui sait attraper les choses. Un abus dans ce domaine va desservir la personne, et le vide va se faire autour d'elle, comme lorsqu'il y a abus de yang chez l'homme.

Les excès peuvent se remarquer par :

- un étouffement de la relation sexuelle (effet castrateur), trop d'émotions, trop de yo-yo. Des tentatives pour rendre le compagnon prisonnier de la relation ;
- des dépenses inconsidérées, inutiles. L'argent est brassé sans objectif clair ;
- des relations sociales manipulées, dans un intérêt particulier et égotique.

Abus de yin

L'abus de yin est le fait de personnes qui se sentent inférieures physiquement, pas assez puissantes pour obtenir les choses directement. Aussi, elles utilisent des moyens détournés. À l'inverse, certaines femmes abusent du yin par goût du pouvoir ! Elles tentent ainsi d'emprisonner l'autre.

Comment éviter ces abus de yin ?

- Ne pas emprisonner l'autre par la culpabilisation, les stratagèmes, les manigances. Lui laisser la liberté de dire « non ».
- Ne pas magouiller avec l'argent. Être franc et respectueux avec cette énergie.
- Travailler la franchise, l'affirmation tranquille, pour obtenir ce qui est juste dans le social.

Une bonne sœur vient voir sa mère supérieure et lui dit :
— Ma mère, j'ai une bonne nouvelle : je suis enceinte !
— Quoi ? ! Mais comment est-ce possible ? s'étrangle la mère.
— Rassurez-vous, il s'agit d'un ange qui est venu et qui m'a fécondée, lui répond la sœur, d'un air ingénu.
— Comment ça ?
— Oh ! Au revers de son veston, il était écrit : « Saint Laurent » !

Manque de yin

Lorsque le yin est en manque, il n'y a pas d'attractivité. Rien ne se passe, la vie est morne et plate.

On peut le remarquer par :

- le manque d'envie sexuelle, le manque d'envie de vivre, une tristesse d'âme, un ennui ;
- le manque de circulation d'argent – pas d'entrées ni de sorties ;
- l'absence de mouvement dans les relations sociales. On reste avec les mêmes personnes, on radote les mêmes choses. Le nouveau est absent ou écarté.

En général, ce manque de yin est, lui aussi, généré par un sentiment de culpabilité, de dévalorisation, de honte de soi, etc.

Manque de yin

Tout le monde peut être concerné, homme comme femme. Le manque de yin est souvent lié à un jugement négatif que l'on a posé sur les femmes (par exemple : ce sont des « putes »). En miroir, la vie terrestre est considérée comme un enfer à traverser… en attendant un paradis hypothétique !

Comment dépasser ce vide ?

- Revendiquer et affirmer son désir sexuel ; s'habiller en robe, pour les femmes.
- Oser dépenser et créer avec l'argent.
- Rechercher de nouvelles relations, de nouveaux amis, sortir !

Les conséquences des trois cadavres

Les trois cadavres ont une influence déterminante sur chacun d'entre nous, car ils sont vraiment fondamentaux de notre construction physique, émotionnelle et mentale. On remarquera leur action, en vieillissant, par des effets pathologiques dans les trois centres principaux.

Le cadavre sanglant

La problématique sous-tendue par cette énergie questionne sur la présence ou l'absence de spirituel dans la matière. Sommes-nous des animaux ? Devons-nous nous perfectionner afin de devenir humains ? Il va falloir remettre de la loi dans ce bazar !

La notion de « séparation », en tant que coupure/coupable, est au cœur du cadavre sanglant.

Il marque ses effets par des problématiques dans le ventre et le bassin, tout ce qui se situe en dessous du diaphragme. Cette présence se manifeste par de la violence physique et sexuelle, activée par l'instinct de survie et de reproduction de l'espèce. Son action est facile à constater en temps de guerre. En effet, la peur de mourir active l'instinct de survie par la fuite éperdue pour les faibles (fonction motrice) et par des excès de sang et de sexe comme les viols, la violence et les massacres pour les combattants.

D'une manière générale, le cadavre sanglant se manifeste, en vieillissant, par des coliques, des problèmes d'intestin, des douleurs abdominales, des rhumatismes, une peau qui se fane, de l'asthénie, une démence précoce, des atteintes à la structure osseuse (fractures, par exemple), des problématiques sexuelles, etc.

En yang – c'est-à-dire en extériorisation –, le cadavre sanglant représente toutes les perversions physiques et sexuelles, la cruauté et la violence, les abus sexuels, les excès physiques de toutes formes (nourriture, alcool), sans préoccupation ni de soi ni des autres. La personne se vautre dans le sexe, l'argent et le pouvoir.

Un homme très porté sur le sexe trouve une lampe dans une brocante. Il la frotte, et un génie s'en trouve délivré. Comme le veut la tradition, l'homme a donc droit à trois vœux qui seront exaucés.
Il dit au génie :
— Je voudrais faire l'amour avec plusieurs femmes en même temps et pouvoir en profiter pleinement !
Le génie fait un geste et dit tranquillement :
— Pas de problème, c'est fait !
Aussitôt, l'homme effaré voit pousser des pénis partout sur son corps, ses bras, son front, etc. C'est une horreur absolue !
Il s'écrie :
— Enlève-moi tous ces sexes !
Le génie exauce ce deuxième vœu, et l'homme se retrouve… sans aucun pénis !
Voyant ce désastre, il demande humblement :
— En troisième vœu, je désire que tu me rendes mon sexe de départ !

Cette forme de puissance est, bien sûr une illusion, mais l'ego peut la faire durer toute la vie de l'individu !
Ses mots-clefs : « pouvoir », « force », « puissance ».

En yin – c'est-à-dire en intériorisation –, le cadavre sanglant représente la répression des forces instinctives, la limitation de la sexualité, l'autodestruction, la brimade, les pensées suicidaires. La personne tente de mettre un couvercle sur la marmite qui chauffe. Cela conduit à des tocs et à des compulsions, car l'énergie se libère alors par à-coups. Notamment, il peut y avoir des conduites considérant que le sexe, l'argent et le pouvoir sont sales par nature.

Une femme rêve qu'elle est dans sa cuisine, lorsqu'elle aperçoit, par sa fenêtre, un Noir immense qui arrive dans la rue. Elle se dit : « Pourvu qu'il ne vienne pas chez moi ! »
Mais le Noir s'arrête devant le portail, le pousse et entre dans le terrain. Il va jusqu'à la porte et commence à frapper.
La femme est paniquée. Elle tente de se rassurer : « C'est fermé à clef, et il est hors de question que j'ouvre ! »
Mais le Noir commence à frapper de plus en plus fort, puis donne des coups d'épaule contre la porte, qui vacille. La femme est maintenant terrifiée. Elle va vers le téléphone pour appeler au secours, mais la porte s'effondre dans un fracas énorme. Elle court dans le couloir, entre dans sa chambre, ferme à clef et pousse l'armoire derrière la porte.
Elle entend le Noir qui s'avance et qui commence à frapper contre la porte de la chambre.
Les coups sont d'une telle violence que tout finit par voler en éclats.
La femme se retrouve contre le lit, tombe à la renverse. Le Noir, torse nu, luisant de sueur, s'approche et la surplombe de toute sa puissance.
La voix cassée, elle lui demande timidement :
— Et maintenant, vous allez me faire quoi ?
Étonné, le Noir la regarde et lui répond :
— Je n'en sais rien, ce n'est pas moi qui rêve, c'est vous !

Une pseudo-morale enferme l'individu dans des compulsions incontrôlables qui hantent les rêves. L'énergie sexuelle ne peut pas être vécue au niveau spirituel, car elle est enfermée dans un carcan rigide.

Ses mots-clefs : « répression », « se contrôler », « s'améliorer ».

Le cadavre sanglant

Les exercices vont varier selon que vous soyez en yang ou en yin par rapport au cadavre sanglant.

En yang

- Choisir la douceur, la délicatesse, la sensibilité dans l'exercice de la sexualité, de l'argent ou du pouvoir. Être à l'écoute de l'autre et des autres.

En yin

- Choisir l'expression de la face réprimée – quitte à se sentir coupable – et explorer la sexualité sous toutes ses formes, l'usage de l'argent et du pouvoir pour obtenir du plaisir personnel. Dépasser les interdits du plaisir à tous les niveaux, et spiritualiser ces derniers.

***In fine*, le cadavre sanglant oblige à se poser une question fondamentale : la sexualité est-elle spirituelle ?**

La demoiselle blanche

La problématique sous-tendue par cette énergie réside dans la présence ou l'absence d'un regard – en tant que conscience – qui nous surveille dans la matière. Sommes-nous suffisamment beaux ? Devons-nous faire quelque chose pour être remarqués ? Sommes-nous acceptables tels que nous sommes ?

La notion de « honte/fierté existentielle » est au cœur de la demoiselle blanche.

Elle se manifeste par des pulsions d'apparence sympathiques, au niveau du cœur et du thorax. Elle représente toutes les addictions qui nous font du bien affectivement, toutes les bonnes intentions envers les autres : faire du bien, sauver, se sacrifier, etc. Bref, la demoiselle blanche a pour finalité de nous éloigner de notre mission d'âme, la détournant vers des futilités en les parant des plus beaux atours. D'ailleurs, elle excelle pour se faire passer… pour notre âme elle-même ! Son arme favorite est la culpabilisation et la manipulation. Elle aime tenir les rôles de sauveur et de victime, jouant ainsi avec nos bons sentiments qui veulent rester innocents.

D'une manière générale, elle se traduit, en vieillissant, par des palpitations sur le cœur, de l'asthme, de la mélancolie, etc. Ces manifestations touchent surtout la zone du thorax.

En yang – c'est-à-dire en extériorisation –, la demoiselle blanche se fait passer pour le bien lumineux incarné : il n'y a que du blanc, et rien de sombre ! La personne croit qu'elle est parfaite, aimante, généreuse, etc. Sexuellement, elle semble donner sans compter. Mais, au niveau de l'argent, on comprend qu'au contraire tout cela est très bien géré et que tout est calculé. De là à penser que le don affectif et sexuel est, lui aussi, un calcul ? Effectivement, la demoiselle blanche ne donne rien sans attendre un retour – que ce soit une marque d'affection, de l'argent ou un pouvoir qu'elle s'octroie. Elle sera la reine du pouvoir « sur l'oreiller », le pouvoir des femmes de l'ombre, des intrigues amoureuses ou politiques.

Bill et Hillary Clinton sont en vacances, et se retrouvent par hasard chez un ancien amant d'Hillary, garagiste de métier. Bill regarde d'un air goguenard le garagiste, puis se tourne vers Hillary et lui dit :
– Tu aurais pu finir femme de garagiste !
Hillary ignore volontairement Bill, regarde son ex-amant et lui dit :
– Tu sais que tu aurais pu être président de la République ?

La demoiselle blanche est une charmeuse qui a plus d'un tour dans son sac, car elle agit toujours au nom du bien – argument imparable ! Elle nous fait croire qu'elle est indispensable à notre bonheur. Or on sait que l'enfer est pavé de bonnes intentions.

Ses mots-clefs : « manipulation », « obtenir », « se remplir ».

En yin – c'est-à-dire en intériorisation –, la demoiselle blanche agit par la face sombre. Elle fait croire à la personne qu'elle est sans valeur, nulle, sans intérêt. Elle lui fait miroiter que tout irait mieux si... Par-là, elle oblige la personne à chercher sans cesse un bonheur insaisissable, à renoncer à ce qu'elle a, pour courir après autre chose, etc. Bref, la personne s'épuise et devient morose, négative, dépressive. Elle n'est jamais satisfaite et, du coup, la sexualité devient aigrie, l'argent ne sert à rien ou est dépensé n'importe comment, le pouvoir est tragique.

Un homme trouve une vieille lampe chez un brocanteur. Bien sûr, il y a un génie à l'intérieur. Mais rien ne se passe comme prévu. Une fois sorti, le génie dit à l'homme :
– Avec moi, il n'y a qu'un seul vœu, et c'est tout !
Un peu décontenancé, l'homme hésite, puis finit par dire :
– J'ai toujours rêvé d'aller à Tahiti en vacances, mais, comme j'ai le mal de mer et peur de prendre l'avion, je te demande de me construire un pont pour que je puisse y aller en voiture.
Le génie semble perturbé. Il dit à l'homme :
– Là, tu vois, ce n'est pas facile ! Tu n'imagines pas le travail ! La hauteur des piles du pont, la quantité de béton, la fragilité que ça va induire... Non, c'est trop compliqué à réaliser. Je renonce, demande-moi autre chose !
L'homme réfléchit un moment et dit :
– J'ai rencontré, la semaine dernière, une femme qui me plaît. Mais elle est difficile à comprendre. Est-ce que tu peux m'expliquer comment fonctionnent les femmes ?
Le génie prend une respiration profonde et dit :
– OK, ton pont, tu le veux à deux voies ou à quatre voies ?

Pour ces personnes, les efforts de compréhension semblent ne servir à rien, on ne peut les aider ; rien ne va, dans ce monde. Finalement, l'âme de la personne est atteinte et se trouve noircie par ce fatras existentiel.

Ses mots-clefs : « saboter », « décaler », « déprécier ».

La demoiselle blanche

Les exercices vont varier selon que vous soyez en yang ou en yin par rapport à la demoiselle blanche.

En yang

- Choisir la vérité de son âme, la sincérité, l'humilité, l'altruisme dans l'exercice de la sexualité, de l'argent ou du pouvoir. Ne pas s'oublier ni oublier sa véritable mission personnelle. Exister sans le regard des autres.

En yin

- Choisir de se satisfaire de ce qui est, d'affronter sa honte, d'être joyeux d'un bonheur simple. Refuser les explorations sexuelles douteuses, scabreuses, inappropriées. Renoncer à « l'extraordinaire » de la sexualité négative, ainsi qu'à l'exercice du pouvoir ou de l'argent hors norme. Ne pas dépenser plus que ce que l'on gagne !

Finalement, la demoiselle blanche oblige à se poser une question fondamentale : y a-t-il un jugement posé sur la sexualité ? Et par qui ? C'est le mythe du jugement posé sur Adam et Ève, évidemment mal compris par les religions…, car celui qui juge en nous, qui divise, c'est le mental *diabolos* !

Le vieux bleu

La problématique sous-tendue par cette énergie concerne l'intelligence qui gouverne le monde (Dieu). L'Esprit est-il une quantité mesurable ? Sommes-nous tous dotés de la même manière ?

La notion de « jugement » – en tant que binôme intelligence/connerie – est au cœur du vieux bleu.

Il est situé dans la tête. Mais, au lieu de développer une ouverture d'esprit, il va nous conduire à classer, à accumuler des savoirs, à comparer et à juger. Il nous fait croire qu'il faut faire et/ou apprendre avant d'être. Il faut gagner sa vie, passer des diplômes, être intelligent, etc. Cela devient un enjeu existentiel. Ses expressions préférées sont « Je sais » ou « Oui, mais… ». Il empêche de contacter l'âme par le jugement, enferme l'univers dans une croyance et va mettre des filtres entre la personne et son environnement.

D'une manière générale, en vieillissant, le vieux bleu va obstruer les orifices sensoriels. La personne ne peut rien entendre ou détourne le regard pour ne pas voir. Les gens ont le regard vide, ils semblent ailleurs. Ainsi, le vieux bleu limite et filtre les perceptions sensorielles, faisant prendre des vessies pour des lanternes. Par conséquent, il oriente les croyances personnelles, les empêchant d'évoluer et de changer. Cette mainmise et ce contrôle sur le mental se transforment en radotages, en scléroses. Les personnes deviennent des marionnettes prises par le mental. Finalement, il fait vieillir avant l'âge, rendant le cerveau incapable de suivre l'évolution de l'époque. Les personnes vont se rigidifier et seront prises de tremblements. Leurs orifices sensoriels se fermeront. Elles deviendront sourdes, aveugles, chauves. Leurs dents tomberont, et leur nez s'obstruera. Chacun aura reconnu beaucoup de maladies et de symptômes qui affectent actuellement les humains (Alzheimer, Parkinson, problématiques oculaires, appareils auditifs, etc.).

En yang – c'est-à-dire en extériorisation –, le vieux bleu fait croire à la personne qu'elle est évoluée, qu'elle est supérieure à ses concitoyens et à son ou sa partenaire. Fréquemment, le cerveau possède une explication simple et facile face à toutes sortes de situations. Les obstacles sont ainsi évités, semble-t-il. Mais, hélas, c'est une stratégie du vieux bleu pour perdre la personne spirituellement ! Ce faisant, elle n'expérimente plus et, donc, n'évolue plus en conscience. La conscience est remplacée par une croyance ou par des films internes. Tout semble aller pour le mieux, alors qu'en fait rien ne va. Sexuellement, c'est le plaisir personnel qui est mis en avant, au détriment de la relation de couple. Le complémentaire passe ainsi au second plan. L'argent comme le pouvoir sont gérés de la même manière.

Un commercial rentre de Chine. Il est à l'aéroport de Paris et va aux toilettes. Horreur ! Son pénis est couvert de pustules vertes et noires. Il prend son téléphone et appelle un ami médecin. Ce dernier lui dit :
– D'après la description que tu me fais, tu as dû fricoter avec les petites Chinoises ? C'est une nouvelle maladie sexuellement transmissible... Il va falloir pratiquer une ablation !
Le commercial est abasourdi :
– Tu es complètement dingue ! Je vais appeler un spécialiste.
– Si tu veux.
Le commercial appelle aussitôt un spécialiste et lui raconte ses mésaventures.
– Ah oui, je vois ! Vous avez fricoté avec les petites Chinoises ? Il faut couper le sexe !
Le commercial s'effondre. Il décide de rentrer chez lui et d'en parler à sa femme. Il se justifie :
– Tu comprends, pour avoir les signatures de contrat, nous sommes obligés de coucher avec les prostituées qui sont payées pour ça...
Sa femme, passé le quart d'heure d'explications véhémentes, commence à se calmer. Elle finit par compatir et lui suggère :
– Puisque ça vient de Chine, pourquoi ne pas consulter un praticien de médecine chinoise ?
Le mari est fou de joie. Il embrasse sa femme, la remercie et file chez un praticien chinois. Ce dernier l'ausculte et dit, avec un petit sourire :
– Vous revenez de Chine et vous avez fricoté avec les petites Chinoises ?
– Oui, bon, ça va...
– Et vous avez consulté des confrères français, qui vous ont dit qu'il fallait couper ?
– C'est ça !
– Non, pas besoin de couper ! Montez, debout, sur la table.

Rassuré, le commercial se dit que les pratiques chinoises sont bien différentes, et il monte debout sur la table.
– Maintenant, sautez, sautez !

Il s'exécute avec confiance. Alors, le Chinois, en souriant, lui dit :
– Regardez par terre, pas besoin de couper : il est tombé tout seul !

En yang, le vieux bleu suggère souvent d'échapper à la souffrance de l'incarnation. L'argent, le sexe et le pouvoir personnel sont mis au service de cet unique objectif, et même l'argent de l'autre, le sexe de l'autre, la position sociale de l'autre servent aussi cet objectif !

Ses mots-clefs : « profiter », « s'amuser », « échapper aux contraintes de la matière ».

En yin – c'est-à-dire en intériorisation –, le vieux bleu distille le doute dans l'esprit de la personne. Et si j'étais bête ? Pas à la hauteur ? Est-ce que je vais me faire avoir ? Il induit donc une recherche permanente pour échapper à cette peur, recherche qui va dépenser toute l'énergie du corps – énergie sexuelle, en premier – pour y échapper. Le cerveau se remplit de peurs et de croyances qui ne servent à rien, mais qui semblent rassurer la personne. L'expérience est remplacée par un savoir, mais cela empêche l'esprit de s'éveiller. De plus, le nouveau ne peut arriver, car le mental est décalé dans le passé ou dans l'avenir, croyant tout maîtriser. La personne tombe dans le radotage, et sa vie se rigidifie, se sclérose, s'étiole. Fréquemment, des voix interviennent alors dans la tête, des pensées dérangeantes font leur apparition. Tout cela est gardé à l'intérieur, et la personne se retrouve hantée par ces fantômes, ce qui équivaut à une torture mentale permanente. En miroir, la personne veut garder et ne rien lâcher.

Un Juif, au soir de sa mort, appelle sa femme à son chevet. La voix éteinte, il lui dit :

– Promets-moi que tu mettras, dans mon tombeau, tout mon argent. Je veux partir avec. C'est la seule chose que je demande, et tu ne peux pas me le refuser sur mon lit de mort !

— D'accord, il sera fait comme tu le désires, concède son épouse.
Le Juif meurt et, une fois les cérémonies effectuées, la voisine, qui était au courant de la promesse, vient voir la femme :
— Tu n'as pas obéi à cette promesse, j'espère ?
— Si, bien sûr, une promesse sur un lit de mort doit être honorée ! J'ai laissé un chèque de la totalité de sa fortune dans son tombeau !

Tout est fait pour garder l'énergie sexuelle (rétention du sperme et de l'énergie), l'argent (stockage) et le pouvoir (rétention de l'information).

Ses mots-clefs : « rétention », « stockage ».

Le vieux bleu

Les exercices vont varier selon que vous soyez en yang ou en yin par rapport au vieux bleu.

En yang

- Choisir l'expérience comme mode d'apprentissage de la sexualité, de l'argent ou du pouvoir, même si cela apparaît comme contraignant. Apprendre à apprendre des autres, apprendre à être enseigné par la vie et les événements. Éviter les formes de contrôle narcissique et égoïste.

En yin

- Choisir le partage, la distribution – quitte à passer pour un idiot – et explorer la sexualité physiquement, sans technique, seulement avec le ressenti. De même, faire circuler l'argent, déléguer au niveau du pouvoir et de l'information, faire confiance aux autres et à la vie !

Finalement, le vieux bleu oblige à se poser une question fondamentale : et si la sexualité (et le corps) était le siège de l'Intelligence divine ?

La combinaison des trois cadavres

Si ces trois formes d'énergie possèdent des caractéristiques bien spécifiques, elles n'en sont pas pour autant séparées les unes des autres. On s'en rend compte en étudiant la figure de l'ennéagramme et des flèches dynamiques qui unissent les trois points de la trinité.

Ennéagramme et lien des trois cadavres

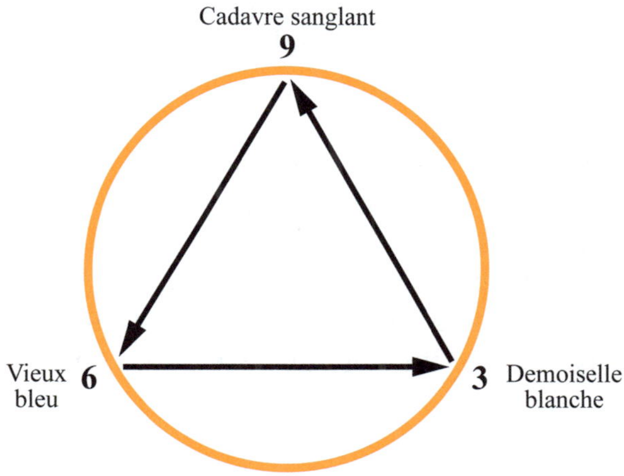

Que remarque-t-on ?

Pour le centre du mental (le 6)

C'est le vieux bleu qui siège ici, mais, du fait des flèches qui entraînent vers le point émotionnel 3, ce sera la demoiselle blanche qui prendra la main, en première partie de vie, sur la personne. Le vieux bleu est caché derrière la demoiselle blanche.

Conséquence : cela fige le verbe et la parole. La personne reste sans voix, car elle a honte. Elle ne peut donner son opinion et exprimer ses idées, de peur que cela ne soit ridicule ou sans valeur.

Pour le centre de l'émotionnel (le 3)

C'est, normalement, la demoiselle blanche qui devrait s'exprimer. Mais la flèche dynamique envoie la personne dans le point de l'instinctif (le 9). C'est alors le cadavre sanglant qui parle en premier, agissant de manière froide et méthodique.

Conséquence : cela fige le ressenti et le sens moral de la personne. Elle devient un ordinateur qui agit automatiquement, dénué de sentiment, comme si sa survie était en jeu.

Pour le centre de l'instinctif (le 9)

Le cadavre sanglant reste en sourdine. Du fait de la flèche qui va vers le point mental (le 6), c'est le vieux bleu qui prend le relais par du mental qui tourne en boucle.

Conséquence : cela paralyse l'action. La personne est figée, comme inerte et passive, incapable de prendre des décisions et de faire des choix.

Ces combinaisons sont très fréquentes, du fait des mouvements dynamiques des personnalités. Cela explique pourquoi le travail sur soi est long et laborieux. Souvent, lorsqu'on croit avoir dépassé une limite, autre chose apparaît derrière.

Par conséquent, il ne faut pas se cantonner à travailler un seul aspect, mais bien vérifier que l'on ne soit pas concerné aussi par les autres !

Rappel : même si ces formes décrites peuvent paraître volontairement exagérées, il faut se souvenir qu'elles sont toutes présentes en nous, de manière plus ou moins forte. Ces trois expressions de l'énergie ne sont pas « bonnes » ou « mauvaises », elles représentent des tendances, des potentiels hélas destructeurs, tant qu'elles ne sont pas transformées par la conscience.

Si on les laisse agir, le cadavre sanglant arrive à la destruction du corps de son hôte. La demoiselle blanche parvient à détourner la personne de son chemin de réalisation d'âme. Enfin, le vieux bleu rend, petit à petit, le cerveau inopérant, ce qui nuit à l'éveil de la conscience, en vieillissant.

Or la sexualité constituant notre base, notre carburant énergétique, c'est par là que nous pouvons reprendre le pouvoir sur notre vie.

L'humain, créateur du pire ?

Finalement, tous ces symptômes constatés nous incitent à nous poser cette question : **sommes-nous créateurs du pire, et avons-nous oublié la recette qui permettait de créer le meilleur ?**

Toujours dans le but de montrer de manière évidente nos désordres intérieurs, nous allons utiliser pour l'illustrer deux miroirs : celui du début et fin de vie, et celui de la société.

Le début et la fin de vie

Actuellement, les pathologies se développent à toute vitesse. Même si les scientifiques matérialistes continuent de nous dire que l'espérance de vie augmente[15] grâce à « la science », la réalité est tout autre. La fin de vie des personnes âgées ressemble de plus en plus à un long calvaire, allant d'examens médicaux incessants en séjours à l'hôpital de plus en plus fréquents, tout cela avec des prises de médicaments quotidiennes disproportionnées. Voici deux exemples tirés de nos expériences.

- L'une de nos proches de plus de 80 ans prenait des antidépresseurs tous les jours, à la suite d'un épisode dépressif qui remontait… à plus de quarante ans !
- Un vieillard, atteint d'un cancer de l'oreille au stade terminal, devait néanmoins avaler quotidiennement un médicament pour « prévenir le cholestérol ».

Les exemples sont, hélas, innombrables. Ils sont la conséquence d'un système financier qui a pris le contrôle de l'institution médicale. Évidemment, les personnes âgées concernées sont consentantes – ce qui permet au système de justifier de ses pratiques. Après tout, c'est la Sécurité sociale qui paie ; et tout le monde est content.

15. Espérance de vie : il ne faut pas confondre la durée de vie avec la durée de vie en bonne santé. D'ailleurs, aux USA, cela fait deux années de suite que cette fameuse espérance de vie diminue. Les causes officielles en sont la mauvaise alimentation, le manque d'exercice physique, et la surconsommation de drogues et de médicaments !

L'exemple le plus frappant concerne les discours tenus aux jeunes. Cela fait longtemps que l'on suggère à un adolescent de faire médecine « pour avoir une bonne situation », et non parce que le jeune en question désire ardemment soigner ses prochains !

Une femme demande à son amie :
– Et tes enfants, comment vont-ils ?
– Ils vont bien, merci !
– Et quel âge ont-ils ?
– Le médecin a 5 ans, et l'ingénieur, 7 !

Les désordres apparaissent de plus en plus tôt

Le miroir de la vieillesse nous montre, à l'évidence, que l'humain voit sa situation de santé se dégrader. Mais il existe un miroir qu'il faut aussi observer attentivement. Ce sont les phénomènes inquiétants qui apparaissent très tôt, dans l'enfance. Ainsi, on observe que de jeunes enfants sont de plus en plus touchés par des cancers, des maladies rares ou orphelines, des tumeurs cérébrales, etc.

De même – surtout aux États-Unis –, on assiste à une explosion des cas d'autisme et des maladies dites « mentales ». Or ces maladies ne sont pas normales.

Quelles en sont les origines probables ?

- L'une des causes se situe indéniablement dans les substances toxiques que nous ingérons quotidiennement par l'air, l'eau et les aliments que nous absorbons. Tout cela est rempli de produits chimiques qui détruisent à la fois le corps physique, mais aussi le cerveau. Les pesticides épandus pendant des décennies sur des régions agricoles montrent bien des conséquences sur les enfants, même après l'interdiction de certaines substances cancérigènes[16]. S'il est difficile de faire le lien entre

16. Substances chimiques agricoles : on les retrouve dans le sang des mères, puis chez leurs enfants. Même les personnes mangeant bio se retrouvent avec du glyphosate dans le sang !

une substance et une maladie, il n'en reste pas moins que les statistiques parlent, globalement.

- Au-delà des substances ingérées par l'enfant ou ses parents, on suspecte fortement la multiplication des vaccins[17] comme étant la cause de certaines pathologies. La mort subite du nourrisson, l'autisme, des maladies du système immunitaire nous interpellent dans ce sens.
- De nombreuses études – sur les animaux notamment – pointent aussi l'influence source de déstructurations des ondes invisibles et des champs électromagnétiques provenant des technologies sans fil qui inondent nos vies. Wi-Fi, téléphones, radars, bluetooth, compteurs Linky, 5G viennent additionner leurs effets toxiques dans notre environnement de travail et nos lieux de vie. Tout est dématérialisé et passe dorénavant au travers de nos corps énergétiques. Or, on a pu constater que même les adultes commencent à ne plus supporter cette avalanche, les électrosensibles étant de plus en plus nombreux. Quelle est l'influence des ondes sur nos enfants qui y sont par nature beaucoup plus sensibles ?
- Néanmoins, il existe des causes ignorées par la médecine, de nature énergétique. En ce qui nous concerne, nous avons constaté, ces dernières années, que de plus en plus d'enfants étaient « pris » ou « possédés » par des énergies qui venaient en eux pour les squatter. Ce sont les mêmes symboles que les substances citées auparavant, mais, au lieu d'attaquer des défenses physiques (le système immunitaire), cela attaque des défenses énergétiques (les auras).

Ce phénomène est nouveau. Auparavant, dans la littérature, cela constituait des cas anecdotiques, mystérieux. Actuellement, cela devient courant. Regardons quelles en sont les principales

17. Vaccins : les vaccins perturbent fortement les systèmes immunitaires. C'est d'ailleurs leur rôle, puisque le corps est censé réagir et produire des anticorps et se renforcer. Mais on ne mesure pas l'effet que produisent des dizaines de substances ainsi combinées et introduites dans le corps d'un enfant. De même, ces vaccins comportent des adjuvants dont beaucoup d'études s'alarment de leur toxicité avérée sur le cerveau.

manifestations. Elles se regroupent souvent sous le terme médical de « troubles du comportement », ou « symptômes autistiques ».

- L'enfant n'arrive pas à se concentrer, il semble être ailleurs.
- Il pique des colères très violentes. Quelquefois, il retourne cette énergie contre lui, porte atteinte à son corps.
- Il est asocial, il mord les autres, les agresse ou se cache dans un trou de souris.
- Il fait des cauchemars, la nuit ; ne supporte pas d'être à certains endroits, etc.

Lorsque nous traitons des demandes de ce type, nous constatons souvent des envahissements dans les auras et les corps énergétiques. C'est comme si l'enfant n'était pas tout seul dans son corps. On y trouve des présences d'envahissements psychiques qui sont très inquiétantes.

En effet, que l'on soit « possédé » parce qu'on a consommé de la drogue ou des substances illicites, cela semble être du registre cause-conséquence. L'âme humaine apprend par l'expérience, et surtout par la négative ! Mais que dire devant la multiplication de ces cas qui apparaissent chez les enfants ? Pour nous, il s'agit de phénomènes qui nous montrent que l'humanité fait fausse route, et que nous sommes en train d'abandonner notre puissance vitale à des forces psychiques incontrôlables, qui font de nous des marionnettes.

Il s'agit des manifestations du vieux bleu et du cadavre sanglant chez les plus jeunes. De plus, ces manifestations sont de plus en plus prégnantes dans tous les registres de la société.

Si nous le disons avec nos mots issus de nos expériences, d'autres l'ont dit avant nous. Par exemple, C. G. Jung, dans *L'Homme à la découverte de son âme*[18], écrivait, dès 1933, ceci :

« Il apparaît, en effet, avec une clarté toujours plus aveuglante, que ce ne sont ni la famine, ni les tremblements de terre, ni les microbes, ni le cancer, mais que c'est bel et bien l'homme qui constitue pour l'homme le plus grand des dangers. La cause en

18. Carl Gustav Jung, *L'Homme à la découverte de son âme,* Albin Michel, 1987.

est simple : il n'existe encore aucune protection efficace contre les épidémies psychiques ; or, ces épidémies-là sont infiniment plus dévastatrices que les pires catastrophes de la nature ! »

Jung prédisait, à l'époque, ce que nous vivons actuellement ! D'ores et déjà, en France, l'Assurance santé dépense bien plus d'argent pour soigner les maladies psychiques que pour soigner les cancers. Et la tendance va en s'accélérant…

Notre mécanisme créateur nous échappe

Car, en vérité, **nos créations ne sont pas dues à ce que nous faisons, mais à l'intention qui est sous-tendue derrière**. Tout du moins, nos créations finales sont induites par nos intentions de départ. Cela explique le désordre actuel !

Voyons cela en détail, car il est très important de bien comprendre ce mécanisme afin que chacun puisse, un jour, créer ce qu'il veut *réellement* dans sa vie. Le mécanisme de création passe par la pensée, le verbe et l'action, issus de nos trois étages, résumés par « Je pense, je dis, je fais ».

Or la pensée qui est à l'origine d'une création est portée par une intention. Mais ces intentions sont souvent masquées par des choses pas très claires. Dans ce cas, nous devenons créateurs du pire ! Pourquoi ? **Parce que nos mécanismes inavouables sont tous issus des forces de la tentation**. Ces intentions inconscientes sont suggérées par nos trois cadavres, ou par nos personnages, notre ego, etc. Bref, ce sont toujours des peurs, des culpabilités et des croyances, de plus en plus véhiculées dans leurs registres les plus sombres et les plus pervers par les films, les médias et les réseaux sociaux.

Ces intentions cachées se remarquent souvent au fait qu'elles détournent nos fonctions vitales vers des objectifs d'argent ou de pouvoir. En voici des exemples collectifs afin que chacun prenne conscience de ses motivations réelles. En effet, le collectif est un miroir très déformant qui permet de voir tout ce qui ne tourne pas rond dans nos intentions.

Un système de santé mortifère

Le système de santé représente le corps, car c'est lui qui est censé s'en occuper. Comme nous l'avons souligné auparavant, le sexe, le cadavre sanglant et la peur de la mort sont associés à cette symbolique.

Sa vocation, c'est-à-dire son intention, devrait être de soigner des malades – ce qui paraît relever du bon sens. Or le système médical a dérivé, petit à petit, vers d'autres objectifs. Actuellement, les institutions sanitaires, OMS en tête, affirment vouloir éradiquer des maladies. Par conséquent, on ne s'occupe plus des gens malades, mais de leurs maladies.

La raison d'exister du système de santé étant devenue la maladie, le système est tenté de créer… des maladies, ne serait-ce que pour valider l'utilité de son existence ! Sans des maladies toujours plus puissantes et toujours moins compréhensibles, nous n'aurions plus besoin du système médical.

Les exemples qui confirment cette dérive sont tellement nombreux qu'il suffit de regarder l'actualité récente.

- Lors de l'épisode du coronavirus, on a cherché tout de suite à limiter la propagation du virus. Cette idée provient de l'intention de lutter contre ce dernier, comme s'il s'agissait d'un ennemi, d'une personne douée d'une intelligence maléfique. Car il nous fait peur. Il va nous tuer. On a même envisagé de le suivre comme on traquerait un terroriste, en cherchant les « clusters » et en pistant la vie des gens, les personnes de la famille, celles avec qui ils ont été en contact prolongé, etc. Le but était de mettre ces gens en quarantaine. Ainsi, l'ennemi devient l'autre, le pestiféré, l'étranger (on va fermer les frontières), etc.
- Par ailleurs, les médicaments administrés sont toujours des poisons censés tuer l'attaquant, et rarement des substances visant à aider le corps à rétablir son terrain immunitaire.
- On a ensuite imposé le port du masque, tout en sachant que cela n'arrête pas un virus, et que cela empêche de respirer

normalement. Résultat : les gens qui ne portent pas de masque sont regardés d'un mauvais œil. Ils sont devenus des dangers potentiels. Et ceux qui portent un masque s'épuisent lentement, par peur et par manque d'oxygénation.

- Pire : les personnes qui ont été détectées « positives[19] » sont fichées, traquées, suivies, et on envisage sérieusement de les soigner de force dans certains pays.
- Évidemment, on cherchera par tous les moyens à imposer une vaccination, même si l'on sait que le vaccin ne sera pas au point et n'aura pas d'efficacité. La seule campagne qui essaie de traiter une épidémie existante en amont – la grippe saisonnière – n'a que peu d'effets sur cette dernière, les gens vaccinés pouvant attraper la grippe et en mourir, comme tout le monde.

Bref, en agissant ainsi, en voulant détruire un ennemi, on entre dans la fameuse guerre évoquée par le président Macron[20]. Le président du conseil scientifique parle de « plan vigipirate » pour traiter l'évolution de l'épidémie. De là, tout est possible. Tous les moyens sont bons, et il faudra accepter des pertes. Il y aura des morts dans cette lutte. Mais l'essentiel est de sortir vainqueurs, et on honorera la mémoire des victimes en disant qu'elles étaient innocentes, mortes pour sauver les autres, etc. On ira même jusqu'à accepter des « victimes collatérales ». Ainsi, les vieux seront sacrifiés, et une note officielle recommandera de ne pas mettre les plus de 75 ans sous respirateur, pour les réserver aux personnes plus jeunes. C'est comme cela que la France a obtenu,

19. Positif : ce mot apparaît en « négatif » pour la première fois dans le discours sur le sida. Sont réputés dangereux pour les autres les « séropositifs ». Or être « positif » signifie que le corps fonctionne bien, puisqu'il développe des anticorps. De même, un cas positif au coronavirus est souvent une personne qui n'a absolument pas de maladie. Néanmoins, elle devient suspecte ! Dans notre cerveau, le mot « positif » devient un synonyme de danger.

20. Termes guerriers : lorsque les mots employés par les dirigeants sont des termes utilisés pour faire la guerre, c'est que leur intention est de fédérer la population contre un ennemi commun. Ce faisant, ils peuvent renforcer leur pouvoir. Pour le coronavirus, c'était d'autant plus tentant que l'ennemi était invisible ! Mais qui dit « guerre » dit « morts »…

finalement l'un des pires résultats en termes de décès dans le monde, mais avec la fierté d'avoir bien lutté contre l'ennemi désigné coupable, le virus.

Par la suite, comme le virus s'éteint, l'ennemi change. Il devient le voisin, le porteur sain, celui qui ne met pas son masque, celui qui ne se fait pas vacciner, celui qui n'est pas d'accord. En effet, pour rester au pouvoir, il faut trouver un nouvel ennemi et monter la population contre ce danger qui est censé la menacer. Vieilles ficelles d'utilisation du pouvoir (Machiavel), mais qui fonctionnent toujours.

Deux clochards discutent dans la rue :
— Dis-moi, pourquoi est-ce que nous, on n'attrape pas le coronavirus ?
— Parce que nous, on n'a pas la télévision !

Explication du processus : au fil du temps, on a diabolisé la maladie pour en faire un ennemi contre lequel lutter. Auparavant, de la même manière, on avait diabolisé le corps, la matière, le sexe. Mais, en procédant de cette manière, il devient nécessaire de se déculpabiliser d'être « tombé malade ». Comme cela équivaut à être « tombé dans le péché », il faudra donc accuser un bouc émissaire pour retrouver son innocence perdue.

Le système de santé est malade d'une seule chose : de la culpabilité existentielle collective. **Nous sommes tous malades de nous croire séparés de la Source, de l'univers.**

Résultat : les gens s'écharpent entre pro et anti vaccin, entre pro et anti masque, entre pro et anti hydroxychloroquine, etc.

Le diable a fait son travail, il a divisé ! Et, derrière, certains en profitent, notamment les laboratoires qui continuent leur business, les politiques qui utilisent l'occasion pour mater les contestations et asseoir leur pouvoir, les médias qui peuvent vendre leurs informations terrifiantes et les espaces publicitaires qui vont avec, etc.

Conclusion : ce qui est dit plus haut est vrai à l'intérieur de chacun de nous. Est-ce que nous considérons la matière comme une ennemie ? Si oui, il faudra lutter contre elle à l'extérieur (la guerre), et lutter à l'intérieur contre ses propres pulsions alimentaires, sexuelles, etc. (l'autodestruction).

Et si nous remettions la santé comme intention sur tous les plans ?

Faire la paix avec son corps

Si notre corps est un allié, alors nous devons l'écouter attentivement, avec respect et humilité. Qu'est-ce qu'il me raconte aujourd'hui ? Que symbolise cette maladie ? Quel est le message me demandant d'évoluer ? Comme exprimer au mieux ce que demande le corps ?

- Écouter ses envies biologiques, et surtout sexuelles. Les respecter et obéir à ce qu'elles exigent !
- Observer ses décisions quotidiennes. Ont-elles pour origine une lutte contre quelque chose ?
- Comment sont sélectionnés les aliments que l'on ingère ? Parce qu'on doit manger ceci ou cela ? Ou parce qu'on en a envie spontanément, sans réfléchir ?
- De la même façon, comment est géré l'argent ? Par nécessité ? Qu'est-ce qui est actif dans nos préoccupations : la peur, l'avidité, le manque ? Ou sommes-nous dans la satisfaction ?
- Comment sont gérées nos relations ? Par obligation, par devoir, ou par envie ?

Se mettre au service des envies biologiques est le seul moyen de revenir à la santé.

Un système religieux diabolisant

Les systèmes religieux, philosophiques, artistiques... représentent l'âme, car ce sont eux qui sont censés s'en occuper. Par association, il s'agit du pouvoir intemporel, de la zone émotionnelle, de la culpabilité et de la demoiselle blanche.

La religion a toujours prôné le bien. Elle est là pour guider l'humain vers la lumière, pour l'aider à évoluer. Mais, comme pour le système de santé, la division est passée par là. Actuellement, le credo de la plupart des religions consiste à lutter contre le mal. On ne s'occupe plus d'aider les gens à évoluer, mais de chasser les hérétiques. Ce principe a été mis en place par l'Inquisition, et il perdure encore aujourd'hui dans toutes les couches de la société[21].

La raison d'exister de l'institution religieuse étant devenue la lutte contre le mal, le système – pour justifier son utilité – est tenté de créer... le diable !

Sans le diable, nous n'aurions, en effet, plus besoin des religions.

Nasr Eddin est appelé au chevet d'un pieux musulman, à l'article de sa mort. Voyant le mollah entrer dans la pièce, il s'agrippe à lui et le supplie :
— Nasr Eddin, je t'en supplie, prie pour moi, j'ai peur de mourir !
— Du calme, nous allons prier Allah !
Nasr Eddin psalmodie quelques prières, mais le vieillard est toujours dans le même état, terrorisé.
— J'ai toujours peur, ça ne marche pas !
— Attends, je n'ai pas fini ! Maintenant, nous allons prier le diable !
— Nasr Eddin, tu es fou ? Prier le diable ?!
— Oui ! Tu sais, dans l'état où tu es, je crois que tu n'as plus droit à l'erreur !

21. Il suffit de voir combien la délation a explosé lors de l'épidémie de coronavirus ! La chasse aux sorcières est, hélas, toujours d'actualité.

La société a repris ce discours religieux à son propre compte. Dans tous les secteurs, pour se débarrasser d'un problème, il suffit d'utiliser le principe de la diabolisation. La recette est connue depuis longtemps : « Si tu veux te débarrasser de ton chien, accuse-le d'avoir la rage. »

- La lutte contre le terrorisme est une belle illustration de ce mécanisme. Il montre, à l'évidence, que le phénomène consiste à diviser les gens et les populations. Une fois que ce mécanisme est à l'œuvre, il permet de justifier tous les massacres, toutes les privations de liberté, tous les abus. On peut ainsi aller bombarder n'importe quel village ou n'importe quel pays en disant « ce sont des terroristes », et tout le monde baisse la tête. De la même manière, l'Inquisition pouvait torturer n'importe quelle personne dérangeante et la tuer sous l'accusation de sorcellerie et d'éréthisme. Les nazis ont commis leurs exactions sous le même prétexte de terrorisme. Dans notre quotidien, les seuils de retrait ou dépôt d'argent se sont abaissés de manière drastique. Nous devons justifier de tout sous prétexte de « lutte contre le financement du terrorisme ».
- L'actualité montre que cette diabolisation est aussi à l'œuvre dans l'épisode du coronavirus. On a désigné le virus comme l'incarnation du mal, puis ce fut le porteur du virus (le cas « positif »), et ensuite, les récalcitrants, les moutons noirs qui ne rentrent pas dans le rang. Ce mécanisme permet, là encore, de désigner qui est du côté du bien, donc du côté de Dieu. Mais c'est un système divisant.
- Comme il s'agit de la demoiselle blanche, du thorax, on va utiliser le verbe, le mot pour désigner le coupable. Ainsi, au fil du temps, le diable prend différentes appellations. Pour pointer le danger et faire peur, c'est un « communiste » ou un « gauchiste » dans les années 1960, puis il « appartient à une secte » dans les années 1990. Après les attentats du 11-Septembre, c'est le mot « terroriste » qui devient le terme le plus efficace pour désigner un bouc émissaire. Actuellement, la mode est au mot « complotiste » : un scientifique qui dérange le discours officiel est forcément un complotiste ! C'est ainsi que le collectif se fabrique des mots permettant de désigner

facilement des boucs émissaires, ceux qui ne sont pas dans le bien, ceux qui incarnent le mal. En procédant de la sorte, on coupe court à toute réflexion, à toute confrontation et à toute opposition.
– Mais on renforce ce que l'on combat. Les religions sont devenues diaboliques, puisqu'on s'entre-tue entre membres de la même croyance (catholiques/protestants, sunnites/chiites) ou entre religions différentes. Plus on élimine de terroristes religieux, plus il en apparaît, et de manière complètement imprévisible. Plus on accuse les gens de complotisme, plus cela renforce l'idée qu'il y a bien un complot ! Etc.

Explication du processus : au fil du temps, la religion a utilisé le concept du « diable » pour illustrer son discours. Cette énergie[22] permet à la conscience de venir s'incarner dans un corps séparé. Mais, en opposant « bien » et « mal », la religion a basculé dans une division « Dieu » et « diable ».

Ce système s'alimente du regard que l'on porte sur soi et les autres. L'humanité cherche à paraître innocente. Elle a besoin de se croire pure et d'essence divine. Aussi, elle se rassure qu'elle est bien du « bon côté » en se focalisant sur l'autre polarité, la face sombre. Mais, ce faisant, elle alimente cette face !

Conclusion : ce qui est constaté collectivement étant un miroir de ce qui se passe en nous, il est urgent que nous retrouvions notre valeur interne, que nous soyons persuadés d'être d'essence divine, et que nous soyons en accord avec le mécanisme de la conscience qui a besoin fondamentalement de ce que l'on nomme « le mal » pour s'éveiller à ce que l'on nomme « le bien ».

22. Le diable : Rudolf Steiner évoque les énergies lucifériennes pour illustrer cette force séparatrice.

Faire la paix avec son âme

Si notre âme veut se réaliser, alors il faut être conscient que la dualité bien/mal est un instrument idéal. En effet, c'est le seul moyen que nous ayons pour ressentir une attraction ou une répulsion de manière fiable. Aussi, nous devons expérimenter, et expérimenter encore, jusqu'au moment où, en notre âme et conscience, nous sachions ce qui est réellement bon pour nous.

- Lors d'une relation sexuelle, ressentir ce qui est *vraiment* bon pour soi et pour son ou sa partenaire. Qu'est-ce qui est bon, beau et vrai ?
- Tester aussi ce ressenti dans ses choix alimentaires, d'argent, de relations.
- Observer que la satisfaction ne provient pas de l'acte lui-même, mais du ressenti que l'on perçoit !

Se mettre au service de son âme est le seul moyen de trouver la Présence en soi !

Un système scientifique qui se prend pour Dieu

Le système scientifique, politique, médiatique, représente l'Esprit. Ce sont les fameux « experts » qui nous gouvernent. Par association, ils illustrent les problématiques d'argent, le vieux bleu, les croyances mentales et l'ego.

La vocation de la science – son intention de base – consiste à nous rendre la vie plus facile. Lorsque l'humain commence à comprendre comment fonctionne la vie, son premier réflexe est d'en tirer parti pour améliorer son confort. Ainsi, domestiquer le feu a permis de se chauffer et de faire de la cuisine. Cela aboutit, un jour, à une centrale hydraulique qui produira de l'électricité.

Mais, là encore, le système a dérivé, orienté de manière perverse par le vieux bleu. Les experts sont pris dans des luttes d'ego pour « avoir raison ». Les politiques ne sont plus au service du peuple, mais au service d'une avidité de pouvoir et d'argent.

La raison d'exister du système scientifique ou politique n'est plus un petit « je » au service du collectif. C'est un ego… qui se prend pour Dieu ! Nous devons croire au système comme un croyant s'en remettait aux religions pour recevoir la parole divine.

Les exemples sont tellement parlants que tout cela devient ridicule. En effet, plus le mental veut se faire passer pour intelligent, plus on finit par voir sa bêtise !

- Pendant l'épidémie de coronavirus, le conseil scientifique (le bien nommé) a ainsi montré l'étendue de son ignorance, pour ne pas dire plus. Il a recommandé tout et son contraire, justifié les mesures les plus inutiles par des arguments prétendument scientifiques, mais complètement infondés dans les faits. Pour valider ses décisions, il a annoncé des prédictions, ce qui est à l'opposé d'une démarche scientifique. Résultat : le mental qui se croyait malin finit par passer pour un imbécile. Mais ces gens ont créé beaucoup de peurs et de stress dans la population, ainsi que des doutes légitimes (ne serait-ce pas un complot orchestré ?). Au lieu de créer de l'ordre, ils ont mis toute la société en difficulté, qui se retrouve face à une crise économique sans précédent.
- On arrive ainsi à des aberrations qui dépassent l'entendement. Les gens deviennent complètement irrationnels, obéissant à des dogmes infantiles. C'est le lot commun que l'on voit partout. Les personnes ont perdu le moindre bon sens et se méfient de tout et de tous. Quelqu'un aurait besoin d'un soin urgent, on ne le toucherait pas et on le laisserait mourir sur place ? Le collectif n'est-il pas en train de devenir fou ? Car tout cela repose sur des « informations », c'est-à-dire sur du vent.

Dès le départ de l'épisode du coronavirus, nous avions signalé que, symboliquement, il s'agissait avant tout d'un virus mental[23] qui était à l'œuvre, issu de la trinité peur-culpabilité-croyance.

---

23. Virus mental : *cf.* le texte de C. G. Jung cité un peu plus haut, qui parle d'« épidémies psychiques » à venir.

En fait, cet épisode est la première maladie mentale collective que l'être humain rencontre dans son évolution. Toutes les décisions scientifiques et politiques sont issues d'un mental impuissant et ne reposent que sur des informations invérifiables, des hypothèses farfelues et culpabilisantes.

– Hélas, c'est devenu le lot commun du discours médiatisé. Le bien-pensant « scientifique » s'est imposé, les gens de terrain ont été décriés et censurés. On en arrive à nier des faits pour étayer des hypothèses. Que démontre, alors, une prétendue étude scientifique ? La vie n'a pas tardé à nous le montrer[24]. Ces fameux essais cliniques ont été rapidement détournés par les laboratoires et par les revues scientifiques pour imposer... ce qui les arrangeait financièrement.

Les domaines scientifique, médiatique, politique ne sont plus alimentés que par des ego surdimensionnés, qui cherchent désespérément à exister en utilisant le pouvoir et l'argent !

Explication du processus : au fil du temps, le besoin de rendre l'humain plus libre et d'avoir une vie plus facile s'est éloigné du but de l'incarnation, qui consiste à obtenir un éveil de la conscience. Aussi, les moyens technologiques se sont mis au service de l'avidité du mental, pour avoir toujours plus de confort matériel et de moins en moins de contraintes. Mais, ce faisant, l'objectif de l'éveil a été oublié, au profit d'une course en avant effrénée pour plus de consommations, plus de savoirs, plus de maîtrises des phénomènes du vivant.

Mais, en contrecarrant les phénomènes matériels, qui sont les manifestations de l'esprit dans la matière, nous avons perdu aussi tous nos repères. Les systèmes deviennent fous, ne font que créer des contraintes mentales, des normes, des obligations et des lois nouvelles, etc. Bref, la vie devient impossible sur une planète pourtant paradisiaque !

24. *The Lancet* : cette revue, référence mondiale dans le domaine médical, publiera une étude bidon qui aboutira à l'interdiction de prescription de l'hydroxychloroquine. Pourtant, même une fois l'étude démentie, l'interdiction continuera en France ! On se demande bien pourquoi...

Conclusion : tout ce qui est dit étant aussi en nous, dans notre mental, il est urgent de cesser ce mécanisme de radotage pseudoscientifique et de retrouver le goût du mystère spirituel qui nous habite et ne demande qu'à s'exprimer.

Faire la paix avec son esprit

Si l'esprit est le créateur du nouveau, il faut cesser de répéter les vieux schémas, de ressasser les mêmes recettes. Nous devons, au contraire, nous ouvrir et laisser venir les intuitions. C'est ainsi que nous découvrirons les moyens de traiter les problématiques actuelles, que nous inventerons de nouveaux moyens de vivre en société et de faire prospérer notre spiritualité, au lieu de tout miser sur le matériel.

- Lors d'un rapport sexuel, laisser venir le nouveau, et l'expérimenter sans jugement.
- Chercher quel est le message symbolique caché dans ce nouveau. Qu'est-ce que l'univers cherche à nous faire comprendre ?
- Procéder de même avec l'alimentation, l'argent, les relations sociales.
- Observer alors comment la conscience s'enrichit de ce nouveau !

S'ouvrir à l'esprit et au nouveau est le seul moyen de trouver l'Intelligence et, par-là, d'être en paix !

Reprendre son pouvoir personnel

L'observation de ces trois systèmes et de leur dévoiement est riche, car il nous montre, en filigrane, les dérives à l'œuvre dans les trois niveaux corps-âme-esprit.

Toutefois, il faut traquer ces erreurs dans tous les domaines de la société. On s'apercevra alors que tous les systèmes empruntent actuellement des voies sans issue, car ils sont alimentés par des peurs, des culpabilités et des croyances infondées. Voici encore quelques exemples pour l'illustrer.

– Le système éducatif n'est plus dans une intention de rendre les gens intelligents, mais dans une volonté de les formater en remplissant les têtes de connaissances. Pour cela, l'objectif est

de « sanctionner » le cursus par un diplôme (est-ce un papier qui est censé valider que l'individu est intelligent ?).
- La télévision fait de même. Son but n'est plus d'informer ou de divertir, mais de vendre. Elle est au service des entreprises de toute nature, des politiques, des ego, des vendeurs de solutions prêtes à l'emploi. La télévision est devenue, au fil du temps, un instrument de propagande et, pour cela, d'abêtissement des téléspectateurs.
- Les banques ne font plus leur travail de financement de l'économie, préférant faire de l'argent en spéculant.
- La sécurité routière n'a plus pour but de sécuriser les routes. Au contraire, on crée des obstacles pour empêcher les véhicules de rouler normalement, créant ainsi des risques d'accident. Les radars et les contrôles policiers sont là pour faire rentrer de l'argent dans les caisses de l'État.
- La justice est au service d'un système devenu punitif et répressif, alors qu'elle devrait être là pour éduquer et aider les délinquants à se corriger.
- L'intelligence artificielle devrait nous rendre la vie facile. Or elle est là pour nous fliquer et pour nous créer de nouveaux besoins de consommation (la volonté réelle est de créer de la croissance économique, encore plus d'argent).
- Etc.

Lorsqu'on observe tout cela, il est facile de prévoir ce qui va se passer, puisque c'est l'intention qui crée le résultat.
- Le système de santé va créer encore plus de maladies, de moins en moins guérissables.
- Le système politique va créer beaucoup de désordre et va finir par paralyser la vie économique.
- Le système financier et bancaire va créer une gigantesque faillite.
- Le système éducatif va encore plus abêtir. Il faudra trouver d'autres moyens pour éduquer ses enfants.
- Le système judiciaire va renforcer la délinquance.
- Les médias vont devenir une machine à désinformer, de manière très subtile… ou très grossière !

D'ailleurs, certains effets sont déjà vérifiables :

- Les laboratoires pharmaceutiques préfèrent soigner les maladies avec des substances chères prescrites à vie, plutôt que de guérir (c'est plus rentable pour les actionnaires).
- Les entreprises fabriquent des appareils dont la fonction est minimale, et qui sont programmés pour tomber en panne (c'est « l'obsolescence programmée »). De plus, ils sont conçus pour que personne ne puisse les réparer, et il faut passer par un réseau spécialisé (sous dépendance) ou changer l'appareil.
- Les informations que l'on nous donne dans les médias sont, en général, invérifiables et n'apportent rien d'autre que des peurs et des culpabilités (il faut « faire du buzz »).
- On ne peut plus récupérer l'argent que l'on a sur son compte bancaire, et l'on doit justifier chaque sortie ou entrée, comme si l'on était un trafiquant.
- En voiture, on passe plus de temps à surveiller les obstacles et les radars qu'à surveiller sa conduite.
- La préoccupation des élus n'est plus d'être au service, mais de se faire servir et d'être réélus.
- Etc.

Comme nous le voyons, par son inconscience, l'humain est bien capable de créer le pire. Or c'est à chacun de reprendre le pouvoir dans tous les domaines cités plus haut, car la solution ne viendra plus par un sauveur (inutile d'espérer, ce n'est plus l'époque !).

C'est pour cette raison que nous préconisons une expérience directe personnelle et intime afin de faire cesser tous ces empêchements que nous nous sommes créés collectivement. Et la meilleure façon est de passer par la sexualité, zone de la création.

La question qui se pose est celle-ci : si nous sommes capables de créer le pire, sommes-nous capables de créer autre chose ?

Nous parions que la réponse est « oui ». Mais nous devrons, individuellement, être capables de dépasser nos peurs, culpabilités et croyances internes !

Reprendre son pouvoir personnel

Il existe beaucoup de domaines où nous avons perdu – ou cru perdre – notre pouvoir de penser, de dire et d'agir. Il est facile, compte tenu de la liste ci-dessus, de trouver un domaine où exercer à nouveau ce pouvoir. Voici des exemples.

- Reprendre le contrôle sur son argent, en récupérant ses fonds placés dans des institutions financières, en changeant de banque pour en choisir une plus conforme à son éthique, etc.
- Cesser d'obéir aux règles, normes, lois et contraintes qui paraissent illégitimes. La désobéissance civique va devenir une nécessité.
- Cesser d'alimenter les systèmes de consommation inutiles et qui détruisent la planète. N'acheter que le nécessaire, et localement (par exemple, il suffirait de cesser de consommer de la viande pour inverser la courbe du réchauffement climatique !).
- Ne pas voter par défaut, pour des gens qui ne représentent pas ses valeurs (souvent, on vote contre, et pas pour).

La solution ne pourra passer que par une reprise de notre pouvoir personnel, sans attendre que d'autres le fassent à notre place, et sans descendre dans la rue pour convertir ou pour lutter.

La masse des consciences individuelles, associée aux actes, est suffisante pour faire changer le collectif.

- Sexuellement, l'acte fort consiste à redonner la liberté à sa polarité de s'exprimer. Pour cela, réaliser consciencieusement les exercices qui vont suivre.

Voyons donc comment aller vers une création consciente en passant par la sexualité.

Chapitre III

Le sexe, un état d'être

À l'évidence, tout ce qui a été décrit auparavant ouvre des champs à explorer. Comme nous l'avons souligné, ce n'est pas dans ce domaine que la société nous invite à le faire ! Les tabous et les non-dits sont nombreux. C'est d'ailleurs pour cela que l'énergie vitale sexuelle est autant dévoyée de sa mission, notamment par les dérives que constituent l'argent et le pouvoir.

Un homme mendie dans les rues de Las Vegas et demande à un passant 25 dollars pour manger et dormir à l'abri. Un passant s'apprête à lui donner cette somme, mais se retient :
– Qu'est-ce qui me dit que vous n'allez pas utiliser cet argent pour aller jouer ?
– Oh non, Monsieur ! De l'argent pour jouer, ça, j'en ai !

Dans cette partie, nous allons avancer tranquillement vers l'expérimentation de chaque caractéristique vue précédemment. Il est important de ne pas se presser, pour que chaque expérience devienne une porte à passer. Comme pour la vie d'un individu, **il y a un chemin vers un éveil de la conscience**. Par conséquent, il est primordial d'expérimenter tout ce que l'on ne connaît pas, car c'est le seul moyen d'éveiller la conscience.

De plus, il n'est pas possible de mesurer quoi que ce soit dans ce domaine ; comme il est impossible de mesurer l'intensité d'un vortex ou d'un orgasme ! Les paroles sont vides pour exprimer l'inexprimable…
L'Être est ainsi : non communicable, seulement expérimentable, donc c'est à chacun de jouer sa partition.

Demander

Le principe qui déclenche le mouvement de l'univers est le vide. Le vide attire et, ce faisant, il crée les cycles. Pour le sexe, l'argent ou le pouvoir, c'est la même chose :

– une absence prolongée de sexe donne envie de relation sexuelle ;
– un manque d'argent ou de nourriture nous fait nous lever de bonne heure pour aller au travail ;
– un laxisme de pouvoir fait apparaître un besoin de dictature.

L'observation des cycles

Il suffit d'observer sa respiration pour connaître intimement le cycle des polarités.

- Quand nous inspirons, nous demandons de l'air, ou « prenons ».
- Quand nous expirons, nous donnons, ou « rendons ».
- Et, dans l'instant où les poumons sont vides, avant la prochaine inspiration, il existe un moment d'éternité et de vide qui peut être « magique » pour peu que nous y portions une conscience attentive. Alors, à cet instant, nous recevons beaucoup !

Par conséquent, les exercices de respiration sont indispensables pour toute pratique de conscience (méditation, yoga, qi gong, arts martiaux) et pour la pratique sexuelle (c'est le seul moyen de franchir certaines étapes et de diriger l'énergie produite par la relation des deux polarités).
Comme nous voulons expérimenter ce phénomène du vide, nous n'allons pas attendre tranquillement qu'il se manifeste, nous allons le créer.

L'envie

La première chose à repérer est son envie sexuelle, puisqu'elle est biologique. Mais ce n'est pas si simple ! Comme lorsque nous avons faim ou soif, il y a les grands besoins que l'on repère facilement, mais il y a aussi quantité de signaux de notre corps que nous ne percevons même pas.

Or ces besoins sont importants, car ils représentent les mécanismes déclencheurs de la création, comme nous l'avons souligné précédemment. Reconnaître ces signaux, c'est commencer à être créateur conscient.

La première information que donne le corps, comme pour tout besoin physique, est sous forme d'envie. Contrairement à l'animal, les humains ressentent cette envie un peu n'importe quand, parce qu'elle peut être suscitée par une émotion (besoin d'affection), par une pensée (image érotique ou besoin psychologique, par exemple) ou par d'autres motifs (d'ordre généalogique ou karmique, par exemple). Alors, ce n'est plus le corps qui exprime directement son besoin, mais une réaction à un ordre venu d'ailleurs.

L'être humain a développé son mental à un point tel que les besoins du corps ne sont plus entendus depuis bien longtemps. Par exemple, qui entend *vraiment* son besoin de manger et de boire ? Qui entend *vraiment* le besoin de ne plus manger ? Qui écoute son corps pour savoir ce qu'il doit ingérer et en quelle quantité ?

Non, nous n'écoutons plus que notre mental, et ce dernier est, hélas, complètement paramétré par des informations fausses (la culture, l'éducation, les publicités et les médias, etc.). L'être humain a perdu une très grande partie de ses instincts, et les messages envoyés par le corps ne sont perçus que de manière sporadique ou inconsciente.

Pour le sexe, c'est encore pire ! Nous avons des schémas qui nous disent quand et comment il faut faire l'amour. Nous avons des diktats internes qui nous disent pourquoi nous devons ou pourquoi nous ne devons pas faire l'amour. Nous avons des règles venant de l'extérieur (société, famille, médias, religion) qui nous disent ce qui est « bien » et ce qui est « mal » en matière sexuelle.

Adam est au paradis avec l'Éternel. Ce dernier lui dit :
– Tu vas descendre sur Terre.
– C'est quoi, la Terre ?
Dieu lui explique, puis Il poursuit :

– Tu vas arriver au pied d'une montagne, et tu verras une grotte.
– C'est quoi une montagne ? Et une grotte ?
Dieu, patiemment, lui décrit la Création, tout ce qu'Il a conçu dans Sa magnificence.
– Tu entreras dans la grotte, et tu trouveras une femme. Et là, tu te reproduiras.
– C'est quoi une femme ? Et comment se reproduire ?
Dieu s'énerve un peu, explique le nécessaire à Adam, le pousse gentiment dehors, et referme la porte du paradis. Cinq minutes s'écoulent, et Il entend frapper. Il ouvre et découvre Adam, tout penaud.
– C'est quoi, une migraine ?

Un des exercices de base pour qui veut vivre sa sexualité en conscience est de repérer sa demande – c'est-à-dire son envie – et, si possible, de discerner l'origine de cette demande (origine physique, émotionnelle, mentale, culturelle, autre).

Reconnaître ses besoins sexuels

Sexe

Pendant quelques jours, notez toutes les envies sexuelles qui viennent dans la journée ou dans la nuit. Notez-en l'origine :

- envie du corps – comme une tension qui a besoin de se détendre ;
- envie affective – comme un besoin de la présence du partenaire, de partager ;
- envie mentale – provenant d'images vues (postures, corps du partenaire, etc.) ou de l'imaginaire ;
- autre.

Argent

Notez tous les besoins d'argent perçus au quotidien. Notez-en l'origine :

- envie du corps – besoin d'acheter quelque chose pour vivre. Par exemple, une nourriture nécessaire ;

- envie affective – comme un besoin d'aller faire du shopping, d'aller consommer quelque chose avec quelqu'un ;
- envie mentale – provenant de désirs mentaux (posséder, nourrir et développer un idéal, etc.) ;
- autre.

Pouvoir

Notez tous les besoins sociaux perçus au quotidien. Notez-en l'origine :

- envie du corps – comme un besoin d'être présent physiquement dans un groupe (réunion collective) ou de communiquer des informations importantes sur un réseau social par Internet ;
- envie affective – dans ce cas, souvent, téléphoner ou consulter Internet suffit ;
- envie mentale – comme le désir d'être vu, connu, reconnu, apprécié, toujours en relation avec le ou les groupes que vous fréquentez ;
- autre.

Si vous êtes en couple, échangez sur cette expérience afin d'apprendre à vous connaître. Il est important d'observer la fréquence de ses besoins, et éventuellement de comparer avec la fréquence des besoins de son ou sa partenaire.

Attention : certaines personnes vivent leurs envies en manque, dans l'abstinence, le refus et la négation. Elles semblent n'avoir aucun besoin sexuel, aucun besoin d'argent et aucune envie de relation sociale. Si vous êtes dans ce cas, persévérez jusqu'à obtenir un signal ! Les signaux sont sans doute inaudibles, mais ils existent quand même.

Il faut remarquer que, souvent, nous négligeons l'un des trois domaines dans nos expérimentations. Voici quelques exemples tirés de nos consultations.

– Paul est satisfait parce qu'il a mis de l'argent de côté, mais, par contre, il n'a plus de rapports sexuels depuis des années.

– David est fier de sa réussite sociale, avec un statut reconnu – chef d'entreprise –, mais il ne gagne pas d'argent.
– Lucie vit une bonne relation de couple, mais n'a aucune vie sociale.
– Claire a un travail, deux beaux enfants, un mari charmant, mais plus aucune libido.

Cette bascule des besoins physiologiques entre plein et vide, dans les trois domaines, n'est pas saine. Il n'y a aucune raison pour que certains secteurs de notre vie soient en pénurie. À l'origine, on trouve souvent une culpabilité inconsciente qui nous manipule. En effet, on se garde un domaine où « cela ne va pas » pour rester « innocent » (la plénitude de l'abondance est interdite). De plus, ce déséquilibre nous fait rater une expérimentation qui pourrait être intéressante pour notre âme.

Équilibrer ses besoins dans les trois plans

- Reprendre l'exercice précédent et regarder dans quel domaine les besoins ne sont pas perçus, ni satisfaits.
- Décider d'une action dans ce domaine pour équilibrer les trois plans.

Par ces exercices, certaines personnes vont se rendre compte qu'elles ne ressentent aucun manque sexuel, alors même qu'elles vivent seules, sans partenaire ; ou qu'elles vivent avec un ou une partenaire, mais avec qui il ne se passe rien au niveau sexuel.

Cette situation est louche, comme nous l'avons expliqué auparavant, puisque l'énergie sexuelle est à la base de la construction physiologique. Comment vérifier la présence de ce besoin ? En faisant confiance aux polarités ! Ces dernières sont présentes dans le corps, quels que soient nos croyances, nos blocages, nos interdits…

Provoquer l'envie sexuelle par le jeu des polarités

Pour les couples homme-femme

- S'allonger côte à côte sur un lit. Inutile d'être nus. La femme pose sa main sur la zone sexuelle de l'homme. L'homme pose sa main sur celle de la femme.
- Ne pas penser. Rester dans la présence de la main, reliée à la présence du cœur. La main est une extension du cœur (*cf.* la représentation de la croix), et le méridien qui passe par le chakra de la paume (le Lao-Gong) va jusqu'au bout du majeur – le doigt qui représente le plaisir (qui est utilisé, par ailleurs, pour faire le geste du doigt d'honneur). La main est donc reliée à l'âme, ce qui anime.
- Chacun observe les réactions de son sexe.

Normalement, cela devrait réveiller le désir sexuel, car la biologie est toujours animée, même si le mental radote ses croyances et ses interdits.
Si rien ne se produit, il faut persister. C'est souvent parce que le mental gamberge. Faire confiance à ses polarités, à la vie, et au lien corps-âme, car notre âme est fusionnée dans notre corps !

Pour les personnes seules

- S'allonger sur un lit. Mettre une main sur la zone du cœur, une main sur la zone sexuelle.
- Ne pas penser. Rester dans la présence de la main, reliée à la présence du cœur.
- Inverser la position des mains. Observer les changements dans le ressenti.

Ici, l'exercice ne vise pas à provoquer une envie sexuelle, mais à relier le cœur (l'âme) à la zone sexuelle. Pourquoi ? Pour que nos envies d'âme puissent être en lien avec notre zone créative, et qu'elles puissent donc se réaliser.

Les hommes et les femmes sont différents en ce qui concerne l'envie sexuelle. On dit souvent que les hommes ont fréquemment envie, pour un oui ou pour un non, mais que les femmes ne ressentent pas forcément de désir sexuel si elles ne sont pas stimulées.

Trois vieillards parlent, sur un banc, de leurs déboires.
Le premier :
– Moi, je ne sais pas si c'est la vieillesse, mais le matin, en me levant, j'ai mal aux genoux !
– Moi, enchaîne le deuxième, je ne sais pas si c'est l'âge, mais ce sont les reins ! J'ai des douleurs fréquentes aux reins.
– Moi, raconte le troisième, encore ce matin, je vois la Marie qui arrache les pommes de terre. Et moi, de la voir ainsi baissée, je ne peux pas m'empêcher : je passe derrière elle et je vais pour la trousser. Là, elle se retourne et me lance : « Encore ! Mais ça fait trois fois depuis ce matin ! » Moi, c'est la mémoire qui ne va plus !

L'explication tient sans doute aux polarités et à leur mouvement. Comme l'homme a plus de yang, et que cette énergie vient du ciel et descend dans le corps, il est plus facile pour lui de ressentir des choses en bas dans le corps.

Un neurone visite le cerveau d'un homme. Il découvre une caverne vide. Il appelle : « Hé ho ! »
Seul l'écho lui répond. Tout à coup, une trappe s'ouvre au plancher. La tête d'un neurone sort du trou et lui dit :
– Ben, qu'est-ce que tu fais là ? Nous autres, on est tous en bas !

L'homme est d'ailleurs bien plus matérialiste et pragmatique que la femme.

Une femme est yin, et cette énergie part de la terre pour monter vers le ciel. Par conséquent, une femme est souvent perchée dans sa tête, loin de ses ressentis sexuels qui sont tout en bas.

Sachant cela, il faudra :

- que les hommes partent du bas, mais spiritualisent leur sexualité par des pensées saines ;
- que les femmes commencent par descendre dans la zone sexuelle, même si cela leur dit non, au départ.

Provoquer l'envie sexuelle par la suggestion

On peut utiliser beaucoup de suggestions mentales pour réveiller une envie sexuelle. En voici plusieurs parfaitement adaptées aux deux polarités.

Pour les femmes

Les femmes sont yin, et leurs envies devraient partir de la matière. Elles peuvent utiliser les sensations du corps et le lien naturel entre les lèvres du haut (la bouche) et les lèvres du bas (le vagin).

- Imaginez que vous ayez envie de manger quelque chose que vous aimez. Dites-le à haute voix : « J'ai tellement envie de manger une mousse au chocolat » ; « J'ai tellement envie de manger… »
- Observez que la salive vient dans votre bouche. Répétez la phrase jusqu'à ce que votre bouche soit pleine de salive. Vivez vraiment la phrase à fond, en visualisant le mets délicieux.
- Mettez une main sur le cœur et descendez-la jusqu'à la zone sexuelle, comme si vous tiriez la phrase et la sensation jusqu'au bas de votre corps.
- Observez que cela réveille l'envie en bas !

Il est possible d'utiliser d'autres sensations physiques liées à l'intention :
– danser avec un partenaire ;
– danser devant lui (cela ajoute la dimension du regard) ;
– se masser l'un l'autre, se caresser ;
– etc.

Pour les hommes

Les hommes partent du haut pour avoir envie. Ils peuvent facilement susciter un désir sexuel simplement à l'aide d'une image. C'est pour cela que les photos de femmes nues, les films érotiques ou pornographiques intéressent plus les hommes que les femmes. Comme dit ci-dessus, il faut veiller, dans ce cas, à ce que ces suggestions soient saines et non perverses (ce serait alors le vieux bleu ou le cadavre sanglant qui entreraient en scène).

- Imaginez une femme dans une posture érotique. En ce domaine, ce qui peut être érotique pour l'un se révélerait complètement inefficace pour un autre : c'est chacun pour soi, dans le registre de l'intime.
- Imaginez faire l'amour dans une situation particulière et hors norme.
- Etc.

Ces images réveillent la zone sexuelle, et elles peuvent vraiment venir d'elles-mêmes, sans répliquer quelque chose qui a été vu auparavant. La créativité de l'homme passe par l'esprit. Elle est donc infinie.

Il est facile de transposer les exercices précédents dans le domaine de l'argent ou du pouvoir. Ils sont à pratiquer pour ceux :
– qui rêvent d'avoir de l'argent, car ils en manquent ;
– qui rêvent légitimement de pouvoir social, car ils en sont privés.

Cela peut sembler magique, mais c'est un phénomène énergétique. Le yin s'ouvre quand il a envie pour attirer le yang. On peut donc attirer toutes sortes de fécondations de cette façon : compagnon, argent, relations, travail, etc.

La séduction

Pour aller plus loin sur ce premier principe, nous parlerons beaucoup des femmes, puisqu'elles sont censées être plus yin que les hommes. Il n'empêche que les hommes sont autant concernés par ce qui va suivre que les femmes, s'ils sont disposés à utiliser pleinement leur polarité féminine.

La demande du principe féminin, si elle se veut attractive, doit arriver à ses fins (être fécondée) quelles que soient les circonstances. Pour le monde animal, la nature a rendu la non-fécondation quasiment impossible. Par exemple, un mâle ne peut résister à l'attraction d'une femelle en chaleur. Comme nous sommes issus de l'animal, nous avons aussi en nous physiquement ce pouvoir d'attraction. Il se manifeste par des odeurs subtiles que nos sens ne perçoivent même plus consciemment, mais dont l'effet est tout à fait réel, et que les fabricants de parfums traquent sans relâche ! Une personne qui a envie de faire l'amour va informer son entourage par quantité de petits signes imperceptibles… et, plus prosaïquement, par ce que nous appelons « les jeux de séduction ».

Dans la mythologie, on dit que les femmes étaient tellement belles que les dieux sont descendus sur la Terre… et qu'ils ne sont jamais remontés !

La séduction est le moyen yang de créer de l'attraction

Le but n'est pas de décrire ici tous les signes de séduction, mais d'attirer l'attention sur ce fait.

Nous sommes tellement dans notre mental, dans nos « il faut, il ne faut pas » que nous sommes souvent complètement inconscients, dans cette première phase.

C'est ainsi que beaucoup de femmes ne se rendent pas compte qu'elles sont naturellement séductrices, et qu'elles vont devoir faire face à l'offre de l'homme qui est en face ! Souvent, elles n'ont pas vu ou elles nient leur puissance sexuelle.

À l'inverse, beaucoup se fabriquent un système qui repousse les autres – et les partenaires potentiels – de manière inconsciente.

Donc la première chose à faire est de repérer ce principe d'attraction/répulsion que chacun met en place, afin de mieux l'assumer, puis de pouvoir le modifier par sa conscience. D'ailleurs, remercions, au passage, notre partie instinctive de nous imposer encore ses lois, car, sinon, beaucoup de rencontres ne se feraient même pas !

Qu'est-ce qui séduit, chez la femme ?

– Sa beauté, en premier lieu. Même si ce critère est subjectif, il reste prioritaire. Le corps de la femme suffit à séduire ! Mikhaël Aïvanhov[25] disait que chez la femme, tout est sexuel,

25. Omraam Mikhaël Aïvanhov : philosophe ésotérique bulgare. Il a écrit, notamment, *L'Amour et la Sexualité*, et *La Force sexuelle ou le Dragon ailé*, éd Prosveta.

que la moindre parcelle de sa peau est sexuelle : « (...) la puissance de la femme est immense. Cette puissance se trouve dans un magnétisme spécial qu'elle possède sous forme de petites particules subtiles qui s'échappent d'elle[26]. » C'est vrai ! Même si on camoufle le corps dans une burqa, un simple regard suffit à attirer, et l'imaginaire fait le reste. D'ailleurs, une femme qui montre trop ses atours est moins séductrice qu'une femme qui les laisse deviner.

Lorsqu'une fille n'est pas belle, au Moyen-Orient, on met dans ses yeux un extrait de plante qui les fait briller. Le port de la burqa fait le reste !

– Sa fraîcheur. Attention : ne pas confondre ce critère avec l'âge ! Certains hommes préfèrent les femmes plus jeunes, car le corps est plus beau quand il est jeune. Ce n'est pas la vraie raison. En fait, les hommes ont besoin de se sentir « mâles fécondants » dans la relation. Ce besoin semble satisfait quand la compagne est plus jeune, moins expérimentée, voire vierge. Mais il y a un déséquilibre qui s'installe. L'union ne va pas porter ses fruits dans le domaine spirituel, puisque la femme jeune veut créer matériellement (avoir un enfant), alors que l'homme âgé a dépassé ce stade. **La fraîcheur s'entend comme le fait qu'il émane de la femme un besoin d'être « mûrie ».** Ce principe est très attractif pour les hommes. D'ailleurs, certaines femmes l'utilisent en jouant les « femmes-enfants » avec succès. Ce n'est donc pas une question d'âge, mais de la conscience interne du besoin d'être fécondée par le yang.

– Sa fragilité. Là encore, il ne s'agit pas des standards actuels où certaines femmes jouent les ingénues pour attirer un mâle protecteur, ou bien simulent une faiblesse comme dans les films d'Hollywood. Il s'agit d'un besoin interne de la femme d'être sécurisée dans son manque biologique. Si la femme

26. Omraam Mikhaël Aïvanhov, *Les Pouvoirs immenses de la femme*, éd. Prosveta.

reconnaît ce besoin en elle, les hommes sont instantanément réveillés dans leur masculin.

– Sa voix. Comme il s'agit d'une expression sexuelle, la voix touche les hommes. Par exemple, le fait de chanter peut constituer un atout dans la séduction naturelle.

On remarquera que ces critères sont tous plus ou moins biologiques, ce qui est normal puisque la femme est de nature yin.

La séduction, pour les femmes

Le but est d'être séductrice consciemment

Pour les femmes qui ont des blocages

- Vérifiez votre pouvoir d'attraction sur votre partenaire, regardez quels sont vos atouts et comment vous les utilisez (ou comment vous oubliez de les utiliser). Regardez les schémas qui vous empêchent d'être séductrices, voyez les interdits qui sont derrière. Regardez ce qui marche et ce qui ne marche pas. Observez les autres femmes, ce qu'elles utilisent... Souvent, au fond, c'est ce que l'on critique chez les autres qui nous plairait le plus, mais on se l'interdit !
- Puis, passez à l'acte. Osez les vêtements, les attitudes, les suggestions, etc. Même si vous avez peur d'être ridicule, persistez, car l'acte symbolique agit sur tous les plans.

Pour les femmes qui ont des facilités

- Vérifiez si vous n'abusez pas de votre pouvoir de séduction pour obtenir des choses qui n'ont rien à voir avec la sexualité ! Dans ce cas, vous induisez une équation fausse chez votre partenaire. Comme vous détournez l'énergie sexuelle de sa fonction, vous risquez ultérieurement d'être, vous-même, moins satisfaite.
- Puis, passez à l'acte. Limitez la séduction à l'acte préparatoire à la sexualité. Et devenez adulte dans vos autres demandes...

Il y a beaucoup à découvrir sur soi grâce à cet aspect.

– Est-ce que je préfère séduire ou être séduite ? Est-ce que la séduction des autres me dérange ? Est-ce que j'assume ma séduction et les effets qu'elle provoque sur les hommes ? Est-ce que je profite de ma séduction ?
Il y a fréquemment des saboteurs internes (peurs, croyances, culpabilisations) qui apparaissent.

– Sur quel registre se porte ma séduction ? Je joue l'ingénue ? La femme-enfant ? La femme sexy ? La femme intellectuelle ? La femme forte ? La sainte ? La bonne mère ? La femme intègre ? La joueuse ? La femme mystérieuse ? L'amante ? Etc.

Il est important de bien repérer ce registre car, évidemment, l'attraction crée le résultat. Par exemple, une femme « bonne mère » attirera des partenaires « enfants » ; une femme « forte » attirera un homme ayant besoin de protection, etc.

Une jeune femme passe un entretien d'embauche pour un poste de secrétariat. Elle présente son curriculum vitae au recruteur :
— Comme vous pouvez le constater, j'ai passé un diplôme de secrétariat, que j'ai complété par une licence d'anglais, un master en psychologie, un doctorat en sciences humaines et une thèse de systémique familiale appliquée au monde de l'entreprise. C'est passionnant !
Le recruteur la regarde attentivement et lui dit :
— Je crois que vous conviendrez parfaitement ! Je vous embauche. Allez me faire un café !

Lorsque la séduction implique une guerre cachée des polarités, par exemple lorsque la femme veut jouer la carte « intellectuelle », cela peut se retourner contre elle, comme le raconte cette blague. Finalement, on se rendra compte que le corps suffit à attirer, et qu'il est inutile d'en rajouter, ou de le camoufler.

Pour les hommes, la séduction yang se joue sur le fait d'être remarqué par des formes d'exploits censés être valorisants aux yeux des femmes. Il faut être vu et être brillant (le yang, c'est le soleil). De plus, l'homme sait bien, au fond de lui, que c'est la femme qui va le choisir, et non l'inverse !

Il est rare qu'une femme se laisse conquérir sans avoir la garantie d'une contrepartie.

Qu'est-ce qui séduit, chez l'homme ?

– Son image. Car, comme pour les femmes, un beau corps attire plus. Mais ce n'est certainement pas le critère qui prévaut chez les femmes, même si la musculature peut sembler être un gage de virilité.

– Son esprit. C'est ce qui fait le brillant d'un homme. Son intelligence, ses connaissances, son humour, ses traits d'esprit. Incontestablement, cela attire les femmes qui cherchent ainsi à être fécondées par le yang qui leur manque.

– Son verbe. Le verbe et l'expression sexuelle ne font qu'un. Aussi, un homme qui parle bien et fort aura une attractivité. Un homme d'État, un scientifique, un enseignant, un chef d'entreprise… ; bref, tous ceux qui portent la parole des autres seront, par conséquent, très attractifs. Un homme qui parle « juste », encore plus. Ainsi, les sages, les penseurs, les philosophes auront aussi une attractivité auprès des femmes. Les chanteurs allient autant le verbe que la voix, le statut, l'image. Beaucoup de femmes sont séduites et deviennent des groupies de cette icône (il devient leur dieu).

– L'argent. Comme l'argent est un miroir de la sexualité, avoir de l'argent – ou montrer que l'on en a – sera aussi un critère attractif. C'est un symbole de puissance.

On voit que les critères d'attractivité d'un homme sont nettement moins biologiques, et se concentrent sur le domaine de l'esprit et de l'image.

La séduction, pour les hommes

Le but est d'être séducteur consciemment

Pour les hommes qui ont des blocages

- Vérifiez votre pouvoir d'attraction sur votre partenaire. Pouvez-vous vous exprimer ? Regardez vos interdits, vos blocages. Est-ce que vous vous sabotez ? Observez les autres hommes, ce qu'ils utilisent.
- Faites la liste de vos atouts, et commencez à les utiliser consciemment. L'important n'est pas d'avoir des résultats à ce niveau, mais de vous autoriser des choses.

Pour les hommes qui ont des facilités

- Vérifiez que vos facilités sont bien utilisées ! Souvent, il ne s'agit que de combler un manque existentiel ; et vous dilapidez alors votre énergie dans l'atmosphère.
- Limitez alors l'utilisation de votre brillance à un objectif physique rationnel.

Comme pour les femmes, des saboteurs internes feront leur apparition pour empêcher cet état.

– Sur quel registre avez-vous construit votre séduction ? L'argent ? Le pouvoir ? L'intelligence ? Les diplômes ? La musculature ? Les exploits sportifs ? L'humour ? L'image ? La rigueur ? La gentillesse ? La force ? La joie ? La sensibilité ?

Là aussi, l'attraction créera le résultat ! Si vous vous rassurez par un coffre bancaire bien rempli, ne vous étonnez pas de voir arriver des femmes intéressées par ce dernier.

Finalement, vous observerez que votre attraction masculine réside avant tout dans votre organe sexuel.

Remarque : comme pour les femmes, ces stratégies de séduction remontent à l'enfance et aux constructions vis-à-vis des parents. Mais elles sont aussi liées au cheminement de l'âme, c'est-à-dire à son ennéatype.

Plus on devient conscient de ces schémas, plus on pourra attirer un partenaire détaché de tous ces jeux d'ego, et qui sera, par conséquent, plus en accord avec nos aspirations d'âme.

Déclinaison pour l'argent et le pouvoir

L'attraction, dans le domaine de l'argent, est compliquée dans la société actuelle, car le système crée une envie sans fin, un peu à l'image des économistes qui nous disent qu'il faut à tout prix avoir un taux de croissance[27] pour survivre. Alors, chacun court après des hausses de revenus, comme si cela allait satisfaire cette envie.

Hélas, cela ne règle rien. D'ailleurs, les sociétés riches voient se développer une dette colossale qui augmente sans fin, alors même que cette fameuse croissance est censée tout régler. Et l'insatisfaction gagne toujours plus de terrain. Il y a donc un mensonge derrière tout cela !

La vraie attraction financière survient lorsque nous avons besoin d'argent pour réaliser un projet, surtout si ce projet est porté par une envie d'âme. Dans ce cas, la vie se met en quatre pour nous aider.

Dans le domaine du pouvoir et des groupes sociaux, l'attraction et la séduction sont à peu près similaires aux jeux interpersonnels, la différence se situant dans les modes d'expression. Par exemple, les exercices pourront se pratiquer par l'intermédiaire des réseaux sociaux, par des vidéos, des conférences, lors de réunions, etc.

Comme pour les exercices sexuels, les saboteurs seront à repérer, car ils vont révéler nos problématiques inconscientes.

27. Taux de croissance : il est intéressant de faire un détour par la symbolique pour comprendre la pathologie qui se cache derrière ce credo indéboulonnable. Il existe une maladie célèbre, elle aussi en pleine croissance, qui symbolise un développement infini de cellules, qui plus est immortelles : le cancer. Or le cancer, comme la croissance infinie du PIB, finit par tuer son hôte. À méditer…

Par la suite, il est possible d'animer consciemment sa séduction. Cela peut être utile pour réveiller un partenaire endormi, mais c'est surtout très efficace pour créer un mouvement dans l'univers. En effet, tout ce qui est vécu en interne a une répercussion sur notre environnement. Par exemple, il est possible d'activer cette séduction pour faire un CV quand on recherche un emploi, pour attirer le financement d'un projet, pour changer facilement de poste de travail, etc.

Notre exemple personnel est édifiant. En 2015, lorsque nous avons décidé d'agrandir notre lieu d'accueil de stages et séminaires ; il nous manquait 350 000 euros. Nous avions sollicité la banque commerciale qui nous avait prêté à l'origine de notre achat, quinze ans auparavant. Compte tenu de nos bilans et de notre plan de financement, nous pensions qu'il s'agissait d'une formalité. C'était sans compter sur les intentions de la vie. En plein milieu de l'été, alors que le terrassement était fait et que les maçons allaient commencer le gros œuvre, la banque nous refusa le prêt !

Comme on peut l'imaginer, ce fut un coup dur. Impossible de trouver une autre banque ; et, pour nous, il était hors de question d'arrêter le projet, et de faire faux bond aux entrepreneurs. Nous avons demandé à la vie comment opérer, par l'intermédiaire d'une harmonisation de notre lieu. Les baguettes de sourcier pointèrent l'alliance au doigt de Gilles. Il fallait « faire alliance », et se marier avec l'univers. Par conséquent, nous avons commencé à parler de notre projet à nos amis et à notre réseau. Des personnes nous ont proposé de l'aide sous forme de prêts sous seing privé[28]. Quelle surprise de voir que, finalement, beaucoup de gens avaient envie de nous aider, et étaient reconnaissants que nous mettions en place un projet en lien avec le collectif !

La suite fut des plus étonnantes… Chaque fois qu'un artisan finissait sa part (maçonnerie, toiture, isolation, plaquiste, etc.), la somme exacte arrivait juste avant la facture. Nous n'avions

28. Prêt entre particuliers : contrairement à une idée répandue, il est tout à fait possible de prêter ou de se faire prêter de l'argent entre particuliers. Un formulaire existe, à déposer auprès du centre des impôts.

jamais le montant avant les travaux, mais juste au moment de payer. C'était insécurisant pour le mental, mais Rose en comprit, un jour, le sens. C'était l'exacte similitude avec la création d'un bébé dans le ventre d'une mère : l'énergie arrive au fur et à mesure des besoins du bébé, et pas en paquet au départ de la grossesse. C'est le mental peureux qui fonctionne ainsi, pas la vie. L'univers nous apporta donc la somme totale dont nous avions besoin – pas plus, pas moins – jusqu'à la réalisation complète de notre projet, et jusque dans les moindres détails.

Depuis cette expérience, nous ne comptons plus l'argent, ni la nourriture, ni l'énergie sexuelle. Tout cela va de soi. **Mais, puisqu'il s'agit d'une circulation, il faut créer les conditions de libérer les énergies bloquées en nous... et faire alliance avec l'univers.**

La disponibilité

Être dans une demande, c'est se sentir disponible, un peu comme si l'on était un verre vide demandant à être rempli. La disponibilité est un état d'esprit qui fait que les gens en face vont ressentir « il/elle est libre ». Ce n'est pas une réalité culturelle (être mariée ou célibataire), mais un état interne d'ouverture et d'appel permanent. C'est aussi cet état qui permet plus généralement à la Vie de couler en nous de façon libre et harmonieuse.

La disponibilité est le moyen yin de créer de l'attraction

Il existe plusieurs registres pour utiliser la disponibilité.

Évidemment, une femme ayant envie d'un enfant ressent un besoin de faire l'amour, surtout lors de son ovulation. Mais son vide peut se jouer sur des plans affectif, intellectuel, spirituel, etc. De même, le vide peut se situer dans le domaine financier, ou dans la relation sociale.

Chacun peut se trouver en manque de quelque chose à un instant dans sa vie. Si la séduction – moyen yang – n'a pas fonctionné, pourquoi ne pas essayer la disponibilité – moyen yin ? Les deux sont d'ailleurs complémentaires !

Mais encore une fois, il faudra gommer le mental, ne pas écouter ses radotages, et se rassurer en se disant que le corps sait ce qu'il a à faire… et le laisser faire. Le mental se contente alors d'observer. Il se met au service du témoin conscient interne.

La disponibilité par le vide

Le but est d'être vide pour attirer un plein. C'est un excellent moyen d'être rempli(e) par l'univers.

Pour une femme, il est facile de se sentir vide avec l'envie d'être remplie

- Promenez-vous dans la rue et adoptez une disponibilité intérieure : sentez-vous légère, vivante et prête à toute rencontre, comme si vous étiez en manque de partenaire. Observez alors combien les regards des hommes vont s'attarder sur vous.
- Cet exercice est aussi à pratiquer quand vous désirez que la vie vous apporte quelque chose de précis – un travail, par exemple.

Pour aller plus loin : ne pas porter de culotte

- Un symbole puissant réside dans le fait de ne pas porter de sous-vêtement sous sa robe. La robe étant un symbole d'ouverture du chakra racine, ne pas mettre de barrière signifie que le masculin peut venir à tout instant.

Cette disponibilité est très attractive pour l'univers, mais demande un travail sérieux pour la femme qui le pratique. Ce n'est pas un jeu ! Cela demande d'aller plus loin que ses limites personnelles, de se focaliser vraiment sur sa zone sexuelle et son attractivité, de l'assumer tout en la surveillant. Par exemple, assise, il faut veiller aux positionnements des jambes, à les croiser, à porter une robe suffisamment longue, etc. Le but n'est pas d'exciter les hommes qui passent, mais de se marier avec l'univers, d'être en paix avec la fonction biologique de son sexe, qui est fait pour attirer.

Si vous êtes un homme, et que vous voulez pratiquer l'attraction par le vide, n'oubliez pas que la vie va vous envoyer un yang pour vous remplir.

Pour les hommes, il existe un aspect spécifique à leur caractère yang. Ce qui attire le plus les femmes, c'est une qualité de « présence ». Quand on interroge ces dernières sur ce qui les séduit chez un homme, elles citent souvent des mots comme « le rayonnement », « la présence », « une sensation qui émane de l'homme », « le regard », etc.

Une femme recherche chez l'homme quelque chose qui puisse la féconder et la remplir. Cette qualité se rencontre par une sorte de présence interne qui rayonne et qui rassure. Autrement dit, l'homme doit être « plein » pour plaire à une femme. Ce plein se mesure surtout par quelque chose d'immatériel (l'esprit), et non par le nombre de billets dans le portefeuille. La présence énergétique, le rayonnement, le charisme ont des effets très puissants. Ce plein a un pouvoir d'attraction énorme sur les femmes, de la même façon que le vide et l'état de disponibilité chez une femme ont un pouvoir d'attraction énorme sur un homme. **C'est cet état que l'homme doit rechercher, car il se situe dans le registre de l'être et non de l'avoir.**

La disponibilité par le plein

Le but est de vivre le plein consciemment, et de voir le féminin matérialiser les choses autour de vous. Le yang est déjà plein, mais sa disponibilité est dans le don.

Pour les hommes, il faut agir en étant pleinement présent

Promenez-vous en étant intensément présent, comme si vous étiez rempli de quelque chose de très chaud et qui rayonne vers l'extérieur, prêt à le distribuer. Observez le regard et l'intérêt des femmes. En même temps, sentez-vous libre et disponible à toute rencontre.

Cet exercice est excellent pour renforcer votre masculin et pour aider quelqu'un dans la difficulté, car il apporte une information fécondante que l'autre pourra, ensuite, mettre à son profit.

Pour aller plus loin : se concentrer sur la zone sexuelle

- Ponctuellement, si vous avez besoin du plein pour obtenir quelque chose, ressentez votre zone sexuelle pendant le laps de temps nécessaire. La présence dans l'organe sexuel est la clef qui dénoue beaucoup de situations bloquées, en relation comme dans la vie de tous les jours.

- Mettez une liasse de billets roulée en tube dans votre poche. Sentez cette présence quand vous marchez. Mettez la main dans votre poche pour la sentir encore mieux.

Ces exercices permettent de se sentir riche. Ou, plutôt, ils permettent de faire savoir à l'univers que vous êtes en accord avec votre richesse, avec votre potentiel fécondant illimité (les testicules d'un homme contiennent de quoi repeupler une planète !). En affirmant votre croyance en votre richesse, vous créez les conditions pour que votre richesse augmente, car l'argent appelle l'argent !

Remarque : lors de ces exercices sur la disponibilité, vous pourrez remarquer que certains manques inconscients vous seront révélés par ce que vous attirez. Ainsi, si vous êtes en manque de « sauveur » parce que vous vous sentez « victime », ce seront des partenaires sauveurs qui vont arriver. Par conséquent, ces derniers vous permettent de corriger votre état interne inconscient.

Si vous avez besoin de sauver les autres, ce seront des victimes plaintives que vous attirerez. De même, si votre enfant intérieur a encore besoin d'un « papa » ou d'une « maman », ils arriveront dans votre vie sous cette forme (personnes plus âgées, plus matures, etc.).

Certains veulent thésauriser, garder l'argent ou l'énergie sexuelle. Cette croyance limite l'énergie de l'univers comme le raconte cette blague juive.

Trois mères juives comparent la richesse de leurs fils. La première affirme fièrement :
– Moi, mon fils, il est tellement riche qu'il pourrait acheter la ville de Paris !

– Et moi, mon fils, il pourrait se payer la ville de New York, surenchérit la deuxième !
– Qui vous a dit que mon fils voulait vendre, demande malicieusement la troisième ?

Enfin, dans la mesure où beaucoup d'unions finissent actuellement par des séparations, il est bon de prendre conscience qu'une nouvelle union ne peut se manifester que lorsque l'ancienne est vraiment terminée. Ce n'est pas souvent le cas – ce qui explique que beaucoup de personnes n'arrivent pas à « refaire leur vie », comme elles disent !

La disponibilité par la coupure coupable

Lorsque vous ne retrouvez pas de compagnon/compagne après une séparation

Il faut montrer sa disponibilité à l'univers en réalisant des coupures symboliques avec l'ex-partenaire. Voici une liste de choses à acter :

- séparer les meubles, les acquis communs, se les partager ou s'en séparer ;
- séparer les affects (qui prend le chien ?) ;
- vendre la maison, chercher un autre lieu de vie. Prendre une autre location ;
- cesser les relations téléphoniques, Internet, les réseaux sociaux (page Facebook, Instagram, etc.) ;
- se séparer des bijoux, notamment des alliances ;
- reprendre son nom de jeune fille, pour les femmes ;
- mettre uniquement son nom sur la boîte aux lettres ;
- faire changer tous les papiers officiels, les abonnements, les intitulés de comptes en banque… en cas de divorce.

En général, il y a toujours un endroit où cela coince, surtout pour les femmes qui ont plus de difficultés avec la culpabilité, du fait de leur nature englobante et de la préséance des enfants.

Par exemple, des femmes refusent de reprendre leur nom de jeune fille, qui est le nom de leur père, au profit du nom de l'ex-mari, qui est le nom de leurs enfants. Elles se sentent coupables d'être ainsi « coupées » de leurs enfants. Cela se retourne contre elles et les empêche de trouver un compagnon stable, puisque, symboliquement, elles portent encore le nom de l'ex. Ce dernier marque encore son territoire, sa possession, avec l'accord inconscient de son ex-femme. Personne ne viendra sur ce territoire toujours occupé !

Chaque fois, il faudra donc affronter une culpabilité profonde pour retrouver sa disponibilité naturelle. Il s'agit d'ailleurs d'un excellent détecteur : si vous vous croyez disponible, mais que rien ne se manifeste, vérifiez au préalable vos attachements existants, et que vous ne voulez ou pouvez pas lâcher, avant d'accuser l'univers de mal faire son travail !

Un homme tombe dans un ravin et se retrouve suspendu, accroché à une branche. Il appelle au secours, mais rien ne vient. Voyant ses forces décliner, il appelle le Divin :
– Dieu, si tu existes, manifeste-toi et aide-moi !
Une voix forte retentit dans la vallée :
– Je suis là, sois rassuré. Fais-moi confiance : lâche cette branche !
Le gars regarde à droite et à gauche, et murmure, désespéré :
– Il n'y aurait pas quelqu'un d'autre ?

Lâcher complètement ce que l'on connaît est difficile, même quand la situation est désagréable.

L'aspiration

Avoir envie, c'est aspirer à…

L'envie profonde est une réelle acceptation d'expérimenter la Vie. Elle peut même se révéler d'une puissance extraordinaire si nous la ressentons comme une aspiration à… quelque chose. Cela crée alors un tel pouvoir d'attraction que rien n'y résiste. C'est le symbole de l'inspiration qui nous a fait exister.

Ainsi, pendant l'acte sexuel, une demande forte est repérable au fait que le sexe de la femme aspire le sexe de l'homme. Nous touchons là un point important. Si une femme veut vérifier le fonctionnement de son féminin dans l'aspect « demande », il lui suffit d'observer la réaction physique de son vagin pendant l'acte sexuel et de le comparer d'une fois à l'autre, suivant les circonstances, la conscience mise, les exercices pratiqués, etc. Ce phénomène est, bien sûr, aussi repérable par l'homme qui peut ainsi chercher ce qui rend sa femme amoureuse en se basant sur ce critère d'observation.

L'aspiration de l'homme, quant à elle, consiste en une envie profonde d'explorer un territoire inconnu. Le masculin est toujours prêt à aller voir ailleurs, à aller voir plus loin. Pourquoi l'homme est-il allé explorer les pôles, la Lune, le sommet des montagnes ? Pourquoi a-t-il besoin, une fois là-bas d'y planter un drapeau, un bâton, une croix ?

Parce que cette envie profonde d'aller explorer l'inconnu (le yin) et de le féconder l'anime instinctivement. Dans l'acte sexuel, l'homme va laisser sa graine ; et cela lui procure une satisfaction : il a ainsi marqué son territoire, et ceci explique pourquoi les mâles (et les hommes) ont cette tendance à désirer toujours plus et à se sentir propriétaires de leurs conquêtes – qu'elles soient amoureuses (le nombre de femmes), commerciales (le chiffre d'affaires), intellectuelles (le nombre d'inscrits à sa chaîne), etc.

Il faut donc que l'homme repère cet aspect animal, mais fondamental, de sa polarité yang.

Remarque : il existe actuellement, dans les sociétés occidentales, un manque énorme d'envie (« d'en vie »). Les causes en sont multiples, mais les conséquences en sont catastrophiques en termes de santé physique et psychologique. Nous ne parlons pas des désirs du mental, qui sont légion et n'ont jamais de fin, car fabriqués en permanence par nos pseudo-manques et par notre société de consommation. Nous parlons de l'envie dans l'aspect « demande ». L'envie est un carburant, c'est le moteur de la cage thoracique, ce qui nous anime. Si nous n'avons plus d'envie, nous n'avons, au fond, plus envie de vivre, et c'est la dépression qui guette.

Par exemple, l'envie est cette pulsion intérieure qui fait que l'on se lève le matin avec la joie d'expérimenter une nouvelle journée. Reconnaissons que ce n'est pas vraiment spontané !

Donc il est probable que certains, à la lecture du passage précédent, vont se dire : « Moi, je n'ai plus envie de faire l'amour ou de séduire… alors, à quoi bon ? »

Eh bien, comme pour beaucoup de choses, la Vie peut devenir… un choix volontaire et conscient ! Nous sommes complètement responsables de faire ce choix ou de ne pas le faire. En clair, notre conscience nous permet, à un moment donné, de faire le choix de vivre notre vie et nos envies au lieu d'être manipulés par nos mécanismes mentaux parasites.

Ce choix est important, car il vient en premier. La personne qui fait le choix de vivre et « aspire à vivre » va suivre le courant de la vie. Tout sera plus facile. À l'inverse, ne pas faire ce choix devient vite épuisant, voire dangereux. D'ailleurs, pour la plupart des humains, le choix de vivre ne se fait que devant une situation de mort imminente, comme un danger de survie ou face à une maladie grave.

L'envie de vivre, pour les deux sexes

Le matin, au réveil, dès que le mental se remet en marche, la mémoire intellectuelle revient et nous donne notre identité : « Je m'appelle…, j'ai telle profession, j'habite à tel endroit, aujourd'hui j'ai telle chose à faire, hier j'ai fait telle chose, etc. » Cet automatisme ressemble au programme qui fait fonctionner un ordinateur lorsqu'on appuie sur la touche « démarrage » (Windows, Linux, Mac). Il dure très peu de temps, de quelques fractions de seconde à quelques secondes. Il s'agit de la mémoire qui nous dit « qui nous sommes » (ou plutôt qui « nous croyons être », car nous ne sommes pas cela).

- Il est très important de l'observer, car, en y mettant de la conscience, nous pouvons alors *faire un choix* : celui d'accepter avec joie et gratitude cette identité et cette journée qui commence.
- Dans un deuxième niveau, nous pouvons remettre la réalisation de cette journée au Divin !

Cet exercice a un effet incroyable sur tout le contenu de la journée, car, se réalisant au réveil en état d'ondes alpha, il imprègne l'inconscient en profondeur. A contrario, tout le monde a déjà pu vérifier qu'une journée qui se passe mal a souvent déjà mal commencé dès le départ (se lever du mauvais pied).

Cet exercice propose de faire ce choix le plus tôt possible, dès que la conscience revient à l'état de veille.

L'aspiration pour les femmes

Il s'agit d'un travail physique – ce qui ne dispense pas de faire, en parallèle, un travail sur l'aspect symbolique de la demande (*cf.* ci-dessus).

- Pendant un rapport sexuel, aspirez en conscience le pénis de votre partenaire. Faites-le lentement (demandez à votre partenaire de ne pas bouger). Observez si cela vous est facile, difficile.
- Sentez ensuite ce qui se passe dans votre corps, les pensées et sentiments qui surviennent, etc.

Pour aller plus loin

- Observez la sensation du vagin, puis faites-la remonter dans le ventre, le plexus. Détendez-vous de plus en plus, comme si tout votre corps aspirait le pénis de votre partenaire.
- Apprivoisez, ainsi, toutes ces zones. Laissez-les s'ouvrir au nouveau, à l'inconnu, à « l'intrus » qui porte la graine d'un plaisir nouveau.
- Dilatez-vous complètement, comme si vous alliez disparaître.

L'aspiration, pour les hommes

- Pendant un rapport sexuel, restez à l'orifice du vagin et attendez. Observez votre désir de pénétrer, l'attraction que vous ressentez. Cet exercice peut se faire en même temps que le précédent, car il déclenche aussi une aspiration très forte chez la femme.
- Sentez ce qui se passe dans votre corps, les pensées et émotions, etc.

Pour aller plus loin

Il sera nécessaire d'utiliser les exercices de l'aspect pénétrant (voir un peu plus loin). Mais, ici, le pénis cherche à accompagner l'aspiration du vagin, avec un léger décalage.

- Si votre femme pratique l'aspiration au-delà du vagin, suivez-la, mais en freinant un peu la pénétration, ceci afin que les aspirations du féminin et du masculin se combinent pour créer une envie irrésistible.

– Ces deux derniers exercices ont pour but de repérer la qualité et la force de l'aspiration, tant du côté femme que du côté homme.
– Ensuite, ils peuvent devenir de bons exercices pour renforcer l'énergie sexuelle quand elle s'avère en faiblesse.
– Enfin, ils sont aussi excellents pour créer une envie très forte et donc pour vivre un rapport plus intense.

Évidemment, on observera un parallèle entre la façon dont notre sexe agit dans ces exercices, et la façon dont nous gérons notre vie. Cela ne peut pas être différent !

En revanche, il sera aisé de changer de vie en agissant consciemment par un exercice sexuel, alors qu'il sera long et laborieux de tenter de changer les habitudes quotidiennes.

Par exemple, l'aspiration pour obtenir de l'argent ou du pouvoir étant identique, on pourra obtenir des résultats dans tous les domaines. D'ailleurs, on peut pratiquer cet exercice pour n'importe quelle demande. L'univers répond toujours…

L'aspiration de l'argent

Pour les femmes

- Mettez des billets de banque dans votre culotte pendant plusieurs jours, et imaginez que cet argent est un masculin à aspirer, comme dans l'exercice ci-dessus.

C'est un bon moyen de dire à l'univers que vous avez besoin d'argent. Cela oblige à se concentrer sur la zone sexuelle ; et, par conséquent, cela l'active obligatoirement.

Cela peut même devenir un jeu, et c'est joyeux !

Pour les hommes

- Mettez des billets de banque roulés ensemble dans votre slip. Il faut que vous sentiez la dureté du rouleau, comme si c'était un pénis en érection.

C'est un bon moyen de dire à l'univers que vous êtes plein et prêt à féconder du yin qui vous enrichira.

Là aussi, cela rend joyeux et donne de l'assurance à l'homme. Ce symbole aide à dépasser le mental/menteur qui nous fait croire en notre petitesse, que les autres sont plus forts, plus riches, plus virils, etc.

En revanche, il faut bien préciser que ces aspirations sont conseillées pour « être », et non pour « avoir ». Lorsque le but de la demande sexuelle, d'argent ou de pouvoir est égoïste, la réponse de l'univers risque de ne pas être à la hauteur, son objectif étant d'obtenir à travers nous plus de conscience et d'évolution.

Prenez donc ces exercices comme des entraînements physiques ayant pour but de libérer des blocages psychiques, et ne croyez surtout pas qu'il s'agit de trucs magiques !

La répétition régulière de ces exercices fera automatiquement disjoncter les interdits mentaux, culturels, moralisateurs, psycho-émotionnels…

Donner

L'aspect masculin donne, il apporte les moyens. Lorsqu'un féminin exprime une envie d'être fécondé, le masculin lui apporte cette information. De même, lorsque nous avons un projet, une envie profonde de réaliser quelque chose, l'univers nous en apporte les moyens. Il n'y a pas de jugement bien/mal dans cet apport, car l'univers peut aussi bien alimenter la conquête guerrière d'un dictateur, comme servir la noble cause d'un sage désirant propager son enseignement. L'histoire humaine illustre bien ces deux aspects…

L'engagement

Le pénis doit aller au plus profond du vagin pour féconder une femme. Pour cela, il doit s'engager.

De la même manière, le masculin, quand il répond à la demande du principe féminin, le fait dans un état d'engagement profond et non discutable. Dans son essence, il lui est impossible de dire « non ».

Cela surprend toujours un peu, car nous sommes habitués à avoir des réponses négatives à nos demandes (cela commence dans notre enfance). Mais l'univers ne peut pas dire « non ». En fait, l'ensemble de la création ne connaît que le « oui », car sinon l'évolution cesserait immédiatement.

Lorsque nous observons les polarités dans leur essence au travers de la sexualité des plantes et des animaux, nous voyons bien que la réponse du principe masculin est toujours « oui ».

En revanche, nous avons intégré cette possibilité d'avoir une réponse négative jusqu'au plus profond de nos croyances religieuses : qui ne pense pas que le Divin pourrait répondre « non » à l'une ou l'autre de nos demandes ? Les exemples sont tellement nombreux ! Qui pense obtenir le bonheur, l'argent, une vie heureuse ? N'avons-nous pas la croyance que tout cela se mérite, notamment en achetant notre paradis ?

Aussi, comme nous avons beaucoup projeté un dieu qui dit « non », nous avons inventé plein d'astuces pour le berner, qui hélas nous positionnent dans un état infantile : par exemple, être gentil, bon, victime, pauvre, malade, souffrant, jusqu'au sacrifice et à la martyrisation. En fait, ce sont les mêmes astuces que nous avons utilisées pour obtenir l'attention de nos parents. Mais tout cela ne dure que le temps de la conscience de l'enfance. Par la suite, lorsque nous sommes majeurs, il faut assumer.

Jacob a passé toute sa vie à économiser, à garder jalousement son argent, à vivre chichement. Vers le moment de la retraite, il est immensément riche. Un jour, pris d'un moment de folie, il va sur les Champs-Élysées. Il entre dans les meilleures boutiques, s'habille d'un superbe costume. Puis il se coiffe d'un magnifique chapeau de feutre. Il met une montre en or à son poignet, s'équipe d'une canne de seigneur pour marcher. Il est méconnaissable, lui qui portait un vieux pantalon élimé et des chaussures trouées l'instant d'avant. Il sort dans la rue, et là, une voiture passe et le renverse. Il meurt sur le coup et se retrouve au paradis, face à l'Éternel. Jacob est dans une colère épouvantable :
— Comment ? Me faire ça, à moi, alors que je commençais juste à en profiter !
L'Éternel se penche vers lui et ouvre des yeux stupéfaits :
— Oh Jacob ! C'est toi ? Excuse-moi, je ne t'avais pas reconnu !

Il ne faut pas mentir à la Vie. Sinon, elle nous renvoie notre mensonge…

En miroir, dans le domaine sexuel, beaucoup de gens n'osent pas demander clairement un rapport par crainte de recevoir un « non ». Ils utilisent alors toutes sortes de stratagèmes pour éviter ce « non », et c'est cela qui pervertit l'essence de leur demande. Ainsi, ils obtiennent effectivement un « non », au bout du compte !

Dire oui, c'est s'engager…

De la simple rencontre pour échanger, jusqu'au mariage, un « oui » a un pouvoir énorme. Mais il entraîne des conséquences qu'il faudra assumer. Dans l'acte sexuel, le pénis doit s'engager pour répondre à la demande du féminin. De plus, il s'engage forcément dans l'inconnu ; ce qui réveille quantité de peurs, mais aussi de l'envie, comme expliqué plus haut.

Par conséquent, la notion d'engagement est à assumer par le principe masculin, car c'est cela qu'exige réellement le principe féminin.

Attention : cette notion est souvent mal comprise et elle a été, elle aussi, pervertie au cours du temps. En effet, si nous observons un accouplement d'animaux, nous voyons que cela semble se traduire par une certaine violence, d'ailleurs acceptée par la femelle. Or, dans la sexualité humaine, la notion d'engagement, si elle peut aussi être vécue par une certaine forme de violence, peut être transformée en présence et en densité.

Cette forme de violence s'explique aussi par la peur que traverse alors l'homme. La femme représente l'archétype de l'ogresse (la face féminine du diable). C'est la mante religieuse (« l'amante religieuse ») qui va le castrer, qu'il peut aussi visualiser comme un saurien/dragon ou comme une méduse géante avec ses tentacules.

Lorsqu'il rencontre cette peur, l'homme doit littéralement « plonger » dans la bête, il doit pratiquer la forme supérieure de l'engagement. De l'intérieur, il peut alors transmuter cette sorte d'ego par la prière. L'homme est-il capable de féconder cette bête et de la transformer ? Si la réponse est « oui », il n'a plus de problème d'engagement !

De plus, l'engagement va bien au-delà du sexe pendant un rapport conscient. Il commence dans les relations (promesses, fiançailles, mariage...), puis dans l'acte lui-même et, enfin, il continue au-delà. Quand l'harmonie des partenaires se développe, l'engagement concerne le plaisir (faire en sorte que l'autre ait un orgasme), puis cela devient de plus en plus profond et de plus en plus intense : on aborde d'autres niveaux de conscience, d'autres partages.

Cette réalité dépend essentiellement de la capacité d'engagement des deux partenaires, car la femme s'engage aussi, notamment par sa capacité à se donner, comme nous le verrons plus loin.

L'engagement pour les hommes et les femmes

Les procédures officielles constituent un bon exemple des engagements réciproques que se font des partenaires. En voici une liste.

- Demander une relation (invitation à partager un verre, une danse, un dialogue, etc.).
- Demander la main de sa future au beau-père.
- Présenter le ou la partenaire à la famille, aux amis.
- Fiançailles, mariage, Pacs.
- Marques d'engagement : bagues, bijoux, cadeaux importants ou symboliques.
- Mettre les deux noms sur la boîte aux lettres. Pour une femme, prendre le nom de son mari.
- Comptes bancaires communs (argent).
- Papiers officiels communs : bail locatif, déclaration d'impôt, eau, électricité, téléphone… (social).

Actes symboliques d'engagement

- Vérifiez que vous avez officialisé votre engagement.
- Notez les domaines où vous avez, jusqu'à présent, refusé cet engagement.
- Recherchez la cause. Qu'est-ce que cela vous raconte ? Pourquoi cette résistance ? Avez-vous peur de perdre une liberté, un idéal, un rêve enfantin ? Avez-vous peur que cela ne marche pas ?
- Choisissez d'y aller ! Faites exploser l'interdit !

Beaucoup de personnes vivent ensemble sans désirer marquer d'engagement. Au contraire, la mode est à la pseudo-liberté, comme si l'union ne devait en aucun cas être définitive. Certains n'habitent même pas ensemble et gardent ainsi deux territoires distincts. Cela va à l'encontre du symbole du mariage qui ritualisait un engagement définitif. En fait, la dimension symbolique du mariage éternel yin/yang a été détournée au profit d'un engagement devenu socioculturel ou religieux. Les mariages arrangés nous le rappellent bien. Mais est-ce une raison pour dire non au symbole du mariage ?

Car, a contrario, sous couvert de liberté, le manque d'engagement va semer sa graine négative ! La fécondation symbolique n'ira pas jusqu'au bout des promesses. Par exemple, le couple risque de rester dans une création matérielle, sans développer sa créativité spirituelle. Ou bien, on forme un couple d'amis, qui n'a pas de relation charnelle. Au fil du temps, ce genre de couple s'étiole, car il n'est pas alimenté par la base.

En ce qui nous concerne, et malgré deux divorces chacun, nous avons ressenti le besoin de marquer notre union tout d'abord par un Pacs qui permettait de clarifier nos engagements financiers communs (achat d'une maison), puis par un troisième mariage, qui nous permettait de nous engager symboliquement à un niveau spirituel (réaliser le mariage de nos polarités). Auparavant, Gilles était allé demander la main de Rose à son père, ce qui a touché ce dernier : il n'avait jamais contacté ce symbole, alors qu'il avait quatre filles. Et Rose s'était exclamée – à la demande du maire « Acceptez-vous de prendre pour époux… ? » – une phrase étonnante sortie d'on ne sait où : « Oui, depuis le temps que j'attendais cela ! » Qui parlait à travers sa bouche ? Peut-être l'âme qui rêve de vivre cette union des polarités, ici, dans la matière ?

Le fait de dire oui à un engagement polarisé est bien plus puissant que n'importe quelle appartenance, n'importe quelle adhésion ou promesse !

En tout cas, nous savons tous qu'un engagement sur la durée n'est ni définitif ni le garant d'une sécurité. Ces aspects culturels, normalisés, peuvent constituer des rituels intéressants si nous les abordons sur le plan symbolique, mais l'engagement sexuel est bien plus puissant au niveau énergétique.

L'engagement, pour les hommes

Pour l'acte lui-même, seule la femme peut sentir si l'homme s'engage bien ou pas assez : il semble donc nécessaire d'en parler ensemble. Cette discussion peut faire émerger des manques passés inaperçus, ou des pratiques à améliorer.

Actes sexuels d'engagement

- Pénétrez dans le vagin très lentement, en étant très conscient de chaque millimètre parcouru.
- Lorsque vous êtes engagé complètement, continuez alors la pénétration mentalement en imaginant que vous remontez dans le corps de votre partenaire.
- Montez dans le ventre, le plexus solaire. Essayez d'aller jusqu'au cœur.

N. B. : vous devez vivre cet engagement en même temps dans votre propre corps. Commencez d'ailleurs par ressentir votre présence dans les zones de votre corps, par exemple en allant dans votre plexus avant de monter dans le plexus de votre partenaire.

- Observez jusqu'où vous pouvez aller en conscience chez vous, et, surtout, jusqu'où votre compagne vous laisse aller…
  Ce sera toujours un miroir explicite des blocages internes.

Attention : votre compagne a la possibilité de dire stop, car l'engagement que vous pouvez accomplir dépend de ce qu'elle peut recevoir et de ce qu'elle autorise. En fait, si vous forcez, votre compagne se fermera, et la relation n'ira pas plus loin. L'engagement du masculin est proportionnel à ce que le féminin peut offrir. Comme dans la plupart des aspects, le complémentaire prime le reste ; et l'on remarque que c'est le féminin qui détient les clefs.

L'engagement, pour les femmes

La femme mesure son engagement au fait d'être capable de s'ouvrir de plus en plus.

- Détendez-vous au maximum et laissez le pénis vous envahir.
- Visualisez et imaginez que vous devenez la Terre-Mère qui aspire, ou un trou noir de l'univers.
- Un blocage ou une peur peut alors survenir. Détendez-vous encore plus et dites oui à ce blocage ! Respirez tranquillement, ralentissez les mouvements pour effacer doucement cet obstacle.

Cet exercice est très important pour les femmes, mais il peut demander des années de pratique. En effet, outre les interdits personnels et les mémoires enfouies dans la zone sexuelle, la femme va ultérieurement rencontrer des interdits collectifs. De plus, *in fine*, elle aura l'impression de mourir dans cette forme d'engagement. Mais, comme dit plus haut, c'est elle qui détient les clefs de l'engagement de son partenaire. Si elle ne peut franchir ces étapes, l'homme n'ira pas plus loin.

Par conséquent, il faudra travailler de concert pour dépasser tous ces blocages…

En ce qui concerne l'argent et le pouvoir, la notion d'engagement est, là aussi, primordiale. Les papiers signés sont des actes forts au niveau symbolique (acte notarial, emprunt auprès d'un établissement de crédit, contrat commercial, etc.). Ils marquent à l'univers que vous êtes engagé, que vous êtes déterminé.

Une adhésion à un parti ou à un syndicat, le fait de payer sa cotisation annuelle à une association, tous ces actes sont des engagements similaires. Mais, souvent, ils cachent un besoin d'appartenance (*cf.* la pyramide de Maslow), ce qui peut être problématique si notre existence en dépend ! De la même manière qu'un mariage n'implique pas que notre propre individualité va disparaître, il en est de même dans les relations sociales. Chacun doit garder son libre arbitre et sa liberté de conscience pour ne pas être manipulé par le collectif dans lequel il entre.

Le contrôle

Le masculin contrôle. Cette idée ne fait pas toujours plaisir aux femmes, surtout depuis la « libération de la femme » et l'apparition des mouvements féministes, mais c'est une réalité. C'est parce qu'elles pensent n'avoir pas de contrôle. En fait, les femmes ont aussi du masculin, et donc du contrôle. D'ailleurs, en la matière, elles ont un rôle très important lors de l'acte sexuel si les deux partenaires veulent obtenir autre chose qu'un orgasme.

Mais revenons à l'expression des polarités. Nous voyons bien que la femme nourrit (c'est elle qui fabrique les bébés) et que l'homme maintient (dans le sens de « soutenir », « rassurer », « protéger », « défendre »).

Le masculin est actif et il doit veiller à rassurer le féminin pour que celui-ci puisse l'accueillir en toute confiance. Le maintien de la femelle pendant l'acte sexuel vise avant tout à cela.

Chacun aura aussi remarqué que l'homme aimait bien garder le contrôle en toute situation. Il faut qu'il maîtrise, qu'il assure, qu'il ait le dernier mot, etc. Ce tempérament vient de sa polarité yang plus développée. Si l'homme manque de cet aspect, il se fait déborder par le yin et il devient, par conséquent, incapable de féconder ce yin.

L'image d'un contenant qui serait trop petit par rapport au volume de liquide qu'il doit contenir illustre bien cet aspect. Le liquide va se répandre et se perdre. Donc dans la relation sexuelle, le masculin doit garder le contrôle, et peu importe si ce masculin est assuré par l'homme ou par la femme. Ce contrôle sera indispensable lorsque les partenaires voudront, par exemple, éviter une éjaculation, ou contrôler les pulsions animales quand elles apparaissent. De plus, c'est par une écoute attentive des besoins de l'autre que s'effectue le véritable contrôle : ce n'est donc absolument pas une décision unilatérale.

Des Suisses font l'amour. D'un seul coup, l'homme s'arrête et demande à sa femme :
– Je t'ai fait mal, chérie ?
– Non, pas du tout. Pourquoi me poses-tu cette question ?
– Parce que tu as bougé, ça m'a inquiété !

Nous verrons que ce manque de contrôle est un grand obstacle au développement d'une sexualité consciente. D'ailleurs, il constitue aussi un grand obstacle au bon déroulement de la vie sociale en général.

Le contrôle, pour les hommes

Avant l'acte sexuel

Le contrôle se repère à la façon rassurante de préparer et d'organiser la relation qui va se jouer ultérieurement.

- Regardez vos stratégies pour obtenir un rapport sexuel favorable (invitation au restaurant, mise en situation, etc.). Ces stratagèmes sont innombrables ! Il convient de les rendre conscients.
- Observez comment vous essayez de « coincer » votre partenaire. Si vous êtes attentif, vous verrez que votre impulsion consiste à ne pas lui laisser la possibilité de dire non.
- Inversement, si vous n'y parvenez pas, observez ce qui sabote l'aspect contrôle. Souvent, c'est une culpabilité qui vous dit que « cela ne se fait pas », « il ne faut pas forcer », etc.
- Entraînement : coincez votre femme contre un mur pour l'embrasser ou la caresser. Observez comment vous êtes de l'intérieur (déterminé, assuré ou coupable, hésitant, etc.). Pour la femme : dites-vous oui à ce contrôle, ou résistez-vous ? Dans ce cas, quelle est votre stratégie ? (repousser, louvoyer, attendre que cela passe, etc.). Essayez de repérer ce qui dit non en vous.

Pendant l'acte sexuel

La meilleure façon de vivre cet aspect, c'est d'être intensément présent et dense. Il faut aussi développer une forme de vigilance qui ne soit pas détournée par le mental (exercice difficile !).

- Pendant un rapport amoureux, observez si le mouvement que vous donnez est suivi par votre partenaire.
- Repérez quand ce mouvement est coupé par votre compagne, et cherchez à savoir pourquoi.
- Trouvez celui qui est le mieux accepté, car contrôler, c'est être

aussi à l'écoute de la demande de l'autre. Quelquefois, votre femme aimera être plus « prise » ou forcée ; d'autres fois, son corps désirera un rapport voluptueux, sensuel. Vous devez ressentir ce besoin pour adapter votre contrôle.

- Vous pouvez aussi tester cet aspect en dansant. Normalement, votre partenaire devrait suivre les mouvements que vous lui suggérez. Pour les hommes, c'est un bon moyen de voir rapidement si la femme avec qui ils dansent est plutôt yin (rassurée, libre, collaborant), ou bien yang (elle veut impulser le mouvement), insécurisée et fermée (elle suit à contrecœur ou de façon rigide, sans se laisser aller). C'est aussi une façon de voir si vous arrivez bien à rassurer votre partenaire, car la cause du dysfonctionnement peut venir de vous.

Le contrôle, pour les femmes

Avant l'acte sexuel

Le contrôle se voit à la façon de préparer l'accueil de l'homme.

- Regardez vos stratégies pour obtenir une visite sexuelle favorable (tenue de votre intérieur, de votre chambre à coucher, de votre cuisine, etc.). Là aussi, les stratagèmes sont innombrables, et il faut les conscientiser.
- Comment préparez-vous votre corps ? Vêtements, sous-vêtements (aspects visuels), parfums, encens (odorat), musique d'ambiance (audition), apéritif (gustatif), etc.
- Comment essayez-vous de contrôler votre partenaire ? Comme pour l'homme, la femme essaie de faire en sorte que le partenaire désiré n'ait pas la possibilité de dire non au rapport sexuel.
- Inversement, si vous n'y parvenez pas, observez ce qui sabote l'aspect contrôle. Souvent, c'est une culpabilité qui vous dit que « cela ne se fait pas », « il ne faut pas forcer », etc.

Pendant l'acte sexuel

Le contrôle de la femme peut être très yang. À ce moment-là, elle essaie de « prendre » l'homme pour obtenir ce qu'elle veut.

Instinctivement, son sexe désire que l'homme éjacule. Mais, à l'opposé, certaines femmes vont être passives, comme si ce contrôle était absent.

- Observez votre vagin et ses mouvements. Est-ce qu'il tente d'aspirer le pénis coûte que coûte ?
- Est-ce qu'il est inerte et passif ?
- Est-ce que votre mouvement s'adapte à celui de votre partenaire ?
- Est-ce qu'il cherche à l'amplifier ? À le ralentir ? Regardez alors quelles sont vos intentions ? Que voulez-vous obtenir ? Votre plaisir ? Son plaisir ? La fin du rapport sexuel le plus rapidement possible ?

Ce contrôle féminin peut aller très loin ! Une femme maghrébine nous raconte que, de temps en temps, elle fait un « cadeau » à son mari. Elle invite une danseuse du ventre chez elle. Elle ajoute : « Elle danse, ça excite mon mari. Et, quand il est bien mûr, je la paye, je la mets dehors, et c'est moi qui en profite ! »

Lors de ces exercices on se rendra souvent compte que l'aspect « contrôle » est complètement inconscient. Par conséquent, le rendre conscient est le premier objectif.

Puis, on observera que le contrôle est détourné vers d'autres objectifs que ceux que la nature a prévus ! Par exemple :

- l'homme ou la femme verront qu'ils cherchent, en fait, à dominer leur partenaire ;
- ils verront la peur de la soumission apparaître, et la peur de la mort pointer le bout de son nez ;
- ils constateront qu'ils cherchent à terminer la relation rapidement, car, en eux, faire l'amour est perçu comme une contrainte (mais qui dit cela ?).

Certaines femmes ont pour habitude de subir et non de vivre l'acte sexuel. Tout cela était renforcé par la religion qui a évidemment banni tout ce qui avait trait au plaisir. Rappelons que le discours religieux est fortement teinté du *diabolos* divisant, ce qui encourage la souffrance au détriment du plaisir.

Trois femmes comparent leurs sensations amoureuses lors de leurs ébats sexuels.
La Française dit :
– Moi, quand j'ai un orgasme, ça monte en moi, je pousse des aaah, des oooh !
– Moi, ça me submerge, surenchérit l'Italienne, ça me fait dire des choses insensées. Je crie mon bonheur aux quatre vents !
La Suisse les regarde, perplexe :
– Moi, quand c'est terminé, je dis : « Ah ! Voilà une bonne chose de faite ! »

Il faut donc pratiquer tranquillement et régulièrement ces exercices, car ils sont d'une richesse sans fin. Après tout, nous prenons bien une douche tous les jours ? Pourquoi ne prenons-nous aucun plaisir sexuel quotidien ?

Au niveau de l'argent et du pouvoir, les exercices de contrôle sont similaires. Comment se fait le contrôle – ou l'absence de contrôle – par rapport à l'argent ?

Comment se matérialise le contrôle des liens sociaux ? Repérer les mêmes choses que pour la relation sexuelle (l'accueil, la stratégie pour obtenir ce que l'on veut, le contrôle de l'autre, etc.).

L'écoute

Pour donner, il faut savoir écouter. Comment donner quelque chose à quelqu'un si nous n'avons pas pris le temps d'écouter la (vraie) demande en jeu ? Comment faire un cadeau si nous n'avons pas pris la peine de nous poser la question : « Qu'est-ce qui lui ferait plaisir ? » L'écoute est avant tout une affaire de cœur (on n'entend bien qu'avec le cœur) et demande une vigilance, un discernement, une compréhension profonde des mécanismes humains en général. En effet, les demandes effectuées en matière sexuelle sont codifiées. Il y a quantité de paramètres mentaux entrant en ligne de compte (morale, culture, interdits, tabous…) qui vont venir modifier la demande dans un sens jugé politiquement correct, ou incorrect. Le masculin se doit donc d'être dans une écoute sincère pour pouvoir donner ce qui est vraiment demandé. Autrement dit, il faut aussi savoir s'oublier pour satisfaire pleinement l'autre, ce qui est différent du sacrifice. S'oublier signifie que nous devons être capables de ne pas interférer, par nos propres désirs ou projections, afin d'entendre vraiment l'autre.

L'écoute, pour les deux sexes

Il est facile d'en inventer beaucoup ! Mais l'exercice sur le contrôle (*cf.* ci-dessus) se prête évidemment très bien à un exercice d'écoute.

Exercices de base

- Pendant un rapport amoureux, l'un des deux partenaires se détend et se laisse faire ; l'autre se met à l'écoute (soit par le toucher, soit par le ressenti direct, etc.). Puis celui qui est actif, à l'écoute, va commencer à « donner » ce qu'il pense être juste de donner (caresses, baisers, etc.).
- L'autre doit aussi être à l'écoute – de ce qu'il reçoit, bien sûr, mais surtout de ce qu'il demande : que désire-t-il vraiment, comment le fait-il savoir (exercice sur la demande), ose-t-il cette demande, est-il vraiment prêt à recevoir ?…
- Ensuite, les deux partenaires échangent leurs ressentis et vérifient que le don a vraiment répondu à une demande, consciente ou inconsciente.

Il est important d'aller visiter l'inconscient. Souvent, ce type de demande est à l'opposé de celle qui est verbalisée.

Exercices plus élaborés

L'écoute va au-delà des besoins conscients de la personne. Si le corps peut désirer légitimement des caresses ou des baisers, les aspects émotionnels ou psychologiques sont souvent d'un autre ordre. Il existe des besoins inconscients qui peuvent révéler des choses cachées chez les partenaires. Une bonne écoute consistera alors à percevoir ces besoins inconscients et à aller au-devant d'eux.

- C'est le cas lors des jeux érotiques. Une bonne écoute peut aussi bien provoquer du plaisir que réveiller une peur enfouie, qui sera alors démasquée et prête à être dépassée.
- C'est aussi le cas dans les différentes positions pour faire l'amour. Certaines postures peuvent déclencher des émotions chez l'un ou chez l'autre. Ou bien, cela peut éveiller des souffrances incompréhensibles, comme de vieilles mémoires.

Dans ces cas, la sexualité devient un moyen de guérir des traumatismes enfouis, pour peu que les partenaires soient conscients de ce qui se passe.

Ce genre d'exercice est particulièrement utile et parlant quand il met en jeu des blocages ou des résistances chez l'un des deux – donneur ou receveur.

Il faut alors creuser cette piste.

– Qu'est-ce qui empêche de le donner ou le recevoir ?
– Quels sont les enjeux cachés derrière ? Les interdits ? Les jugements ?
– Quelle culpabilité apparaît (elle est forcément présente derrière tout cela) ?

Décliner les mêmes types d'exercices dans le domaine de l'argent (quels sont les besoins réels ?) et dans le domaine social (quelles sont les attentes réelles et cachées dans les relations sociales ?).

La nourriture

Le masculin, par son engagement et son soutien, apporte une véritable nourriture au féminin : l'effet le plus visible est que le féminin se sent rassuré et peut alors s'abandonner, ce qui va nourrir le masculin en retour.

Nous voyons aussi cet aspect dans le fait que le spermatozoïde va féconder l'ovule.

Cette nourriture est différente de la nourriture du féminin :
– le féminin nourrit par la matière qu'il crée ;
– le masculin nourrit par l'information qu'il apporte.

Pendant le rapport amoureux, cet aspect nourrissant déclenche… du plaisir. L'homme nourrit la femme sur quantité de plans quand il lui fait atteindre un orgasme, et réciproquement.

Le don qui nourrit, pour les deux sexes

- Faites un rituel de don avec votre partenaire et observez comment vous choisissez le cadeau. Observez les conséquences et les réactions chez vous, comme chez l'autre.
- Regardez aussi, tout simplement, si vous vous sentez nourri par la relation que vous avez : cette nourriture est-elle physique, sensorielle, affective, émotionnelle, intellectuelle, spirituelle ?
- Dans le même temps, profitez-en pour observer quel est votre manque insatisfait.

Lorsqu'on évoque les infidélités dans une relation, on parle systématiquement de « tromperie » – « Il ou elle m'a trompé(e) ». Mais on n'évoque que rarement les causes de cette tromperie. Sauf les cas de coureurs de jupons ou de femmes nymphomanes, qui relèvent d'autre chose, il est probable que les escapades amoureuses chez des amant(e)s soient souvent provoquées par des manques.

Un mari rentre chez lui dans l'après-midi, et surprend sa femme au lit avec le voisin. Il commence à crier et à vilipender le couple en pleine action. Sa femme lui dit :
« Au lieu de hurler, tu ferais mieux de regarder comment il s'y prend ! »

C'est là où cet exercice prend toute sa mesure. En effet, si l'un des membres du couple ressent un vide, il pourra avoir la tentation d'aller le combler ailleurs.

C'est le cas :
- lorsque l'un des partenaires a des besoins sexuels plus fréquents ;
- à l'inverse, lorsque la relation est uniquement charnelle ;
- lorsque l'un des partenaires n'est pas comblé ;
- lorsqu'il manque d'échanges sur d'autres plans : verbaux, intellectuels, affectifs, spirituels, etc.

Prendre et relâcher

Nous entendons souvent cette expression : « l'homme prend la femme »

Il s'agit d'une notion subtile, souvent très mal comprise. Nous avons déjà observé que le masculin, quand il veut donner au féminin, le fait souvent sans ménagement et en réponse à une demande (*cf.* le monde animal ou végétal). Cette image choque d'ailleurs bon nombre de personnes qui préfèrent alors détourner les yeux ou vont même jusqu'à essayer de faire cesser ces ébats par trop dérangeants. Qu'est-ce qui nous dérange ainsi ? Eh bien, le fait que nous fonctionnons, nous autres humains, exactement à l'identique et qu'en plus nous aimons ça – ce qui nous culpabilise dans notre socioculturel judéo-chrétien.

Charles-Henri et Marie-Edmonde se promènent dans la rue et voient un chien en train de saillir une chienne. Charles-Henri profite de l'occasion pour faire un peu d'éducation sexuelle à sa femme :

– Vous voyez, ma chère, nous autres les humains pouvons aussi pratiquer de la sorte !
Marie-Edmonde regarde à droite et à gauche et dit :
– D'accord, Charles-Henri, mais dans une rue moins fréquentée, je vous prie !

Cette violence apparente est, en fait, l'expression de la part masculine du contrôle décrit plus haut, ce qui lui permet de s'engager complètement. C'est parce que cet aspect est naturel, biologique, que nous aimons ça.

Quand nous observons nos comportements amoureux, nous voyons souvent apparaître chez l'homme ce besoin de prendre. Pourquoi ? Cela répond, encore une fois, à la demande du féminin : **la femme veut être « prise » dans le sens où elle veut être « choisie »**. Elle veut être l'élue, l'unique et elle aime sentir la fermeté et la puissance du pénis qui pénètre en elle. Elle est rassurée d'être « la préférée », « l'élue », car elle est alors fécondée par « son » dieu.

En fait, c'est un secret, mais, symboliquement, c'est elle qui crée « dieu »…

Une femme qui a une vraie demande amoureuse et qui ne se sent pas complètement « prise » pendant le rapport sexuel en ressortira partiellement ou complètement insatisfaite.

Cette notion vient compléter celle d'engagement, mais elle est à aborder avec précaution, car elle peut donner lieu à des interprétations avantageuses pour les hommes, qui se sentent alors propriétaires de leur femme. D'ailleurs, les trois religions monothéistes ont bien souligné cet aspect. Tout simplement, elles n'ont pas compris que ce « prendre » ne durait que le temps du rapport amoureux !

Car, encore une fois, si nous observons les polarités dans leur fonctionnement naturel, nous voyons que, dès que le rapport est fini, le masculin relâche le féminin. Il le relâche même tellement que, dans la nature, un mâle va souvent vagabonder ailleurs une fois que la femelle est fécondée.

Le comte et la comtesse visitent la foire à bestiaux. Rapidement, le comte s'oriente vers les bouilleurs de cru, laissant la comtesse poursuivre sa visite avec son valet. Elle arrive devant le taureau primé du concours – une bête monstrueuse de force et de muscles tendus. Elle s'exclame :
— Mon Dieu, quelle puissance !
Le valet, qui veut faire son important, croit bon d'ajouter :
— Et savez-vous, Madame la comtesse, que cette bête a été deux cents fois à la saillie, cette année ?
— Deux cents fois ? dit-elle songeuse… Mon bon ami, allez donc répéter ceci à monsieur le Comte.
Le valet, mort de peur, est bien obligé d'aller narrer l'histoire au comte, toujours occupé à déguster l'eau-de-vie locale. Ce dernier s'exclame à son tour :
— Deux cents fois ? Avec la même vache ?
— Non, avec deux cents vaches différentes, Monsieur le comte.
— Ah ! Mon bon ami, allez donc répéter ceci à madame la comtesse !

Donc prendre implique de relâcher. C'est aussi un élément important pour la suite des relations, car le fait de relâcher le féminin laisse ce dernier libre de gérer sa fécondation. Ce passage à vide permet de déclencher une nouvelle envie, donc de susciter un nouveau mouvement du masculin qui viendra à nouveau semer une graine d'information, etc. Ainsi, l'homme qui relâche le contrôle sur sa femme suscite, en fait, une future attractivité chez cette dernière, ce qui lui donnera envie de revenir. Au contraire, s'il la rend prisonnière de son contrôle, bien vite, la relation ne l'intéressera plus ! Il risque de l'accuser d'être moins séduisante, alors que c'est lui qui crée cet effet.

Mais la femme « prend » aussi ! Elle désire tenir « son » homme, le contrôler, savoir ce qu'il fait, où il est, etc. Pour cela, le féminin utilise son pouvoir d'enveloppement, son aspect « mère poule ». Cela lui apporte la capacité de tenir par un moyen plus souple que le contrôle du masculin. C'est un peu comme si la femme pouvait ouvrir ses bras, son corps, et entourer le masculin. Cet aspect sera étudié un peu plus loin, mais il faut en parler ici, car certaines femmes utilisent cette capacité énergétique pour tenter de garder l'homme sous contrôle. Ainsi, elles pensent « avoir » le masculin. Souvent, elles utilisent cette même capacité pour garder les enfants mâles sous leur coupe.

Mais un masculin enfermé est à l'image d'un oiseau sauvage que l'on mettrait en cage : petit à petit, il s'étiole, n'apporte plus de nouveau… et meurt.

Lorsque la femme n'est pas capable de relâcher, elle finit par tuer sa relation amoureuse avec l'homme. C'est le cas bien connu des couples où la jalousie tente d'établir ces relations de contrôle.

Le prendre et relâcher, pour les deux sexes

C'est un long travail de conscience que de relâcher vraiment.

Sur des choses du quotidien

- Vous pouvez vous entraîner avec des objets dont vous êtes propriétaires et que vous allez donner (rituel symbolique).
- Tous les jours, soyez à l'affût de ce que la vie vous apporte. Prenez-le quand cela passe à votre portée, et laissez-le ensuite aller, si besoin.

C'est une circulation qui crée une richesse incroyable dans la vie quotidienne, car dès que l'on relâche quelque chose, une autre chose – souvent bien plus belle – se présente aussitôt. Si l'on ne relâche pas, rien ne se présente, car on ne remplit pas un verre déjà plein.

- En revanche, si l'on ne saisit pas ce qui passe à notre portée (c'est souvent un cadeau de l'univers), on le regrette. On se sent frustré, triste, ce qui se transforme immanquablement en colère par le jeu des rackets émotionnels déjà étudiés auparavant. L'âme ne pouvant se faire plaisir et trouver la joie, cela rend aigri, en vieillissant.

Sur la relation

- Supprimer consciemment tous les contrôles du quotidien (où se trouve l'autre, pour faire quoi, avec qui, etc.)

- Ne jamais fouiller dans les affaires de l'autre, son téléphone portable, etc.

Ces conseils peuvent paraître simples, mais il est tellement tentant de justifier ce type d'acte intrusif sous un prétexte quelconque (avoir une information, se protéger, vérifier, etc.). Le mental est aussi le roi de la parano !

Pour aller plus loin, il est possible d'observer l'envie mentale de surveiller le comportement des rivaux ou rivales potentiels. Cette jalousie qui semble naturelle cache, en arrière-plan, le sentiment d'être propriétaire de l'autre. Cet exercice ne se pratique que quand le couple est certain de sa relation, et jamais quand l'un des deux est fragilisé. Il ne faut pas jouer avec la jalousie dans une relation, car c'est un poison pour l'esprit !

- Regarder l'attraction de votre partenaire de loin, en étant un peu détaché, comme si effectivement il ou elle pouvait vous échapper. Repérer l'effet qu'il/elle produit sur les hommes et les femmes autour.
- À cet instant, soyez fier qu'il/elle soit votre partenaire ! Ressentez alors la puissance que cela vous confère.
  Cet exercice renforce la puissance d'attractivité de votre sexe au lieu d'y instiller le doute !

Sur le rapport sexuel

L'exercice est très simple, il suffit de faire l'amour comme si c'était la dernière fois.

- Imaginez que, quand votre rapport sera terminé, il est possible que vous ne vous revoyiez plus jamais.

Cette astuce mentale vous fera vivre ledit rapport de façon beaucoup plus consciente et intense (exercice sur le « prendre »), et vous fera vous séparer complètement ensuite (relâcher).

Attention : cet exercice va à l'opposé de la relation dominant-dominé que nous avons déjà évoquée.

En ce qui concerne l'argent et le pouvoir, les exercices du « prendre et relâcher » sont fondamentaux ! Le fait de thésauriser, de bloquer l'argent ou les informations va provoquer une sclérose. La personne qui pratique cela va s'engorger symboliquement, ce qui peut entraîner des conséquences physiques, comme de la prise de poids et des maladies cardiovasculaires, par exemple (le cœur est conçu pour distribuer).

Recevoir

Le fait de recevoir concerne aussi bien les hommes que les femmes. Même s'il s'agit apparemment d'un principe féminin, n'oublions pas que nous sommes tous dans un corps de matière yin et que, par conséquent, nous recevons la vie en permanence. En effet, nos corps énergétiques et physiques sont alimentés continuellement par des flux d'énergies yin-terrestre et yang-céleste que nous ne choisissons absolument pas. Nous n'en avons pas plus conscience que le fait que le poumon respire ou que le cœur batte…

L'accueil

Bien évidemment, la femme accueille son partenaire. Tout le monde sait que les femmes sont très douées dans ce domaine : elles savent rendre leur maison (leur intérieur) doux et agréable, elles savent mitonner des petits plats qui réchauffent les ventres et les cœurs, elles savent préparer le moindre détail pour que tout soit confortable.

Proverbe : les femmes tiennent les hommes par le ventre ; les hommes tiennent les femmes par le bas-ventre !

Une autre qualité consiste à être au service de l'autre. Quand nous recevons quelqu'un chez nous, nous sommes, en général, aux petits soins pour lui. Dans la relation sexuelle, cet aspect est souvent négligé.

Être au service, c'est rendre la relation confortable, c'est accepter la présence de l'autre, c'est un ensemble de petites choses qui vont permettre au masculin de se manifester pleinement. De la même façon, lorsque nous accueillons un invité, nous le mettons à l'aise, nous l'écoutons parler. N'oublions pas que, pour lui, s'aventurer dans un territoire inconnu est aussi synonyme de peurs et de dangers. Il a donc besoin de se sentir aimé et accueilli pour être bien.

Mais, par cet accueil, nous créons aussi les conditions pour être fécondés de cette présence.

L'accueil, pour les deux sexes

Il est très important que les hommes travaillent aussi cet aspect, ne serait-ce que pour comprendre ce qui se passe dans le « recevoir ». De plus, ils auront besoin de cette qualité yin pour transformer leur pratique sexuelle.

- Le plus simple est que l'un des partenaires donne (caresses, baisers, par exemple) ; et que l'autre reçoive, dans le plus complet abandon. Cet exercice est le même que celui vu auparavant pour « donner », mais l'accent est, ici, mis sur le « recevoir ».

Il faut alors observer :
– ce qui est accepté et refusé ;
– ce qui se relâche ;
– ce qui reste tendu.

Jusqu'à quelle limite vont l'acceptation et la soumission ?

N. B. : il est possible de vivre ainsi des orgasmes intenses, juste avec des caresses, quand l'abandon et la confiance atteignent un seuil très profond.

- Un autre exercice à pratiquer est intéressant à plus d'un titre : il s'agit de préparer le futur rapport avec son ou sa partenaire. Il faut alors travailler l'aspect contrôle du masculin (fixer la date, le lieu, la durée, assurer l'intimité du moment, etc.) et l'aspect accueil du féminin (le confort en général : préparer le lit, vérifier la température du lieu, avoir des boissons, de l'huile de massage, des bougies, des encens, etc.)

• Pendant le rapport sexuel, observer le comportement du vagin et du bassin :
– est-il humide ou sec ?
– est-ce qu'il se referme ou s'ouvre ?
– est-ce qu'il se détend ou se contracte ?
– etc.

Pour l'argent et le pouvoir, l'accueil se traduit de la même manière.
– Comment accueillez-vous l'argent – par exemple le salaire qui « tombe » tous les mois ? Avec reconnaissance ? Ou bien est-ce une routine, une habitude ? Un dû ?
– Est-ce rassurant d'avoir de l'argent ? Est-ce inquiétant ? Va-t-il manquer ?
– Lorsque vous recevez des amis, êtes-vous à leur écoute, ou parlez-vous de vous, de vos centres d'intérêt, de vos derniers exploits ?... Êtes-vous pressé de les voir repartir ?

Quelquefois, ces introspections sont étonnantes ! Ainsi, Gilles s'est rendu compte qu'il n'aimait pas voir son réfrigérateur rempli d'aliments. En cherchant un peu, le malaise venait d'une voix qui lui disait : « Tu vas être obligé de tout manger. » De même, une culpabilisation prégnante l'obligeait à finir les plats. Venant d'une famille pauvre, c'est effectivement une trahison coupable que d'avoir un réfrigérateur ou un compte en banque bien alimentés !

Mais, derrière ces aspects culturels que bien des personnes reconnaîtront, il se cache une véritable culpabilité existentielle qui oblige à dire non aux cadeaux, à l'argent, à l'aide des autres, pour ne pas se sentir redevable ou coupable.

Envers qui, d'ailleurs ? Envers ses proches, ses géniteurs et, *in fine*, envers Dieu !

Le lâcher-prise

Quand nous recevons vraiment, nous sommes dans la dépendance, voire dans la soumission. Nous devons recevoir ce qui est donné, sans jugement de valeur pour pouvoir être comblés, même si cela ne correspond pas toujours à ce que nous avions idéalisé. Pour l'illustrer, il suffit de se remémorer quelques Noëls de notre enfance.

Recevoir, c'est donc accepter inconditionnellement, c'est lâcher-prise.

- Physiquement, cela suppose une détente totale du corps, ce qui ne signifie pas immobilisme.
- Affectivement, cela implique de laisser passer les émotions sans les retenir (les bonnes comme les mauvaises).
- Mentalement, cela implique de laisser tomber nos rêves et autres idéaux qui viennent souvent perturber une relation.

Une terrible inondation s'annonce dans une région. Un village est particulièrement menacé, et doit être évacué. Les pompiers vont chercher le curé, réfugié au presbytère. L'eau est déjà à mi-cuisse.

— Mon père, il faut évacuer votre maison, l'eau va monter.

— N'ayez crainte ! Je ne risque rien, j'ai confiance en Dieu, il me protégera !

Les pompiers s'en vont, et reviennent quelques heures plus tard. L'eau a atteint le premier étage, et ils s'approchent en barque, invitant le curé à monter. Ce dernier refuse de nouveau, invoquant toujours sa foi en Dieu qui va le protéger.

La troisième fois, l'eau est au niveau du toit. Le curé y est réfugié, et les pompiers viennent en hélicoptère, lui tendant une échelle de corde. Le prêtre refuse encore.

L'eau finit par emporter la maison, et le curé se retrouve au ciel, face à Dieu.

— Je ne comprends pas ! Je t'ai fait confiance, et tu ne m'as pas sauvé !

— Mais, lui répond Dieu, je t'ai envoyé trois fois les pompiers, et trois fois, tu as dit non !

Nos idéaux sont quelquefois nos pires ennemis...

Un rapport amoureux est toujours quelque chose de neuf, il est à créer dans l'instant. Cela ne peut se faire que dans l'acceptation de ce qui est. Cette qualité est de l'ordre du lâcher-prise et se rencontre plus chez les femmes que chez les hommes. En effet, un homme étant actif par son essence masculine, il aura donc souvent tendance à vouloir modifier les choses qui le dérangent. Mais cela peut consister en une autre qualité !

Le lâcher-prise, pour les deux sexes

Comme pour tous les exercices sur le « recevoir », il est important que les hommes comme les femmes pratiquent ce type d'exercice.

Sur la dépendance

- Mettez-vous dans une situation de dépendance totale consciemment et essayez de vous abandonner en confiance. Prenez, bien sûr, une situation qui ne soit pas confortable !

Par exemple, il n'est pas inutile de rappeler quelques dépendances classiques de l'être humain. L'enfant (période de grande dépendance) commence par être porté, puis il est alimenté – souvent de force –, il est éduqué, corrigé, etc. Adultes, nous allons souvent retrouver des dépendances similaires d'ordre affectif, financier, alimentaire ou hiérarchique qui seront autant de difficultés à dépasser.

Sur la détente

- Le rapport sexuel entraîne rapidement une tension très forte : l'envie de l'orgasme. Observez ce moment et décidez de vous relâcher et de vous détendre, au lieu de courir après encore plus de tension. Au début, cela semble frustrant pour le mental, car il attend autre chose.

Mais ce sera souvent la porte d'accès à un plaisir bien plus subtil et raffiné que celui recherché. Bien sûr, il est très difficile de se détendre dans ce moment-là ! Tout le corps physique, mais aussi l'émotionnel et le mental sont alors tendus dans un seul but : la tension maximale pour avoir ensuite la détente maximale (réaction physique normale). Si vous arrivez à détendre ces tensions consciemment, l'orgasme classique n'a alors plus de raison d'être, et cela laisse place à autre chose...

Pratiquez aussi le lâcher-prise dans le domaine de l'argent. Voyez alors ce qui advient naturellement. C'est très surprenant..., car l'abondance de la vie peut se manifester sans obstacle, puisque la peur est dépassée.

C'est la même chose pour le domaine social. Par exemple, nous avons essayé de nombreuses fois d'obtenir des articles dans des magazines pour nous faire connaître, sans beaucoup de résultats. Lorsque nous avons lâché prise, des demandes spontanées de journalistes sont arrivées de partout.

Le fait de forcer par une intention mentale bloque la circulation naturelle de la vie, qui fonctionne suivant ses propres rythmes.

L'abandon

Pendant un rapport sexuel, la femme se donne. De par sa polarité yin, une femme se donne tellement qu'elle peut même aller jusqu'au sacrifice, notamment en ce qui concerne sa progéniture. Si le masculin donne une information (sa semence), le féminin donne quant à lui beaucoup plus que cela (la femme donne sa chair).

Cette capacité d'accueillir – d'essence yin – va beaucoup plus loin dans un rapport sexuel. Il devient alors soumission totale ! Encore une fois, cela peut choquer, mais ce n'est que l'observation stricte des faits qui amène à cette constatation. D'ailleurs, les femelles l'illustrent bien dans le monde animal.

Pour les femmes, comment est-ce vécu ? Une femme veut être choisie, elle veut être l'élue, car le besoin d'être fécondée est immense, comme le besoin de féconder est immense chez l'homme (c'est la base de la Vie). Pour cela, la femme accepte de se donner totalement. Mieux : son désir le plus profond est d'être « prise » totalement, d'être fécondée sur tous les plans.

Une des qualités pour cela est la soumission, la docilité. Bien sûr, cet aspect a été, comme tous les autres, largement utilisé par les hommes qui ont abusé longtemps de leurs compagnes en les asservissant. Pourtant, cela reste l'une des caractéristiques principales du « recevoir ».

Dans cette notion de « se donner », nous retrouvons l'idée de docilité et de soumission, ainsi que celle d'être au service, mais avec une dimension encore plus profonde : il s'agit de s'abandonner tellement que même sa propre existence n'a plus d'importance. Il s'agit de mourir[29].

Bien sûr, il est rare de voir une femme se donner avec une telle intensité dans un rapport amoureux. Mais peut-être est-ce dû au fait que les hommes ne les rassurent pas assez ? Nous voyons bien qu'il ne s'agit que d'une histoire de confiance. Hélas, la peur d'être violée est omniprésente chez pratiquement tous les êtres humains, hommes comme femmes. Qui n'a pas cette mémoire dans sa généalogie ? Qui n'a pas déjà été abusé, même légèrement ?

L'abandon pour les deux sexes

Nous l'aborderons par un aspect purement intentionnel : il est inutile de travailler l'abandon physique, car ce dernier sera exactement au prorata de ce que nous sommes capables de relâcher au niveau psychologique.

- Pendant un rapport amoureux, fermez les yeux et imaginez que vous disparaissez à l'intérieur de votre partenaire. Observez

29. Se donner : le « diable » est la manifestation de l'ego et, pour la femme, il peut prendre l'aspect d'un « démon » lors de l'acte sexuel. C'est comme si on lui proposait un pacte qu'elle a envie de refuser, mais qui attise sa curiosité. Ou alors il prend la forme d'une « entité » malveillante qui cherche à l'influencer. À ce moment, elle se sent « possédée ». C'est alors qu'elle peut transmuter cette énergie dans sa matrice en l'offrant au Divin. On retrouve cette symbolique dans le tantra et dans l'archétype de la femme « prise » par un démon. La femme est-elle capable d'accepter cette fécondation et de la transformer ?

si cela vous est facile, difficile, dans quelles zones cela se passe, dans lesquelles cela bloque, vos résistances, etc.

Cet exercice est très puissant, car il induit quasiment un changement d'état vibratoire. Quand les deux partenaires font cet exercice en conscience, il n'y a alors plus que le *un* au lieu des *deux*.

Finalement, nous pouvons résumer la relation sexuelle à une spirale positive où les amants, en passant d'un état d'esprit à un autre, s'enfonceraient de plus en plus dans un plaisir sans fin.

Cet abandon est aussi à pratiquer dans le domaine de l'argent et du pouvoir, comme le raconte cette blague qui met en scène Churchill. Ce dernier était un homme politique hors pair, auteur de plusieurs phrases célèbres comme : « Un pessimiste voit la difficulté dans chaque opportunité, un optimiste voit l'opportunité dans chaque difficulté. »

Churchill est battu aux élections. Il reçoit son successeur et lui dit :
— Vous savez, j'ai une bonne expérience du pouvoir ! Aussi, je me permets de vous remettre ces deux enveloppes. Ouvrez la première lorsque vous aurez des difficultés pour gérer le pays, et ouvrez la deuxième si cela se reproduit.
Le temps s'écoule et, une fois l'état de grâce passé, les manifestations commencent. Les grèves se multiplient. L'homme ouvre la première enveloppe et il lit :
« Mets-moi tout sur le dos. Dis que ce sont les conséquences de ma politique. Signé : Churchill »
Aussitôt, l'homme met en place cette stratégie de communication. Il plaide l'innocence et charge son prédécesseur. Cela fonctionne très bien, et tout se calme dans le pays.
Mais, quelque temps plus tard, cela recommence. L'homme ouvre la deuxième enveloppe.
Stupéfait, il lit :
« À ton tour de préparer deux enveloppes ! »

Au-delà de tout ce que nous avons vu, rappelons que les archétypes masculin et féminin demandent aussi à s'exprimer et à exister à travers nous. Ainsi, il sera proposé aux partenaires d'incarner différentes facettes riches d'expériences et de potentialités. Quelles sont ces expressions ?

- L'homme peut jouer le démon, le héros, l'enfant, le prince charmant, le guerrier, le père, l'amant, l'enseignant, le roi, le sage, le magicien, le saltimbanque, le guide, le guérisseur, le destructeur, etc.
- La femme peut également exprimer beaucoup de facettes : l'ogresse, la vierge, l'amante, l'amazone, la putain, la séductrice, la princesse, la fée, la guérisseuse, la mère, la courtisane, l'impératrice, la sorcière, la déesse, la prêtresse, la muse, etc.

Tous ces « jeux de rôle » sont exprimés de manière complètement inconsciente. Certains sont connotés positivement (le prince charmant, la mère), et d'autres n'ont pas les faveurs du public (la sorcière, le guerrier). Pourtant, ces énergies nous façonnent. Nous en sommes constitués.

Aussi, il sera bon d'aller explorer chacune d'entre elles afin de ressortir plus grands et plus conscients de nos potentialités endormies !

Mais la clef de ces explorations est résumée en un mot : la mort. Voici un témoignage de Rose à ce sujet :

« Ce matin, je me réveille près de Gilles qui dort paisiblement. J'ai envie d'être près de lui, mon corps contre le sien, j'aime ce contact quand il est encore paisible. Je suis en paix, et il me vient, comme assez souvent, que ce pourrait être la dernière fois que je suis avec lui !

Cette peur survient de temps en temps, et j'essaie de la chasser ou de la regarder lucidement, mais, comme je ne suis pas maître du temps et de la vie de Gilles, je ne peux pas résoudre quoi que ce soit. Donc ce doute existentiel reste en moi !

Chaque fois que cela apparaît, cela me donne un élan spontané vers lui, comme pour profiter de sa présence, avant… Cela m'aide à dépasser la barrière mentale du jugement de valeur, les “il faut”, “on doit”, cette séparation qui crée tant de conflits.

Collée contre lui alors qu'il dort encore, ma peau contre la sienne apprécie la douceur du contact, la chaleur qui m'infuse. Tout mon corps aspire à le toucher “totalement”, comme si j'avais envie de fusionner avec lui, corps et âme. Alors, je sens ma zone sexuelle qui se réveille doucement dans un frémissement agréable : mon envie est là !

Je sais qu'en étant aussi proches cela va réveiller Gilles et sa propre envie sexuelle. Ses mains commencent alors à me caresser, et la douceur de nos caresses nous emmène dans cette douceur de l'aube qui s'éveille dans nos corps. Là, je suis amoureuse sans passer par un concept ! Je suis seulement le bien-être de mon corps et de mon âme, qui fusionne avec un autre corps habité par une autre âme. Il n'y a pas de tabou ni de limite à cet amour que l'on pourrait nommer “charnel”, mais qui est bien plus. Je laisse faire mon corps et mes mains qui rencontrent et aiment le sexe de Gilles, réveillé dans son sacré. S'embrasser doucement fait partie de cette rencontre comme si c'était la première fois, au jardin d'Éden ! Mon mental n'est pas activé, ni celui de Gilles.

Puis ma zone sexuelle aspire à ce que le sexe de Gilles vienne la remplir. Dans cette partie de mon corps, il n'y a aucun signe de douleur, sécheresse, souffrance... Tout ce qui pourrait se manifester autrement n'est pas stimulé par des croyances, des peurs ou des interdits. Mon sexe pétille de joie dans cette rencontre tellement douce et nourrissante. Nos mouvements sont très doux, et je lui dis que “j'ai envie que nous vivions le plaisir !” Alors, comme si mon corps s'ouvrait à cette notion, une vague de plaisir va jusqu'au bout de mes pieds et de mes mains, et monte enfin au niveau du cœur. J'ai appris à observer ce qui se passe dans mon corps et à m'ouvrir de plus en plus aux sensations, à dire oui à ce phénomène que je considérais plutôt, au départ, comme un envahissement.

Alors que cette vague m'envahit, quelque chose se dilate et me fait pleurer. Je devrais plutôt dire “fait couler mes larmes”, comme si cela libérait et ouvrait une porte. Dans ce cas, les larmes sont l'expression d'une énergie qui libère un blocage. Au début de notre relation, chaque fois que nous faisions l'amour, ce phénomène survenait. J'ai pleuré ainsi pendant des années, sans doute pour libérer tous les interdits posés sur cette zone et sur la sexualité, tant chez moi que dans ma lignée de femmes. La honte, les jugements de valeur, la dévalorisation de mon sexe féminin... Pleurer nettoyait tout cela, pour laisser mon âme sortir de son enfermement. Par la suite est venue l'acceptation totale de ma zone sexuelle comme faisant partie de mon corps, de la vie et du sacré. J'avais nié cela pendant très longtemps...

Une fois cette première vague apaisée, mon sexe se trouve totalement en paix : plus aucune présence, envie, mouvement, comme s'il était inanimé. Gilles recommence des mouvements lents. Tout d'abord, je pense que c'est fini puisque tout est endormi. C'était une vision mentale, mais pas réelle. Ce mouvement que j'accompagne se met à animer presque instantanément le sommet de ma tête. Une zone apparaît, comme un cercle sensible. Au lieu d'en avoir peur, j'essaie de la détendre, de l'accepter et de l'aimer. Alors, j'ai la vision d'un sablier, comme si ce qui se passait dans mon corps révélait le sablier de l'énergie cosmique qui entre dans ma tête et va s'incarner tout en bas ! Mon corps se remet alors à vibrer et à s'animer au rythme de Gilles et, les yeux dans les yeux, dans la joie de la liberté totale de nos deux corps et de nos deux âmes réunis, une énergie nouvelle monte tout en haut et touche une zone qui me fait pleurer de bonheur. Gilles ne peut attendre plus longtemps tellement mon corps, ou ce qui l'habite, demande à être fécondé !

Ma jouissance, mêlée aux larmes de libération, nourrit mon être tout entier.

Pour la première fois de ma vie, je me sens unifiée. Mon corps se trouve en paix, dans un bien-être fabuleux. Mon cœur et mon âme rayonnent de joie, et mon esprit est libre de toute peur ou énergie limitante. Comment expliquer que, par l'acceptation, tout devient simple ? Le chemin que je viens d'expérimenter n'est pas un chemin de travail, mais un simple lâcher-prise. En aimant mon corps tel qu'il est, en laissant de côté toutes les pensées de jugement, et en aimant profondément dans l'instant présent ce que je vis, j'ai découvert une facette inconnue de la vie : la liberté !

La liberté d'exister corps et âme, l'esprit paisible, n'avait pu émerger de moi que parce que j'avais accepté de vivre cet instant présent, où le reste n'existe pas. La peur de la mort ressentie au départ avait certainement été déterminante, car elle m'avait permis de tout lâcher ! C'est ce qui est préconisé quand nous avons une maladie grave : tout changer, tout lâcher pour passer à autre chose, à une autre vie. Il s'agit de changer de vie pour passer à travers le miroir limitant du voile qui nous rend malades.

Faire l'amour pour être en amour, et être Amour, demande donc à mourir totalement.

La mort est la clef ! »

Chapitre IV

Le sexe, un art

Le sexe est bien plus que tout ce qui vient d'être expliqué et expérimenté : le sexe est un art !

C'est même probablement le premier art que les humains vont développer. Or il est le grand absent de la tradition occidentale. Si le taoïsme chinois et le tantra de l'Inde l'ont effectivement mis à cette place, l'Occident a réprimé toute sacralisation de la zone sexuelle, préférant développer la culpabilité, les tabous et les interdits.

Par conséquent, cette partie sera d'autant mieux comprise si nous pouvons concevoir la sexualité comme un art, et non comme une pratique à apprendre, ou une technique à appliquer.

Comme pour nombre de domaines, la sexualité se conforme à la façon dont nous la concevons. Cette blague le raconte de fort belle manière.

L'institutrice interroge la classe.

— Exercice de mathématiques. Il y a 11 oiseaux sur un fil électrique. Un chasseur passe et tire. Il tue un oiseau. Combien en reste-t-il ?

— Zéro, répond Toto !

— Enfin, Toto, 11 moins 1, ça fait 10 !

— Non, Madame, il n'en reste aucun, car le bruit du fusil a fait s'envoler tous les oiseaux !

La maîtresse est surprise.

— Ce n'est pas la réponse que j'attendais : c'était un exercice de mathématiques, explique-t-elle gentiment à Toto. Mais j'aime bien ta façon de raisonner !

L'après-midi, tout le monde est au parc. Toto tire sur la jupe de la maîtresse.
— Maîtresse, je peux vous poser une question ?
— Si tu veux, Toto.
— Alors, vous voyez ces trois femmes qui sont sur un banc et qui discutent en mangeant une glace. Je les connais. L'une est mariée ! Est-ce que c'est celle qui suce sa glace, celle qui la croque ou celle qui la lèche ?
— Je n'en sais rien, répond la maîtresse agacée !
— C'est pas juste, dit Toto. Vous posez toujours des questions, et moi, je n'ai pas le droit d'en poser !
— C'est celle qui suce sa glace, finit par lâcher la maîtresse.
— Ah non, maîtresse ! Celle qui est mariée, c'est celle qui a une alliance. Mais j'aime bien votre façon de raisonner !

Dans cette partie, nous ne proposerons que des exercices sexuels, car plus on va vers une sacralisation de la sexualité, plus il devient difficile de vivre certains aspects dans le domaine de l'argent et du pouvoir qui ne sont que des déclinaisons de l'énergie sexuelle.

En effet, on ne peut sacraliser l'argent et le pouvoir, car ce sont des manifestations humaines imitant la sexualité. L'argent et le pouvoir sont des inventions temporelles humaines, alors que la sexualité représente une force de vie éternelle.

Lorsqu'un homme riche et célèbre meurt, on se pose la question :
« Qu'est-ce qu'il a laissé ? »
La réponse est toujours la même :
« Tout. Il a tout laissé et n'a rien emporté ! »

Qu'est-ce qu'un art ?

Nous pourrions dire qu'un art est une expression humaine qui laisse une grande part à la créativité et à l'intuition. Ce n'est jamais une reproduction de choses déjà vues.

Le sexe est une poésie

Lorsqu'on regarde les arts décrits par la convention actuelle, on se rend compte qu'il y a surtout des arts visuels (qui s'apprécient par la vue) – comme la peinture, la sculpture, l'architecture. Il y a aussi des arts qui s'apprécient par l'audition – comme le chant, la musique, la poésie.

En revanche, il n'y a rien qui s'apprécie par la bouche. Pourtant, la cuisine est sans doute l'un des arts les plus anciens au monde. Certains pays sont renommés depuis fort longtemps pour leur art culinaire raffiné – comme la France, le Maroc, le Liban, la Chine, etc.

Le toucher est aussi l'un des grands absents. Est-ce que le massage est un art ? Certainement !

Est-ce que la sexualité est un art ? Évidemment !

Les sens du toucher, du goût et de l'odorat sont fondamentaux dans la sexualité. Pourquoi ne les mettons-nous pas en avant ? Pourquoi ne pas reconnaître la créativité liée au sexe, alors qu'il s'agit du siège de l'expression ?

Les premiers cultes spirituels sont dédiés à la Terre-Mère et à la fécondité. Cela remonte à des milliers d'années, bien avant la construction des pyramides d'Égypte. L'homme a-t-il été touché en premier par la poésie et la beauté de la vie ? Lorsqu'on regarde les peintures rupestres qui datent de 30 000 ans, nous sommes bien obligés d'en convenir.

Est-ce que cet homme était aussi saisi par la beauté du corps humain ? Est-ce que cet homme connaissait intuitivement les secrets de la sexualité et de l'union des polarités ? Sinon, pourquoi aurait-il vénéré la fécondité ?

Il percevait sans doute qu'il s'agissait de la manifestation de la Création…

Ces questions sont dérangeantes, car elles remettent en cause le dogme actuel, non prouvé, selon lequel l'homme serait un singe qui a évolué par une série de hasards. Pourtant, tout laisse à penser que l'humain était plus « spirituel » il y a cinq mille ans que maintenant. La preuve en est que les lieux mégalithiques étaient tous sacralisés ! En effet, on retrouve les traces des auras que cela produit, et on ressent la « présence » qui se dégage de ces constructions – phénomènes énergétiques que nous sommes bien incapables d'obtenir actuellement. On ne saurait même pas refaire une église romane qui date d'à peine quelques centaines d'années ! De même, comment expliquer la fièvre religieuse qui habite l'homme au plus loin que l'on remonte, et quels que soient les cultures, les lieux et les civilisations ? Plus mystérieux encore : comment expliquer que les hommes de l'époque des mégalithes dépensaient des énergies colossales pour édifier des monuments à seule vocation religieuse alors qu'ils ne construisaient pas de palais ou autres signes de possessions individualistes ?

Pour concevoir cela, il faut changer de vision quant au déroulement du temps. Il faut imaginer un temps circulaire ou cyclique – comme le décrit l'hindouisme – et cesser de croire en un temps linéaire. D'ailleurs, la physique quantique a montré que le temps perçu par nos sens n'était pas le seul à exister.

Tout cela pose la question de la conscience spirituelle et de la conscience physique. Si nous concevons le monde comme étant uniquement de la matière, nous concevons la conscience de manière linéaire comme ceci.

Temps linéaire, conscience linéaire

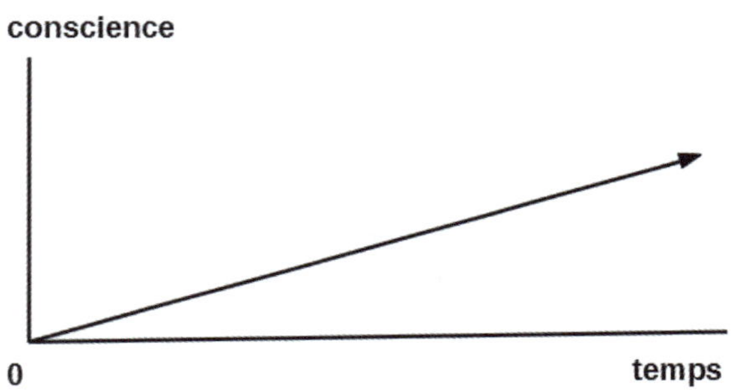

Si nous concevons la vie sous ses deux angles – matière et esprit – la conscience ne suit plus une ligne, mais une courbe, tout d'abord involutive (descendante, la conscience spirituelle s'incarne dans la matière), puis évolutive (montante, la conscience matérielle s'éveille à la réalité spirituelle).

Temps cyclique, conscience évolutive

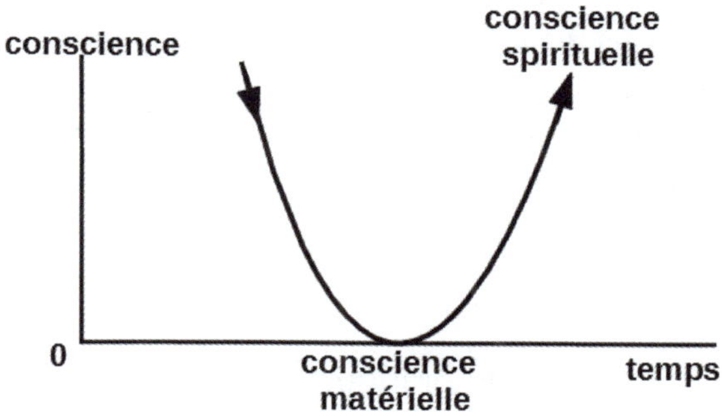

Cette conception explique pourquoi l'humain était plus spirituel il y a des milliers d'années, et qu'il est devenu matérialiste et égocentré au fil du temps. C'est le processus naturel d'incarnation de la conscience dans le corps.

Il y a des milliers d'années, l'humain était conscient de la poésie de la vie, et il déifiait chaque chose vivante : la nature, les éléments, les arbres, les animaux, etc. Il avait conscience d'être une partie du Tout.

Actuellement, nous avons une très forte conscience individualiste et matérialiste. Nous avons une faible conscience spirituelle, car nous sommes au fond de l'involution. Mais le renouveau du besoin de spiritualité se fait sentir avec des mouvements comme le New Age, le développement personnel, etc. La conscience est appelée à se spiritualiser à nouveau (l'ère du Verseau).

Il est donc temps de spiritualiser la partie la plus matérialiste de notre existence : le sexe.

Comment procéder ?

C'est relativement simple : il faut cesser de conceptualiser par les techniques sexuelles, même si elles sont prétendument tantriques ou taoïstes. Il est temps de retrouver une sexualité libre et poétique. Par exemple, même si cet ouvrage semble donner énormément de clefs de compréhension intellectuelles de type analytique (cerveau gauche), il ne faut pas se leurrer : **l'essentiel est de travailler la sexualité au niveau poétique et symbolique** (cerveau droit). L'histoire du chevalier et de la princesse au château magique[30] que nous avons publiée récemment en est déjà une illustration.

Si nous arrivons à marier les aspects analytiques aux aspects symboliques, nous pourrons enfin utiliser la sexualité pour ce qu'elle est : un outil de création infinie qui nous ramène à notre divinité intérieure.

Un amour sincère

Il semble impossible de pratiquer quoi que ce soit au niveau sexuel sans un amour sincère entre les partenaires. Il s'agit peut-être d'une évidence, mais encore faut-il définir ce qu'est un amour sincère.

Commençons par la négative.

Qu'est-ce que ce n'est pas ?

Ce n'est pas que de l'affect

Un tiers de la population environ (les gens à tendance émotionnelle) confond l'affection et l'amour. L'amour est différent de l'affect. Sinon, on aime son doudou autant que son compagnon ! Et encore, certains préfèrent le cochon, comme le raconte cette blague célèbre dans les campagnes françaises.

Question posée à un petit Auvergnat :
– Tu aimes mieux ton père ou ta mère ?
– Je préfère le lard !

Effectivement, si l'amour est une question de préférence, il va être difficile d'appréhender la dimension sacrée de la sexualité. En effet, la préférence nous induit à penser que le problème vient de l'autre, en tant que chose consommée ou consommable. Il y aura donc des moments où l'on aura envie de faire l'amour, et d'autres où l'on va se faire la tête. Cela permettra d'ailleurs de se réconcilier sur l'oreiller.

30. Rose et Gilles Gandy, *Le Chevalier et la Princesse au château magique*, édition à compte d'auteur, 2020.

Cet amour « yo-yo » suit, en fait, les cycles de l'affect (*émotion* signifie « qui bouge, en mouvement »). Il est intéressant à plus d'un titre, mais le laisser envahir la sexualité est infantile à la longue, car il s'instaure alors des jeux de communication entre les partenaires, qui peuvent durer… toute une vie ! Le plus célèbre est le jeu sadomaso du bourreau et de la victime. Ce genre d'affect ressemble au jeu de « Je te tiens, tu me tiens par la barbichette… » et n'a absolument rien à voir avec de l'amour, même s'il provoque un attachement.

Ce n'est pas que du plaisir sexuel

Beaucoup de personnes pratiquent la sexualité pour obtenir, avant tout, du plaisir. Là encore, c'est une étape nécessaire et agréable. Posons-nous quand même la question de savoir si l'on cherche un plaisir personnel, le plaisir de son ou sa partenaire, ou un plaisir commun.

Le minimum est de rechercher un plaisir commun, mais ce n'est pas facile. Faut-il passer par ses envies ou par celles de l'autre ? Mystère ! Car les deux peuvent fonctionner.

La recherche du plaisir doit laisser place à autre chose. Sinon, les partenaires risquent de se retrouver devant les infidélités et autres tromperies potentielles.

Pendant un rapport sexuel, un mari s'enquiert auprès de sa femme :

— Pourquoi ne me dis-tu jamais quand tu as du plaisir.

— Parce que tu n'es jamais là quand ça m'arrive !

La recherche de plaisir conduit à la comparaison. Est-ce que ce rapport était mieux que la dernière fois ? Plus fort ? Est-ce que cette personne pratique mieux que la précédente ?

Finalement, est-ce une question d'expertise ? Auquel cas, il nous faut des instruments de mesure et passer un diplôme ! Si certains aspects sexuels doivent nécessairement s'apprendre par l'expérience, il faut certes des informations, mais là ne réside pas l'essentiel.

Le plaisir n'est ni un objectif à atteindre ni un dû à recevoir, et un amour sincère ne peut se réduire à une comparaison, car cette dernière est forcément subjective.

Ce n'est pas qu'un jeu

L'aspect ludique de la sexualité sera développé plus loin, mais il n'est qu'un aspect préliminaire. Vouloir rester dans la cour de récréation de la sexualité empêche de devenir créateur conscient. C'est notre état d'enfant intérieur qui rêve de cette étape et veut la prolonger. Souvent, elle a pour but de provoquer une excitation suffisante pour entrer vraiment dans la phase de l'union des deux principes.

Un père voit avec surprise son fils de 13 ans qui rentre de l'école avec une copine du même âge, et qui monte directement dans sa chambre. Il va voir sa femme.
– Notre fils est monté dans sa chambre avec une copine ?
– Oh, tu sais, le rassure sa femme, ce n'est plus comme à notre époque ! Maintenant, ils ont même des cours d'éducation sexuelle.
Le père, pas rassuré pour autant, monte et ouvre la porte de la chambre. Il surprend les jeunes en train de se caresser sur le lit et s'adresse alors, d'un ton ferme, à son fils :
– Quand tu auras fini tes devoirs, tu descends, je voudrais discuter avec toi !

La sexualité avec un ou une partenaire est une construction. Un amour sincère passe par une conscience d'adulte en action, et non par un amusement.

Tous ces constats posent la question des partenaires occasionnels, qui sont souvent évoqués dans certaines approches. Est-il possible de vivre une sexualité sacrée avec une personne d'un soir ? Cela paraît difficile à réaliser, car la notion d'engagement est absente, comme nous l'avons évoquée plus avant. De plus, à quoi sert d'avoir connu une nuit inoubliable si c'est ensuite fini pour le restant de ses jours ?

En revanche, ces explorations sont nécessaires pour construire la suite…

Qu'est-ce qu'un amour sincère ?

L'amour n'est pas aveugle. L'amour permet de voir ce que les autres ne voient pas. Il permet de rencontrer l'homme au-delà de son visage de chair, là où il est « lui », unique, là où seuls ceux qui aiment peuvent pénétrer, admirer, s'extasier.

– Michel Quoist[31]

Pratiquer un amour sincère se définit par des petites choses qui représentent toutes une dimension symbolique profonde. Au Moyen Âge, « l'amour courtois » désigne en Occitanie l'art d'aimer avec courtoisie, respect et honnêteté sa ou son partenaire, dans le but commun d'atteindre la joie (même racine que « jouir ») et le bonheur.

Avoir du respect

La conscience que l'autre est une occasion de s'explorer soi-même est à la base du respect. La reconnaissance de la polarité de l'autre, de son sexe, de sa situation personnelle…, tout cela fait travailler l'effet miroir. L'autre est le complément. C'est ce que j'ai en moi, mais que j'ai mis de côté ou que j'ignore.

Avoir du respect pour son ou sa partenaire est la porte d'accès à la suite. La sexualité implique une relation très intime, et plus la situation est spirituelle, plus elle devient intime. Or cette intimité est souvent vécue comme une fragilité. Lorsque les deux partenaires se donnent entièrement dans la relation, la fusion des polarités crée une émotion intense, que l'on appelle « Amour », et qu'il est difficile de décrire. On ne peut pas atteindre cette énergie sans avoir énormément de respect pour son ou sa partenaire et pour soi-même.

31. Michel Quoist : prêtre catholique français et écrivain spirituel (texte offert par Rose à Gilles lors de leur rencontre !).

Lorsqu'on crée cet « Amour », ce ne peut être que dans une forme d'abandon à plus grand que soi, et dans le même respect que celui avec lequel on aborde une basilique romane.

Si l'on n'a pas cultivé ce respect pour la Vie et pour le Divin, l'Amour ne sera pas au rendez-vous.

Être libre

Nous ne parlons pas d'être libertins, mais bien d'une liberté d'expression totale par rapport à soi-même et à son ou sa partenaire.

La sexualité est un art, et ne saurait être une reproduction. Aussi, pour un artiste, il est impossible de prévoir son œuvre. Tout au plus sent-il le moment où l'envie d'expression est présente. Il peut tenter de préparer son acte, de l'anticiper, de le visualiser, de le modéliser. Mais, lorsqu'il sera dans l'action, ce qui sortira de son pinceau, de sa voix, de son corps, se fera malgré lui et au-delà de lui en tant qu'ego.

Un amour sincère ne peut qu'être totalement libre, dénué d'attente et d'enjeux existentiels.

Être vrai

Être soi-même est aussi l'une des conditions de base. Nous avons tellement de mensonges dans notre mental/menteur !

En fait, la difficulté est d'être libre par rapport à notre juge interne qui analyse, interdit, critique, censure. C'est lui – le *diabolos* – qui constitue le plus grand obstacle à un amour libre et sincère. Il se manifeste continuellement, excepté pendant l'orgasme. Là, il se tait, car il n'a plus prise sur notre âme – le mental a disjoncté.

Mais, avant et pendant un rapport sexuel, il met tout en œuvre pour ne pas perdre le contrôle qu'il a établi sur notre vie. Cette force qui vise à nous faire croire à la séparation ne veut pas de l'union sacrée.

Rappelons que le but de cet ouvrage et des exercices proposés est justement de déloger *diabolos* de l'emprise qu'il a sur chacun de nous. Il est important de pratiquer ce travail symbolique et énergétique régulièrement afin de décrocher toutes ces attaches qui nous empêchent de vivre un amour sincère et authentique, c'est-à-dire spirituel.

Un apprentissage

Un art se pratique et s'apprend surtout par l'expérience. Lorsque nous voulons commencer la peinture, nous prenons des cours et, guidés par un enseignant, nous progressons par la pratique. Ou alors, nous apprenons seuls, en autodidactes avec l'aide d'informations glanées ici ou là.

Dans le domaine sexuel, c'est la même chose. À la différence près que le sujet étant tabou, bien peu de personnes auront le balisage du chemin et les opportunités qui permettent d'être enseignées en ce domaine.

Ainsi, on peut rester longtemps dans l'approche purement matérialiste de la sexualité, comme la recherche de plaisir, de pouvoir ou d'argent.

Un riche bourgeois rentre chez lui et s'adresse à sa femme :
— Ma chère, nos affaires vont mal. Aussi, je propose que vous appreniez à faire la cuisine. Nous pourrions ainsi licencier la cuisinière et faire des économies !
— J'ai une meilleure idée ! Apprenez à bien faire l'amour, et nous pourrons congédier le jardinier et le majordome !

Ce type d'apprentissage est dicté par un calcul, donc par un mental. Souvent, il s'agit de l'ego qui veut obtenir et s'approprier quelque chose.

Certes, l'exercice d'un art demande une pratique régulière, un entraînement, une volonté de se perfectionner, un peu à l'image de la pratique d'un sport. Mais le but va bien au-delà : un art exige une vision spirituelle et un besoin de transcendance.

Au Moyen Âge, trois hommes sont en train de tailler des pierres. Un passant les interroge :
— Que faites-vous ?

– Je tape sur une pierre, dit le premier, visiblement épuisé.
– Je taille une pierre pour faire un mur, dit le deuxième en frappant méthodiquement.
– Je construis une cathédrale, dit joyeusement le troisième !
Seul ce dernier était dans la pratique d'un art et s'épanouissait...

Si la sexualité est un art, il nous faut revoir complètement nos pratiques, tant au niveau sexuel qu'au niveau de nos relations à l'argent et au pouvoir. Ce sont les intentions et l'état d'esprit des pratiquants qui l'emportent sur le reste.

Le sexe ludique

Aussi bizarre que cela puisse paraître, il est nécessaire de faire un détour par Éros et Aphrodite[32] pour aborder la suite. En effet, toute la sexualité commence par des préliminaires qui constituent autant d'occasions de vivre et d'expérimenter des choses inattendues, créatrices de nouveau.

Évidemment, nous n'allons pas décrire tous les jeux sexuels inventés par l'humain, mais sélectionner ceux qui sont porteurs d'un sens symbolique permettant de dépasser une limite, un interdit. D'ailleurs, à ce niveau de pratique, aller à la rencontre d'interdits est ce qui fait progresser le plus.

32. Éros et Aphrodite : divinités grecques de l'amour. Éros serait né du chaos primordial, comme l'une des forces fondamentales du monde. Il est souvent représenté par un enfant à la fois mâle et femelle, qui enflamme de sa torche, ou qui perce les cœurs des amoureux de ses flèches. L'équivalent romain d'Éros – Cupidon – est représenté, lui aussi, par un ange non sexué. Éros donne le mot « érotisme », qui désigne l'ensemble des phénomènes qui éveillent le désir sexuel. Cupidon dérive vers « cupide », pour désigner le désir insatiable de l'argent (on retrouve ainsi le parallèle entre sexe et argent). Quant à elle, Aphrodite (Vénus, chez les Romains) est connue pour sa beauté. Elle se déclinera dans le mot « aphrodisiaque » pour désigner toutes les substances permettant d'accroître le désir sexuel.

Inverser les polarités

C'est l'un des jeux préférés lors des défilés de carnavals, des soirées arrosées du jour de l'An, des anniversaires à thème, etc. L'homme se déguise en femme ; et la femme, en homme…

De même, lorsqu'on voit un couple de femmes homosexuelles, on se pose toujours la question de savoir qui joue l'homme. Et, lorsqu'il s'agit d'un couple d'hommes, on recherche qui fait la femme. Les polarités imprègnent toute notre vie.

Le besoin de connaître ce que vit l'autre est tellement fort ! Comment imaginer être yang quand on est yin, et inversement ? Comment le vivre réellement ?

Nous avons expliqué les fonctions de chaque polarité auparavant ; et la sexualité est, bien sûr, très adaptée pour tenter de vivre cette expérience. Par exemple, la femme peut incarner l'engagement ; et l'homme, l'accueil.

Inverser les polarités, pour les hommes et les femmes

Dans les préliminaires

L'homme possède des zones érogènes qui constituent des cavités que la femme peut pénétrer avec sa langue. Il s'agit notamment des creux de chaque côté du cou, qui sont reliés au chakra de la gorge et sont donc fortement sexués. C'est d'ailleurs dans cette zone du cou que les jeunes amoureux se font des « suçons ».

- La femme pénètre cette zone avec sa langue et sa bouche, l'homme se laisse faire.

Dans cet exercice, la femme peut ressentir l'envie de « croquer » son partenaire – et on comprend mieux la peur (et l'envie) de la castration que ce dernier peut alors ressentir !

Quant à lui, l'homme prend conscience de l'extrême sensibilité qui provient du fait d'être « envahi ». Cela lui apprendra à être plus doux et respectueux quand il pénétrera sa femme !

Dans le rapport sexuel

Il faut, évidemment, que les deux partenaires soient en accord et jouent le jeu.

- Pendant l'acte sexuel de pénétration, la femme va jouer le yang ; et l'homme, le yin. L'homme est dessous ; la femme, dessus.
- L'homme se soumet et accepte d'être vide. Il imagine que son pénis en érection est, en fait, le pénis de sa femme. Il peut même écarter les jambes pour mieux incarner la sensation d'être ouvert et réceptif, comme s'il avait un vagin.
- La femme utilise alors son vagin pour prendre le pénis et l'utiliser comme si elle était un homme et pénétrait son partenaire. Elle peut resserrer ses jambes pour mieux illustrer le fait d'être une énergie dense et pénétrante.

Évidemment, les deux partenaires vivent aussi l'acte par l'émotion et l'intention. La femme est ferme et décidée, l'homme accueillant et prêt à mourir.

Il s'agit surtout d'une expérience énergétique et sensorielle, car ce jeu sexuel ne correspond pas à la nature énergétique des corps. Mais il est alors possible pour la femme de ressentir la notion d'engagement énergétiquement. L'homme peut quant à lui découvrir l'abandon, ce qu'il ne ressent en général que lorsqu'il a éjaculé.

Par rapport aux qualités données auparavant, il est possible d'inventer d'autres jeux sexuels sur ce thème, et nous laissons les lecteurs libres d'expérimenter cet aspect, en rappelant toutefois qu'il ne s'agit pas du but de cet ouvrage.

Nous proposons juste ici de satisfaire le besoin irrépressible d'expérimenter le complément, l'autre. Nous verrons plus loin que la fusion des deux polarités nous dispense de cette recherche !

Le jeu dominant-dominé

C'est l'un des grands classiques des scènes érotiques ou pornographiques. Il est donc fondamental à plus d'un titre. Pourquoi ? Pour toutes les raisons physiologiques et énergétiques que nous avons déjà développées auparavant. Le mâle « dominant » – même s'il est, en fait, « dominé » par l'attraction de la femelle – doit pouvoir exprimer son contrôle. La femelle « dominée » doit pouvoir s'abandonner et être fécondée en étant rassurée. Cela dit, la plupart des gens restent sur des approches basiques et assez terre à terre dans ce domaine. Rappelons qu'il s'agit souvent de choses que l'on répète inconsciemment, un peu comme les bizutages pervers de certaines écoles.

Mais, dans la sexualité, le fait de ne pas vivre ces aspects correctement, en toute connaissance de cause, est porteur de dysharmonie. L'homme n'est pas certain de son contrôle et il ne s'engagera pas. La femme n'est pas complètement libre de se donner à fond, et elle ressortira insatisfaite.

Là aussi, il est possible d'inventer une multitude de jeux sexuels visant à expérimenter le tabou du contrôle absolu pour l'homme, et du don total pour la femme. Nous ne proposerons donc que des pistes simples et efficaces.

Le jeu dominant-dominé, pour les hommes et les femmes

Les deux partenaires sont en accord et jouent le jeu. Le plus simple pour commencer.

- Lors d'un rapport sexuel, l'homme se positionne sur la femme et lui tient les mains au-dessus de la tête. La femme ne peut donc plus agir avec ses mains.

Il est possible d'attacher les mains de la femme afin que l'homme puisse, quant à lui, agir de ses deux mains.
On peut inverser la pratique, la femme immobilisant l'homme.
N. B. : le jeu sexuel qui consiste à attacher une personne lentement et minutieusement est un art japonais très connu, le *Kinbaku*, lui-même issu d'une pratique qui consistait à attacher un prisonnier d'une telle façon que les liens illustraient la culpabilité de la personne. Il connaît des variantes illimitées.
Il est donc possible d'inventer toutes sortes de jeux sexuels érotiques avec un simple lien (tout un symbole).

Attention : ce jeu se déroule avec les préalables décrits auparavant. Il s'agit d'un amour sincère qui implique le respect des partenaires l'un pour l'autre, accompagné d'une confiance totale.

Mais, comme pour tout exercice, il faut surveiller deux réalités :

– les personnes pour qui cet exercice sera facile. Alors, il n'est pas certain qu'il soit utile de le dupliquer, car il pourrait renforcer un ego dominateur ou dominé ;
– les personnes pour qui cet exercice sera impossible. Là, il faudra persister, car il sera porteur d'une grande libération, chez le dominant comme chez le dominé.

Selon le psychanalyste Theodor Reik, le dominé s'autorise ainsi à avoir un plaisir sans culpabilité, puisqu'il est obligé d'accepter tout ce que son partenaire va lui faire. Il s'agit, par conséquent, d'un moyen facile de dépasser des interdits.

En revanche, c'est le dominant qui endosse la faute présumée, ce qui est un autre type de travail ! **Le dominé s'autorise le plaisir, le dominant s'autorise la culpabilité…**

On retrouve cette symbolique dans Ulysse qui s'oblige à s'enchaîner au mât de son navire pour ne pas succomber aux chants des sirènes. Il obtient ainsi le plaisir sans mourir.

Il est aussi possible d'utiliser ce jeu sexuel pour d'autres objectifs.

Variante du jeu dominant-dominé, pour les hommes et les femmes

Pour le donner-recevoir

- L'un des partenaires est immobilisé par une attache, et doit recevoir sans rien contrôler.
- L'autre touche, frotte, caresse, excite certaines parties du corps.

La personne qui reçoit peut limiter la sensation uniquement au toucher et au contact avec son corps en fermant ses yeux (on peut les obstruer avec un bandeau, ce qui accroît la peur de la dépendance). Le but est de faire lâcher le contrôle du mental qui observe et juge.

L'exploration des sensations du corps fait souvent partie d'une réconciliation nécessaire, notamment en Occident où elles ont été fortement réprimées par les religions et la culture.

Redécouvrir que le corps est un être vivant et sensible permet à nos âmes de mieux l'habiter et d'être en bonne santé et heureux !

La demande sexuelle

La demande a été décrite comme l'envie profonde qui nous anime. Il est utile de bien repréciser les choses avant d'aborder ces exercices.

- La demande peut venir du corps. Il s'agit alors d'un besoin physiologique, et il faut être capable d'exprimer ce besoin à son ou sa partenaire.
- La demande peut venir du mental. Souvent, cela cache quelque chose qu'il faut élucider ensemble. Cela peut être le cas lors d'une envie sexuelle particulière, hors norme. Ou bien d'une position pour faire l'amour, etc. Cela ne veut pas dire qu'il ne faut pas le faire, mais qu'il faut être clair dans sa demande.
- Cette demande peut venir d'envies de l'âme qui a besoin de libérer un blocage, un interdit, etc. Dans ce cas, l'exercice suivant est très adapté.

La demande sexuelle, pour les hommes et les femmes

Il faut, au préalable, avoir conscience de son blocage, de ce que l'on veut libérer.

- Demandez à votre partenaire de satisfaire votre souhait sexuel (acte particulier, position, etc.).

Repérez alors les blocages qui apparaissent de part et d'autre. Il s'agit toujours de la manifestation d'une charge de culpabilité.

- Si votre souhait est satisfait, qu'en retirez-vous ?
  - Une déception ? C'est souvent la marque d'une idéalisation de quelque chose d'inconscient. Qu'espériez-vous vraiment ?
  - Une libération ? Alors, le jeu en valait la chandelle. Vous avez libéré et dépassé un interdit.

Encore une fois, attention aux demandes hors norme qui peuvent être teintées de choses peu claires au niveau mental. Le cadavre sanglant et le vieux bleu ne sont jamais loin lors d'une relation sexuelle.

À l'opposé, il est quelquefois impossible à une personne ne serait-ce que de toucher le sexe de son partenaire ! On voit que chacun vivra cela à sa façon, et avec ses propres limites…

Féconder par la présence

L'aspect fécondant est mystérieux. Nous avons vu qu'il s'agissait avant tout d'une présence disponible chez l'homme et que la femme perçoit (c'est ce qui l'attire).

Comment jouer avec cet aspect ? L'exercice qui suit est intéressant, car il peut :
- donner confiance à l'homme quant à la puissance de son pénis, car, souvent, l'homme ne se rend pas compte de l'effet que son organe masculin fait sur la femme ;
- faire prendre conscience à la femme de son désir du pénis. Là aussi, les femmes n'ont pas forcément ressenti qu'elles avaient envie de l'organe masculin en elles, et pas seulement dans leur vagin.

L'aspect fécondant, pour les hommes

Il faut pratiquer cet exercice pendant les préliminaires.

- La femme ne bouge pas, elle se laisse faire. Elle peut agir, mais en allant dans le sens de son partenaire.
- L'homme promène son sexe en érection sur le corps de la femme. Il prend le temps de faire ressentir à sa partenaire les différentes zones, en allant petit à petit vers les plus érogènes (seins, bouche, vagin).

Dans cet exercice, l'intention est de mettre la présence du pénis partout où cela peut exciter et rendre amoureuse la femme. Cette dernière doit orienter l'exercice en fonction de ses propres ressentis et envies.

L'effet est de rendre les partenaires plus à l'aise avec l'organe masculin, ce qui va permettre de mieux le sacraliser par la suite.

L'aspect fécondant, pour les femmes

Il est aussi possible de pratiquer le même exercice avec l'organe féminin, même si c'est moins pratique, car la femme ne peut poser son sexe que sur des endroits en bosse.

- L'homme ne bouge pas et se laisse faire.
- La femme pose son sexe sur les endroits qu'elle choisit, dans l'intention d'y mettre sa présence (par exemple, les mains, la bouche, le pénis de son partenaire).

Là aussi, le but est de rendre les partenaires plus libres par rapport à l'organe féminin, afin de pouvoir mieux sacraliser l'union ultérieure.

Envelopper

Le féminin enveloppe et protège. Le vagin est l'endroit le plus agréable qui soit pour le pénis, car il s'y sent en sécurité et accueilli. Mais la femme aime aussi être enveloppée !

L'aspect ludique des jeux sexuels se pratique principalement avec la bouche, en préliminaire, réservant la suite à l'acte sacré de l'union des deux principes. Les actes courants d'embrasser la « tige de jade » (fellation) ou la « chambre de jade » (cunnilingus) visent souvent à stimuler les sexes ou à obtenir un orgasme. Ils ne vont pas dans le sens de l'enveloppement conscient, mais c'est pourtant l'exercice le plus adapté pour vivre cet aspect.

Envelopper, pour les hommes et les femmes

Pour les femmes

Cet acte est plus naturel pour les femmes – qu'elles le fassent avec le vagin ou avec la bouche.

- Envelopper le sexe de son partenaire avec la bouche et avec les mains. Il est important que le pénis tout entier se sente enveloppé.

À partir de là, il est possible de pratiquer l'enveloppement de plusieurs manières.

- Pour obtenir du plaisir personnel : il suffit alors de faire descendre la sensation du pénis jusqu'à la zone sexuelle en l'aspirant. La femme se sent alors remplie instantanément.
- Pour donner du plaisir à son compagnon : il faut alors que l'enveloppement devienne plus dynamique (mettre du yang) avec des caresses, des rotations, etc.

Attention : l'enveloppement est doux, mais ferme. Comme pour l'aspect fécondant, il s'agit d'une présence. Cette présence est un miroir de celle que le vagin exprime naturellement quand il est libre.

Pour les hommes

L'homme n'est pas habitué à travailler cet aspect. Il est donc important qu'il pratique ce genre d'exercice.

- Mettre sa bouche sur le sexe de sa partenaire en maintenant son bassin avec les mains.
- Être présent dans la douceur de l'enveloppement, sans chercher à exciter le clitoris avec la langue.
- Observer la détente du sexe féminin, et l'envie d'aller plus loin qui va s'éveiller.

Ces exercices visent surtout à mettre l'accent sur l'étape de l'accueil qui rassure, et qui permet au sexe de son ou de sa partenaire de se sentir en confiance. C'est primordial si l'on veut obtenir une libération du potentiel d'expression de la zone sexuelle.

Union/séparation

Dans la sexualité normale, le mariage des polarités se réalise lors d'un orgasme commun, que les partenaires vivent ensemble. Mais cet orgasme de base, communément provoqué par un frottement, une excitation, un désir exacerbé, est souvent limité à la zone sexuelle.

Pour aller chercher un autre type d'orgasme, il faut que l'énergie circule dans le corps et monte, dans un premier temps, jusqu'au niveau cardiaque. L'orgasme est alors total, envahissant chaque cellule du corps.

Comment se préparer à cette union sacrée ?

Il faut tout d'abord repérer comment les polarités se marient entre elles lors de la relation du vagin et du pénis. Tout le mystère de la vie est contenu dans ces deux organes.

L'union/séparation des polarités, pour les hommes et les femmes

La séparation

C'est plutôt l'homme qui va être à l'initiative de cet exercice.

- Lorsque le pénis est bien engagé, le retirer lentement comme s'il allait quitter le vagin.
- Revenir, et recommencer l'exercice, toujours très lentement pour avoir le temps d'observer ce qui se passe.

L'union

- Lorsque les deux partenaires sont unis sexuellement, cesser tout mouvement, et se contenter de sentir la présence du pénis et du vagin.
- Se concentrer alors sur le chakra sexuel, sous le nombril, jusqu'à sentir les deux ventres qui fusionnent (comme si chaque partenaire entrait dans le ventre de l'autre).
- Rester ainsi et activer légèrement les deux sexes, pour stimuler les deux bassins fusionnés.
- Se concentrer alors sur la zone du plexus solaire, jusqu'à sentir la fusion de ces deux centres.

- Laisser le mouvement des corps gagner cette nouvelle zone.
- Etc.

Pour la femme, la détente et l'ouverture interne sont nécessaires dans cet exercice.

Il est ainsi possible de sentir l'union des corps et des énergies qui se déploient, en partant du bas et en montant vers le cœur.

Cet exercice sera l'un des préalables à la fusion des énergies dans le corps des amants.

Le sexe sacré

Actuellement, le mot « sacré » est un peu utilisé à toutes les sauces, chacun revendiquant « son » féminin sacré ou « son » masculin sacré. Le sacré peut-il nous appartenir ?

Rappelons que le mot « sacré » signifie qu'une chose a été sacralisée, c'est-à-dire **« rendue inviolable par un rite religieux »**. Par qui ? Par l'humain, évidemment. C'est l'homme qui reçoit le pouvoir du Verbe dans la Création, et qui va l'utiliser pour sacraliser des lieux de culte, des objets, etc.

Le pénis, pas plus que le vagin, n'est sacré, au départ. Ou alors, ils ne le sont pas moins que chaque parcelle du corps humain, comme les orteils, les yeux, etc.

Par conséquent, que signifie « pratiquer une sexualité sacrée » ?

Sacraliser est un choix

Si l'on décide de sacraliser quelque chose, il faudra instaurer un rituel qui agira toujours par le symbole, le langage utilisé par l'Invisible. C'est la pratique de la Médecine symbolique qui nous a appris à procéder ainsi lors des soins et harmonisations de personnes ou de lieux.

Depuis plus de vingt ans, la visite régulière des lieux sacrés de toute la planète nous a habitués à rencontrer les effets d'une sacralisation. C'est ainsi que du Machu Picchu aux moaï de l'île de Pâques, en passant par les églises romanes, les dolmens, ou les temples païens, nous avons été étalonnés sur ces pratiques ancestrales qui consistaient à délimiter un espace sacré pour lui attribuer une fonction. En général, cette dernière avait pour but de « relier » les visiteurs, de leur offrir un pont entre le monde visible de la matière et le monde invisible de l'Esprit.

À l'aide de simples baguettes coudées de sourcier, il est possible de vérifier la présence d'auras autour de ces zones sacralisées, auras que l'on peut ressentir en s'approchant du lieu.

En matière de sexualité, on peut procéder de la même manière.

Sacraliser un lieu

Il est possible de délimiter chez soi un espace qui sera dédié à la sexualité. En général, il s'agit de la chambre, mais cela peut se situer ailleurs. Il suffit alors de bien marquer cet espace, avec une présence symbolique au sol, par exemple, comme un tapis, ou par une séparation comme un paravent, etc. Certains voudront y mettre une statue de Bouddha ; d'autres, des images saintes, des fleurs, des motifs ou des symboles...

Mais ce n'est pas une garantie de quoi que ce soit !

Par exemple, beaucoup de personnes font l'amour dans leur lit, et de belle manière, ce qui ne les empêche pas d'avoir aussi de mauvaises nuits ou d'être malades. Pourquoi ? Parce que le lit s'imprime de tout ce qui se passe la nuit, lorsque notre inconscient digère les informations de la journée passée et prépare la journée suivante. Les rêves, les cauchemars, tout cela s'imprime dans le matelas. C'est d'ailleurs pour cette raison qu'il faut changer régulièrement les draps, aérer la pièce et nettoyer énergétiquement le matelas de temps en temps.

Aussi, sacraliser « officiellement » le lit ne dispensera pas ses occupants d'y vivre... ce qu'ils doivent y vivre. D'ailleurs, le fait que des églises soient sacralisées n'a pas empêché d'y perpétrer toutes sortes de massacres et d'horreurs, notamment au nom de « Dieu ».

Il est donc inutile de trop passer d'énergie à sacraliser un espace, sauf si c'est fondamental pour le couple ! Dans ce cas, il y a quelque chose d'important à vivre, et il faut le faire.

Nous préférons **concevoir le rite de la sacralisation comme un moyen de dialoguer dans l'instant présent avec le Divin**.

Sacraliser l'instant

Sacraliser un instant consiste à dire à l'univers : « Attention, ce qui va se passer à partir de maintenant est très important. »

Par exemple, les prières du *Notre Père* et du *Notre Mère*[33] agissent ainsi en affirmant fortement au départ : « Que ton nom soit sanctifié, que ton règne vienne. »

Ce genre de formulation prévient l'Invisible par le Verbe que ce qui va suivre est important, bien plus important que la vie routinière puisqu'on va nommer quelque chose de plus grand que nous.

Ensuite, le rite peut se dérouler.

Enfin, il faut le clore par le même procédé, et en informant l'Invisible que le rite est fini.

Par conséquent, il n'est pas nécessaire de faire toutes sortes de choses compliquées pour arriver à sacraliser une relation sexuelle. Il suffit de connaître le principe de fonctionnement des rites et de respecter l'attitude intérieure qui permet de se relier à plus Grand.

Toutefois, brûler un bâton d'encens, mettre une musique, allumer une lumière tamisée ou des bougies… sont des gestes simples qui participent à la création d'un instant magique.

Se relier à plus Grand

La sacralisation fait appel à une dimension transcendante. Nous ne sommes qu'une partie d'un Tout bien plus immense, que l'on appelle « Dieu » dans notre tradition. D'ailleurs, peu importe que l'on appelle ce concept par un autre nom. En fait, il s'agit, comme nous l'avons décrit au début de cet ouvrage, d'une Intelligence. L'appeler « grande Intelligence » ou « Intelligence suprême » serait d'ailleurs une bonne formulation !

Lorsqu'on veut sacraliser une relation sexuelle, il faut reconnaître implicitement que ces énergies, que l'on nomme le « yin »

33. Edmond Bordeaux-Szekely, *L'Évangile essénien de la paix*, éd. Vivez soleil, 1991.

et le « yang » ou les « cinq éléments », sont plus grandes que nous et nous traversent. Nous ne sommes que canaux de ces énergies, et elles ne nous appartiennent pas.

Le fait d'accepter ces forces comme venant d'une Source supérieure permet de transcender la relation sexuelle.

Se relier à son sexe

Personne ne se rend compte de l'importance des organes que sont le pénis et le vagin. Ils ont été tellement interdits et moqués !

Pourtant, ces deux organes sont les symboles vivants du yang et du yin. Ils sont présents dans la nature, dans le monde végétal comme chez les animaux. En Inde, en Indonésie, des temples ont été érigés en honneur à ces deux organes. Évidemment, avec notre mental actuel pervers, nous n'y voyons que des allusions érotiques, voire scabreuses ou pornographiques, alors que les constructeurs de ces temples avaient pour seul objectif d'honorer ces outils parfaits et fabuleux qui font de nous des créateurs.

Lors de la visite d'un de ces temples sur l'île de Java, nous avons pu constater qu'il fonctionnait comme tous les temples de la Terre, permettant au visiteur averti de suivre un parcours qui l'emmenait vers un vortex géant au sommet d'une pyramide à ciel ouvert. Moment d'une telle intensité qu'il ressemble, à s'y méprendre..., à un orgasme !

La sexualité sacrée est possible parce que le pénis et le vagin sont intelligents. Il y a un « Esprit » à l'intérieur. Cette intelligence est partout ! Comment le cœur connaît-il sa fonction ? Comment le foie fait-il ? Comment la moindre parcelle de notre corps fait-elle pour savoir ce qu'elle a à faire, et le faire aussi parfaitement ?

Parce qu'il y a une Intelligence derrière tout cela, dans le moindre de nos organes.

N'importe quel vagin est programmé pour reconnaître et aimer n'importe quel pénis. C'est ainsi. C'est pourquoi ces deux organes assemblés permettent de retrouver le « UN », l'unité que l'on croit avoir perdue. La dimension sacrée de la sexualité passe par l'union des deux principes, qui sont incarnés dans le pénis et le vagin.

Par conséquent, sacraliser les organes génitaux constitue la base de la pratique !

Utiliser le Verbe

Un rite manifeste l'intention par « Je pense, je dis, je fais ». Au cœur de la sacralisation, il y a le Verbe. Or un proverbe amérindien dit ceci :

« Dans un rite religieux, tout ce qui est dit, pensé, et fait se manifeste. »

Et le proverbe ajoute :

« Aussi, le praticien fera très attention à ce qu'il pense, dit et fait pendant le rituel ! »

Ainsi, sacraliser une relation sexuelle se fera par un rite incluant le Verbe. Mais il faudra surveiller ce qui est pensé, dit et fait pendant l'acte. C'est pour cette raison que nous avons insisté sur le fait de surveiller les trois cadavres, les pensées dérangeantes, les choses pas claires, etc.

Faute de maîtriser ces aspects qui tirent vers le sombre, ce serait alors leur donner une puissance supplémentaire que de les laisser s'exprimer lors d'une relation sexuelle sacralisée.

Nous allons voir que la voix, la parole, mais aussi le regard vont être indispensables pour sacraliser une relation sexuelle.

Seul le Vivant se sacralise

L'épisode de Moïse et du veau d'or est bien connu. On ne peut pas sacraliser quelque chose de mort. **C'est une erreur grave que de sacraliser l'argent ou le statut social.** Pourquoi ? Parce que ce sont des expressions dérivées de la sexualité, mais ce ne sont pas des expressions directes de la Vie elle-même. L'argent et le pouvoir n'ont pas d'existence réelle, car c'est l'homme qui les a « inventés ».

À la limite, et au risque de choquer, il vaut mieux mettre dans un temple sacré une représentation d'un pénis en érection ou d'une vulve, comme le font les temples tantriques, plutôt que d'y mettre une image censée représenter Dieu ou ses anges. C'est d'ailleurs l'un des premiers commandements de Moïse : « Tu ne feras pas de représentation de ton Dieu. »

Or beaucoup de gens sacralisent l'argent sans s'en rendre compte, comme le raconte l'histoire de l'avare.

Un avare avait caché son trésor sous un arbre au fond du jardin et, tous les jours, il allait le contempler pendant de longues minutes. Puis il refermait le trou. Un voleur le surprit et, évidemment, alla déterrer le trésor, puis s'enfuit avec.
Le lendemain, l'avare ne vit que le trou vide. Il se mit alors à crier dans toutes les directions, et les voisins accoururent. Ils se firent raconter l'histoire, et l'un d'eux lui dit :
– Que faisais-tu exactement avec ton argent ? Est-ce que tu en prenais pour l'utiliser ?
– Non, je l'observais uniquement au fond du trou !
– Alors, c'est très simple : va comme d'habitude au fond de ton jardin tous les jours, et observe le trou !

Rappelons que l'argent qui dort dans les coffres, dans les comptes, dans les bas de laine n'existe plus. Tout ce qui ne circule pas dans l'univers se décompose et meurt, car la Vie est mouvement et changement perpétuel. L'argent n'existe économiquement que s'il circule. Il représente alors la masse des échanges, et non une quantité.

D'ailleurs, lors de l'épisode du coronavirus, de l'argent est sorti de partout ! Des milliards ont été annoncés pour sauver telle entreprise, pour relancer tel secteur de l'économie, etc. D'où vient cet argent ? De nulle part ! Il vient d'une ligne informatique, d'une information virtuelle. En fait, il va augmenter une dette qu'il n'est déjà plus possible de rembourser. Aussi, les hypothèses de non-remboursement de cette « dette Covid » vont bon train… On cherche comment absorber cette pilule amère sur des années, des dizaines d'années, etc.

C'est oublier que, comme on a « sacralisé » l'argent, on croit que c'est cela qui fait marcher l'économie et la planète. La ligne informatique, même si elle représente un chiffre avec beaucoup de zéros, n'existe pas réellement. Elle est virtuelle. Elle fait partie d'une économie déconnectée du réel et de la matière. Elle ne représentera quelque chose que si cet argent est transformé en marchandises, en biens ou en services. Or ce processus prend du temps, et il repose – comme toutes les hypothèses économiques – sur un « bon » fonctionnement de l'économie, qui réponde au « bon » fonctionnement du consommateur et du système.

Mais ce système est faussé ! Son credo repose en une croissance illimitée – ce qui est contraire aux lois de la vie qui fonctionnent par cycles. L'économie mondiale est condamnée à changer, car elle est morte, n'étant pas viable pour la planète.

La cause première de ce désastre a commencé lorsque l'objectif n'a plus consisté à organiser le vivant, mais à accumuler des richesses matérielles.

Pour les acteurs du système, c'est la même chose. Si une entreprise reste sur son utilité première – qui est de répondre à un besoin humain –, elle restera viable. Si son objectif est devenu au fil du temps de faire de l'argent coûte que coûte, elle est déjà morte.

En ce qui concerne le pouvoir et les relations sociales, il en est de même. Le pouvoir, comme l'argent, s'accumule entre les mains d'un nombre de plus en plus réduit de personnes, qui finissent par se prendre pour Dieu. Mais tout cela n'est pas viable et ne fonctionne que si les gens acceptent continuellement de donner leur argent et leur pouvoir. Or les consciences changent. Même les dictateurs les plus puissants finissent par mourir. Et ils sont aussi manipulables que le commun des mortels.

Nasrudin se présente un jour à la cour du roi avec un turban magnifique. Il savait que le roi l'admirerait et voudrait le lui acheter.
— Combien as-tu payé ce merveilleux turban ?
— Mille pièces d'or, Majesté !
— Il faudrait être fou pour payer un tel prix pour un turban, murmure discrètement le vizir à l'oreille du roi !
Le roi demande alors à Nasrudin :

— Pourquoi diable as-tu payé une telle somme pour ce turban ?
— Ah, votre Majesté, si j'ai payé ce prix, c'est que je savais qu'il n'y avait au monde qu'un seul monarque capable d'acheter un tel objet !
Le roi ordonne qu'on donne deux mille pièces d'or à Nasrudin et il prend le turban, ravi du compliment. Plus tard, Nasrudin s'approche du vizir et lui dit :
— Tu connais très bien la valeur des turbans. Mais moi, je connais les faiblesses des rois !

Certains sacralisent ainsi leurs titres, leurs diplômes, leurs études, leurs postes dans l'entreprise en disant : « Moi, je suis cadre » ou bien « Je suis ingénieur, docteur… »

Certains sacralisent leurs exploits sportifs, en montrant des photos prises au sommet de telle montagne. Le « je suis » se décline en tellement de choses qui s'avèrent futiles ! En fin de vie, tout cela disparaîtra aussi.

Lorsqu'on sacralise son pouvoir, on devient comme Gollum dans *Le Seigneur des anneaux*, répétant en boucle « Mon précieux », fasciné par l'anneau de pouvoir qu'il croit détenir. En fait, c'est lui qui est possédé par l'anneau, mais il ne le sait pas et ne peut échapper à l'emprise du pouvoir…, ce qui le conduit irrémédiablement à la perte de sa nature humaine.

L'anneau symbolise une union, mais pas un pouvoir. À la source, l'union est l'acte par lequel un individu (un ego) reconnaît qu'il fait partie de Dieu, c'est-à-dire de l'univers, du Tout. Il devient alors un fidèle (il est lié).

Le problème est que les religions en ont fait un outil de pouvoir ! Elles ont tenu le discours suivant : c'est moi seule, en tant qu'institution, qui suis habilitée à faire ce rituel. Par conséquent :

- l'individu est obligé de passer par la religion pour se relier. Par cet acte, il doit se soumettre à l'institution et faire allégeance (énergétiquement, il entre dans une secte) ;
- les religions se battent entre elles, car aucune ne veut reconnaître que l'autre est autant habilitée à faire ce rituel.

Elles deviennent propriétaires du lien avec le Divin. Elles croient avoir l'exclusivité !

La solution actuelle est laïque : il faut devenir religieux sans religion.

En effet, il s'agit d'un engagement personnel et intime, et les institutions sont inaptes et non légitimes à décréter une sacralisation pour l'autre.

Un homme alla voir Dieu pour se plaindre de la religion :
– Ce n'est pas juste, ils ne veulent pas que j'entre dans les églises, car ils disent que je suis un pécheur et que ce n'est pas ma place.
Dieu lui répondit avec beaucoup de compassion :
– Tu sais, il faudra que tu t'y fasses ! Même Moi, qui suis Dieu, cela fait longtemps qu'ils ne Me laissent plus entrer dans leurs églises !

Aussi, il faut être très vigilant avec la sacralisation. On ne peut sacraliser que le Vivant, et pas ses représentations humaines.

Pour l'illustrer, en matière de relations amoureuses, le socioculturel a institué la sacralisation de l'union des polarités par le rituel du mariage. Or on a constaté les dérives que cela entraînait !

Par exemple, les liens du mariage étaient impossibles à délier. Si cet aspect est vrai pour la relation du yin et du yang, il n'en est pas de même pour le contrat conclu entre madame Dupont et monsieur Durand.

L'amalgame entre la sacralisation du Vivant et la sacralisation d'un contrat humain est une erreur grave. En réaction, elle contribue d'ailleurs à éloigner des jeunes couples de ce symbole, car ils y voient plus de contraintes que d'avantages. Ou alors ils sacralisent une relation personnelle, et non le symbole.

Si nous voulons sacraliser une union, nous devons d'abord nous persuader que nous sacralisons « Ce » qui passe à travers nous (les polarités, la vie), et non les personnes elles-mêmes. Sinon, nous risquons de nous créer des liens karmiques d'âme à âme inutilement.

Ce qui peut et doit être sacralisé est l'énergie qui passe à travers nos corps, et non les personnages et les ego qui habitent ces corps.

L'amour corps et âme

La dimension sacrée d'une relation sexuelle se mesure aussi à l'implication de l'âme dans le processus. Sans âme, on ne fait que de la technique. Mettre la dimension de l'âme dans la relation passe par « l'amour sincère » décrit précédemment. Les Grecs parlaient de quitter Éros pour rencontrer l'agapé[34], qui est le mot désignant l'amour divin et inconditionnel. Cette forme d'amour fait partie des principes, alors que l'amour d'Éros est souvent issu d'un manque, d'un besoin. Platon définira deux autres types d'amour : un amour de la famille *(storgê)* et un amour complètement désintéressé (l'amour platonique) qui se rapproche de l'acte de charité des chrétiens.

Encore une fois, tout cela est, hélas, éloigné des critères communément admis par la société ou les religions « grand public ». Toutes les notions décrites par le socioculturel sont largement teintées de jugements et de culpabilités, ce qui aura plutôt tendance à interdire le vrai amour. Une blague soufie le raconte à merveille.

Un pieux musulman s'adressa un jour à Allah en ces termes :
— J'ai été fidèle à ma religion toute ma vie, j'ai fait mes prières quotidiennes, j'ai fait le pèlerinage à La Mecque, j'ai donné la charité, etc. Mon associé a, quant à lui, fait la fête, il s'est amusé, il a couru les filles et bu de l'alcool. Pourtant, j'ai l'impression qu'il a eu une vie plus facile que la mienne !
— Si tu savais comme tu es ennuyeux avec toutes tes contraintes, lui répondit Allah !

34. Agapé : le français utilise un seul et même mot pour dire « j'aime un objet », « j'aime mon enfant » ou « j'aime inconditionnellement ». Il convient donc de bien définir de quoi l'on parle lorsqu'on dit « j'aime » !

De même, faire l'amour corps et âme risque bien de ne pas correspondre aux critères établis par les instances moralisatrices et culpabilisantes qui dirigent le monde.

La femme est le chef-d'œuvre de Dieu, surtout quand elle a le diable au corps !

Alphonse Allais

En effet, en Occident, nous avons pris l'habitude de faire passer l'affect et l'idéal avant le corps. Or nous avons vu que c'était la demoiselle blanche qui agissait ainsi, détournant les vrais besoins de l'âme vers une notion de « bien » dirigée par la culpabilisation.

Aussi beaucoup de personnes restent-elles dans une pseudo-relation amoureuse, d'âme à âme, sans passer par le corps à corps.

Une relation sexuelle sacrée commencera forcément par l'expression du corps, de la base, avant de s'étendre au reste (l'âme, l'esprit).

Laisser faire le corps

Pour laisser faire le corps, il faut parvenir à faire taire le mental – ce qui n'est pas chose facile ! Nous en avons déjà parlé auparavant : il va avoir tendance à saboter toute envie qui pourrait déranger son train-train radoteur. Il convient donc de l'anticiper afin qu'il n'ait pas prise sur la relation. Prévoir de dire non dès qu'il va montrer le bout de son nez avec ses « oui, mais », « il faut », « on doit », etc.

Laisser faire le corps est surprenant ! On découvrira avec étonnement :
- qu'il sait très bien faire l'amour sans intervention mentale ;
- qu'il n'a jamais la même envie d'une fois à l'autre ;
- qu'il s'accorde parfaitement avec les désirs et envies du corps de l'autre ;
- qu'il est inventif au-delà de ce que l'on peut imaginer ;
- qu'il est joyeux de s'exprimer librement ainsi ;
- que cela le comble et l'apaise en même temps.

La liberté du corps, pour les hommes et les femmes

Par définition, il sera difficile de donner un exercice précis ici ! Tous les exercices précédents peuvent aider à la libération du corps. L'idée est d'observer surtout la relation sexuelle, elle-même.

Lorsque les amants sont unis sexuellement

- Observer quels mouvements le corps a besoin ou envie d'exprimer.
- Partir de la sensation, la suivre, observer ses effets dans le corps.
- Noter d'où vient l'impulsion de ce mouvement, de quelle zone du corps.
- Remarquer à quel rythme cela se manifeste, avec quelle intensité, etc.

N. B. : ne pas mettre de mental (jugement, comparaison). Au contraire, être dedans à 100 %, l'accompagner pour devenir entièrement cette vibration.

Concernant l'énergie

- Observer comment se déplace l'énergie ainsi créée.
- Noter comment elle se manifeste (chaleur, picotements, expansion, dilatation, etc.).
- Regarder dans quelle zone elle s'accumule, dans quelle zone elle circule, etc.

N. B. : être curieux lors de ces exercices. Cela occupe le mental et l'oblige à vivre le phénomène !

Lorsque les amants laissent parler leurs corps, non seulement cela procure physiquement un plaisir ineffable, mais ils peuvent alors se relier au niveau de l'âme.

Se relier d'âme à âme

Comment se relier d'âme à âme ? Le plus simple est d'utiliser le regard, car c'est la porte de l'âme.

Comme pour le sexe, un regard ne saurait mentir. Tout peut se lire dans l'œil, jusqu'au moindre détail. Aussi, faire de temps en temps l'expérience de se regarder pendant toute la durée de la relation sexuelle est d'une puissance incroyable.

On pourra remarquer chez l'autre quantité de signaux intimes.

- La dilatation de la pupille : elle marque, en général, une attirance pour l'autre, une excitation, notamment en cas de surprise ou de nouveauté.
- La rétraction de la pupille : elle peut marquer un manque d'intérêt, une contrariété.
- On peut lire dans le regard la peur fugitive qui passe, lorsqu'une limite est rencontrée.
- On verra les yeux se figer lorsque le cadavre sanglant, la demoiselle blanche ou le vieux bleu s'emparent de la relation. La lumière du regard disparaît, comme absorbée par le mental.
- On y voit la peur de mourir lorsque la personne sent qu'elle va perdre le contrôle – au moment qui précède un orgasme puissant, par exemple. Tout ce qui est nouveau et puissant provoque cette « mort » du mental.
- Le regard peut s'assombrir lorsqu'une vieille mémoire est touchée, etc.

La lecture de ces signaux dans le regard permet aux amants de s'aider mutuellement à passer ces caps transformateurs et libérateurs.

En revanche, lorsque tout va bien, la lumière présente dans l'œil va s'accentuer jusqu'à l'orgasme. Le regard devient clair comme un ciel sans nuage, et la brillance de l'âme irradie partout. C'est indescriptible. Le visage rajeunit dans cet instant hors du temps, exprimant la paix de l'âme. Les amants font dix ans de moins que leur âge !

Alors, plonger dans le regard de l'autre, c'est plonger dans un univers illimité, sans début ni fin.

L'utilisation du Verbe, de la parole, est aussi indispensable. Cela permet d'exprimer des intentions, d'orienter la relation et, évidemment, de lui donner ainsi une autre dimension, allant vers le sacré et la bénédiction (dire du bien).

La relation à la parole est ambiguë, chez l'humain. En matière de sexualité, la pudeur donne souvent ceci :
– avant, on n'en parle pas ;
– pendant, on ne peut pas parler ;
– après, on n'en parle plus !

Pourtant, le Verbe est d'un pouvoir insoupçonné, puisqu'il est de même nature que la sexualité.

À quand son utilisation libre et consciente ?

La relation d'âme à âme

Avec le regard

- Se regarder au fond des yeux pendant tout le rapport sexuel, jusqu'à l'orgasme.
- Faire le parallèle entre ce que l'on ressent soi-même intérieurement et les effets que cela produit dans le regard de l'autre.

Avec la voix

- Verbaliser sincèrement votre aspiration profonde d'être en harmonie avec votre partenaire.

Exemples : « J'ai envie d'avoir du plaisir avec toi » ; « J'ai envie que nous ayons du plaisir ensemble » ; « J'aime ton corps, j'aime ta beauté » ; « J'aime ton sexe, je le bénis, il symbolise le sacré » ; etc.

Dans ces instants intimes et puissants, les mots viennent, car l'âme est inspirée et elle s'exprime naturellement.

La bénédiction de son sexe et de celui de l'autre est très importante. Elle engage une relation différente avec cette partie du corps, elle qui a si souvent été maudite !

Par ce genre d'exercice, on pourra vite constater que l'œil du partenaire reflète absolument tout ce que l'on vit intérieurement. Autrement dit, dans la relation sexuelle, il n'y a pas de « deux » (moi et l'autre), mais justement le « Un », l'union sacrée des deux principes.

C'est en pratiquant l'union sexuelle au niveau des âmes que l'on pourra repérer les blocages les plus profonds.

Contrairement à ce que l'on pourrait penser, il ne s'agira probablement pas de choses connues et repérées dans les exercices précédents. Normalement, ces exercices étaient faits pour les dépasser, pour aller plus loin. Dans le regard, nous pourrons découvrir les « vrais » blocages, ceux qui empêchent l'humain de se réaliser.

Les voiles sur l'âme

L'âme est voilée par des choses très anciennes. Si nous sommes constitués d'une trinité vivante nommée « corps-âme-esprit », il n'en reste pas moins que nos trois cadavres (cadavre sanglant, demoiselle blanche, vieux bleu) font aussi partie de l'essence même des individus. Ils sont constitutifs de nos vies, tout comme l'envie de l'âme de se réaliser. Ils en sont l'exact opposé, en termes de polarités.

Par conséquent, il est impossible d'aller plus loin sans les mettre à nu, les affronter et les transformer. On pourrait dire qu'ils représentent les archétypes les plus anciens de l'humain :

- ses plus vieilles peurs et, au premier chef, la mort ;
- ses plus vieilles croyances dans la dualité et, notamment, le viol et la castration ;
- ses plus vieilles culpabilités, nées de la chute dans la matière, accompagnées de cette soif d'innocence insatiable.

Tout cela va apparaître dans le regard de l'autre, miroir de notre propre image intérieure. À travers ce miroir, nous pouvons alors accéder à l'Amour de soi reflété par l'Amour de l'autre. Aussi, il est tentant d'aller provoquer ces énergies enfouies pour les amener à la lumière de la conscience et pour les dissoudre alors dans l'amour créé par l'union sexuelle.

Ce ne sera sans doute pas possible du premier coup. Mais le regard étant un véritable détecteur de mensonges, il sera aisé de voir où se situe le saboteur, d'en parler tranquillement, et de préparer une autre expérience afin de le débusquer.

C'est une traque, une chasse sympathique et pleine de compassion (il ne faut pas être dans la lutte), mais une chasse quand même (il faut être déterminé et lucide pour arriver à un résultat).

Dévoiler les âmes

Au préalable, il faut être certain de la relation d'amour sincère qui unit les deux amants. Il ne sert à rien de faire ce genre d'exercice avec un partenaire de passage, car on risquerait d'accroître le problème au lieu de le résoudre. Notamment, on pourrait par exemple nourrir le cadavre sanglant, ou le vieux bleu au lieu de les désactiver. La demoiselle blanche s'emparerait alors de la suite, interrompant l'expérience par la culpabilisation de soi-même ou de l'autre.

Pour le cadavre sanglant

Cette énergie s'alimente surtout de la relation dominant-dominé et du sentiment de puissance. Si besoin, se reporter aux exercices proposés auparavant. Pour aller plus loin, il faut que les amants partagent sur cet aspect.

- Sélectionnez un acte sexuel de domination, par exemple, celui qui consiste à attacher son ou sa partenaire.
- Faire l'amour en regardant son amant(e) les yeux dans les yeux.
- Ne mettre que de l'amour infini pour l'autre. Ne rechercher que son plaisir et uniquement cela !

La consigne doit être claire entre les amants : si une once de domination transparaît dans le regard de l'un des deux, il faut cesser l'acte, car c'est le cadavre sanglant qui se manifeste.

Le but de l'exercice est que ce dernier soit transformé par l'amour sincère. Loin d'une friction dominant/dominé, la rencontre des compléments, en mariant le yin et le yang dans le regard, recrée le Un dans sa pureté originelle. Ce changement de dimension transforme toute chose…

N. B. : le besoin de dominer ou d'être dominé peut aussi venir du vieux bleu.

Pour le vieux bleu

Il s'alimente de plusieurs choses, notamment :

– du « non » (je n'ai pas envie, pas maintenant, pas comme cela, etc.) ;
– du jugement et de croyances sur soi, sur l'autre ;
– de la volonté d'exister (besoin de l'ego, de se valoriser, de se dévaloriser) ;
– d'idées perverses : tout ce qui tire vers le bas, dans la matière, tente de la réduire à une mécanique sans âme.

Il faut le traquer sans relâche, car les films, les vidéos, les informations qui circulent sur les réseaux sont tous empreints de cette énergie très négative et très destructrice du beau, du bon et du vrai que l'âme recherche.

- Choisir de vivre une scène érotique qui vous dérange. Par exemple, une position sexuelle que vous n'aimez pas, une situation baroque dans un lieu inapproprié, etc. Il ne s'agit pas forcément de quelque chose d'important, car le schéma du cerveau disjonctera de la même manière avec un acte symbolique simulé qu'avec un acte réel !
- Réaliser cet acte les yeux dans les yeux.
- Transformer tout ce qui émerge et dérange par un regard d'amour infini pour soi et pour l'autre.

Le vieux bleu est facile à désarçonner, si on passe par le ressenti du corps. Si l'on ajoute alors l'amour du cœur des amants, c'est comme si le mental reprenait sa place de serviteur. Dans cet état, il se tait et attend les ordres de l'âme !

Pour la demoiselle blanche

C'est elle qui voile le plus l'âme. Il faut aller à la rencontre de la culpabilité pour la transformer : impossible d'y arriver sans « être coupable » !

- Sélectionner un acte sexuel difficile à accomplir à cause du regard que l'on porte sur lui.
- L'accomplir en regardant son amant(e) les yeux dans les yeux.

N. B. : ce n'est pas forcément un acte fort. Pour certaines personnes, le simple fait de toucher la zone sexuelle de l'autre avec sa main est déjà interdit ! Pour d'autres, ce sera d'embrasser le sexe de son amant(e) (prendre une position où les regards peuvent s'échanger), etc.

Le plus culpabilisant est souvent d'avoir du plaisir, un orgasme, sous l'œil de son amant(e). C'est surtout interdit pour les femmes ! Lorsque la femme arrive à s'affranchir de cet interdit, cet acte transforme définitivement sa façon de vivre la relation sexuelle, puisque la culpabilité originelle est traversée.

Cerise sur le gâteau : en rire tous les deux à gorge déployée ! Le rire a un effet libérateur, et on se trouve désidentifié du problème. L'ego disparaît…

Les exercices visant à dévoiler l'âme sont parmi les plus nécessaires. Même les personnes qui croient avoir une sexualité épanouie sont susceptibles d'être sous l'influence d'un des trois cadavres. Si cela ne se manifeste pas par des difficultés sexuelles, cela se remarquera à des problématiques financières, affectives, physiques, etc. Tout ce qui empêche l'âme de se réaliser s'incarne immanquablement dans un ou plusieurs secteurs de notre vie.

Aussi, les exercices que nous avons vus dans les chapitres précédents ne sont pas à considérer comme acquis. Ils sont à revisiter, et la conscience va s'en trouver encore nourrie. C'est le seul moyen de déloger, petit à petit, « ce » qui venait se nourrir de notre énergie vitale !

La création consciente

Enfin, il existe un niveau supérieur qui échappe, pour l'instant, à l'humain : celui d'être pleinement créateur. Notre hypothèse de départ réside dans le constat que, **si l'homme est procréateur, il a le potentiel de devenir cocréateur, puis créateur**.

C'est d'ailleurs la promesse de l'évolution telle que nous la constatons dans le déroulement de l'univers.

Pour s'en convaincre, nous avons vu précédemment que l'humain était fort capable de créer le pire ! Notre libre arbitre peut-il nous permettre un autre choix ? Certainement. C'est une aventure passionnante, même si les circonstances environnementales et sociétales nous inciteraient plutôt au pessimisme et à la dépression.

Aussi, tentons de baliser ce parcours et d'en décrire les moyens d'action. Comme nous l'avons déjà évoqué, il sera question de l'aspect sexuel, car c'est celui qui permet la création. Par la suite, les expérimentateurs de cette voie pourront agir de la même façon sur les déclinaisons que sont les autres domaines de la vie humaine (circulation et création de l'argent, prise en compte et création des liens sociaux, etc.).

Au-delà de la matière

Pour explorer la création consciente, commençons par être conscients que nous devons aller au-delà de ce que nous connaissons.

Dans la sexualité, on a beaucoup décrit des aspects techniques et scientifiques qui étaient largement ignorés auparavant. Ces recherches ont montré l'importance de l'orgasme et ses effets positifs dans tous les domaines. La femme est certainement la plus concernée, puisque son corps est manifestement fait pour avoir du plaisir (beaucoup plus que celui de l'homme).

Toutefois, il faut préciser ici que l'orgasme n'est ni une chose nécessaire ni une fin en soi.

Pourquoi ? Parce que l'orgasme habituel est purement sexuel. Il s'agit d'un mécanisme de détente entraîné physiologiquement par une tension et une excitation préalable. Aussi, tendre vers ce but ne permettra pas à l'énergie sexuelle de se transmuter. Ce type d'orgasme permet de faire des enfants dans « l'amour ».

D'ailleurs, bien peu de personnes pensent être issues d'un acte d'amour. Pourtant, les parents n'ont-ils pas eu un orgasme au moment de la conception ? Pour la plupart, oui ! Mais, souvent, notre mental radoteur préfère expliquer ses souffrances existentielles en chargeant les parents de tout cela (« ils ne me désiraient pas » ; « ils ne m'aiment pas » ; « je suis arrivé par accident » ; etc.). Même si ces explications peuvent être en partie vraies, il n'en reste pas moins que les parents ont bien connu l'acte que l'on nomme « faire l'amour » !

Pour la Chine, la voie du juste milieu s'applique aussi à la maîtrise dont doivent faire preuve les amants. Si les textes chinois préconisent une certaine maîtrise des émotions – pour que l'homme ne soit pas submergé, notamment –, il n'est pas pour autant une machine déshumanisée.

Les textes distinguent nettement deux manières de pratiquer l'acte sexuel :

- l'acte que l'on pratique afin de renforcer la vitalité. Cet acte se fait dans le jeu, et nous l'avons abondamment illustré par les exercices qui précèdent. On pourrait dire qu'il s'agit d'une sexualité ludique qui apporte une bonne santé ;
- l'acte que l'on pratique pour que la femme conçoive. Il se fait dans « un esprit grave et avec d'humbles dévotions ». Il ne faut pas entendre le mot « concevoir » comme uniquement matériel (faire un enfant), mais aussi dans son sens spirituel. Au niveau symbolique, l'homme et la femme deviennent créateurs. Cette sexualité est un acte conscient de sacralisation et de spiritualisation.

Dans un recueil d'estampes érotiques chinoises, on y trouve cette préface de 1624 qui le synthétise à merveille :

« Le *Livre des Mutations* Yi King dit : "**L'union sexuelle de l'homme et de la femme donne la vie à toutes les choses** " Comme cela est vrai ! Comment se peut-il donc que les gens soient incapables de maîtriser leur concupiscence et considèrent l'union sexuelle comme une simple source de plaisir, transformant ainsi la Porte par laquelle nous entrâmes en cette vie, en une Porte de Mort ? Hélas !

Ceux qui sont éveillés à la Vérité, quand ils feuilletteront ces images, y apprendront à maîtriser leur concupiscence, afin de se mettre en mesure de guider leur besoin sexuel.

Alors le cycle éternel de la procréation ne sera point rompu. »

De toute évidence, lorsque la sexualité matérielle est dépassée, autre chose peut se manifester.

En ce qui concerne l'argent et le pouvoir, un conte du Moyen Âge explique ce mode de fonctionnement de manière symbolique très clairement.

Un homme rencontre le diable. Ce dernier lui propose de faire un pacte : contre son âme, le diable lui offrira toutes les richesses qu'il demandera. L'homme accepte. Ainsi, il devient rapidement riche et vit dans l'opulence.

Mais arrive un moment où le héros se dit qu'il s'est fait avoir. Sa mort approche et il ne veut pas finir sa vie et perdre son âme. Il cherche alors un stratagème pour leurrer le diable. Les versions sont nombreuses : par exemple, il met un caillou dans un sac, et le diable s'empare du sac en croyant emporter l'âme du défunt.

Le conte se termine toujours de la même façon : le héros a gardé à la fois son âme (sa richesse spirituelle) et ses biens (la richesse matérielle). En effet, dans ces contes, le diable ne reprend jamais ce qu'il avait donné au héros.

Cette symbolique raconte comment on peut transmuter la perception de la séparation (le diable) qui nous fait croire qu'il faut choisir entre « avoir » (la matière) et « être » (l'esprit). En s'engageant à fond dans l'incarnation, la richesse matérielle arrive. Mais, en étant plus malin que le mental (encore le diable diviseur), on peut retrouver sa richesse spirituelle, tout en gardant la richesse matérielle. Il s'agit d'une transmutation intérieure de l'ego.

Dans la sexualité, il se déroule ce même processus : la sexualité matérielle doit être transmutée en sexualité spirituelle par la conscience, en étant plus malin que les saboteurs internes (le diable et ses trois cadavres).

Au-delà de l'orgasme

Il existe d'autres orgasmes, notamment l'orgasme global, celui qui est ressenti dans toutes les parcelles du corps. On l'appelle aussi « orgasme cosmique », sans doute pour marquer sa différence avec l'orgasme « détente » classique. Quelles en sont les caractéristiques ?

- Il n'est pas dépendant de la zone sexuelle. Il n'est donc pas lié à l'excitation des préliminaires, ni à l'excitation de la zone sexuelle.
- Souvent, on ressent qu'il monte du bas et explose plus haut dans le corps. Toutes les cellules du corps pétillent.
- Il peut ainsi arriver après un orgasme classique. Mais, pour cela, il faut que l'homme n'ait pas éjaculé auparavant !

Pour toutes ces raisons, le tantra et le taoïsme ont donné des explications et suggéré des pratiques sexuelles permettant d'obtenir ce type d'orgasme. Quels en sont les principaux aspects ?

- Les amants doivent laisser l'énergie monter dans leurs corps. Cette montée se fait progressivement, et de manière synchronisée.
- Pour cela, l'homme doit veiller à ne pas dépasser le point de non-retour lorsqu'il sent son éjaculation arriver. Il doit alors soit se retirer, soit ralentir ses mouvements.
- La femme joue ici un rôle très important, car son excitation doit aussi se calmer ! N'importe quel vagin veut avant tout être ensemencé. Si la femme laisse faire son corps, elle fera éjaculer l'homme trop tôt, car elle est très (trop) puissante.

Le reste est automatique. Nul besoin d'en savoir plus, ni de pratiquer des postures ou des qi gong, même si cela aide d'avoir une pratique interne de circulation de l'énergie. En ce qui nous concerne, Gilles a pratiqué ce genre d'exercices en qi gong et en méditation, mais pas Rose. Or, lorsque nous nous sommes rencontrés, ce type d'orgasme est rapidement apparu.

Car l'essentiel n'est pas là…

L'essentiel réside, en fait, dans le déblocage des chakras et des centres énergétiques. Mais cette libération ne s'obtient pas par des techniques. Comme pour tout ce qui est vivant, les chakras s'ouvrent et se libèrent en fonction de la conscience. Ce ne sont pas des mécaniques, mais des intelligences. Les corps d'énergie, les auras, les chakras sont des représentations invisibles de la conscience qui habite le corps, c'est-à-dire de l'âme qui est là. Plus cette âme se réalise dans le corps, plus les centres énergétiques se déploient.

Comment dénouer nos centres d'énergie ? Il existe une multitude de méthodes efficaces.

- **Attendre et ne rien faire de spécial.** Avec le temps, et une bonne hygiène de vie, après 42 ans, le corps physique se dégrade petit à petit, mais les corps énergétiques se déploient. Il suffit d'attendre cette période favorable à ce type de sexualité. Mais, souvent, les personnes ont abusé de substances, de drogues et, surtout, elles n'ont pas « travaillé » cette matière. Elles n'ont pas fait de développement personnel conscient. Les corps d'énergie sont donc noués de toutes parts. Il y aura, par conséquent, bien peu d'élus par cette méthode attentiste…

- **Faire un travail sur soi.** C'est une méthode très efficace, à condition de ne pas rester dans le ronron des plaintes de victime. Aller voir un thérapeute pour se plaindre de ses parents, de son conjoint, de ses enfants et de la société ne dénoue absolument rien. Au contraire, cela renforce les nœuds émotionnels et les légitime. Il faut aller chez un thérapeute qui prenne les problèmes à rebrousse-poil, qui remette en cause nos explications, qui nous rende responsables[35] de tout ce que nous avons vécu. Alors, il est possible de dénouer les nouures par les prises de conscience que cela entraîne. Ce travail libère les chakras, les nœuds émotionnels, les croyances. L'énergie sexuelle peut alors circuler librement dans tout le corps.

35. Responsable : ce mot signifie « répondre de ses actes ». Il ne doit pas être confondu avec « coupable ». Une personne qui a subi un abus est responsable de ce qu'elle a vécu, de la mémoire qu'elle a enregistrée, des croyances et des explications qu'elle en a tiré. Elle est la seule à pouvoir, un jour, en extraire un enseignement spirituel qui va éveiller sa conscience. Au contraire, la culpabilisation de soi ou de l'autre ne sert hélas à rien, car c'est une étape qui enferme les gens dans une recherche d'innocence vaine et sans fin.

- **Faire des jeûnes.** Cette méthode a été très préconisée par le passé dans toutes les traditions. Cela redonne une superbe vitalité, dénoue les blocages émotionnels et mentaux. Il faut que le jeûne soit régulier, et dure plus de 3 jours. Notre expérience est de jeûner au moins 7 jours consécutifs par an (on peut facilement jeûner 7 jours plusieurs fois par an). Nous le faisons depuis plus de quinze ans, et c'est une forme de rituel de nettoyage énergétique dont nous avons perçu tous les bienfaits sur le long terme. Par exemple, nous n'avons jamais pris un médicament ni ne sommes tombés malades sur cette même période. De plus, nous visitons des lieux sacrés pendant ce jeûne, ce qui fait encore plus monter notre taux vibratoire. C'est cela qui permet de dénouer nos problématiques internes.

- **Faire monter son taux vibratoire.** Justement, comment ce taux vibratoire peut-il « monter » ? En fait, il représente non pas une quantité d'énergie que nous avons à disposition, mais surtout une qualité d'énergie qui émane de nous. Qu'est-ce qui fait évoluer ce taux ? C'est très simple :
  - consommer des aliments vivants et non toxiques (fruits, légumes crus ou mi-cuits, etc.) ;
  - s'abstenir de consommer des poisons ou des choses non digestes. Par exemple, le système digestif a beaucoup de difficultés à digérer ce qui est mal mâché, les toxines, certains aliments indigestes, etc. ;
  - pratiquer des exercices énergétiques (qi gong, yoga, arts martiaux, etc.) ;
  - faire un réel travail sur soi (à rebrousse-poil) ;
  - jeûner ;
  - visiter et activer des lieux sacrés ;
  - **faire l'amour**[36] **!**

36. Faire l'amour : Osho Rajneesh affirmait, dans une de ses conférences, que les personnes qui vivaient l'éveil dans cette vie avaient forcément vécu l'amour « complet » avec un ou une partenaire dans une vie précédente. N. B. : c'est lui qui a introduit la pratique du tantra en Occident. Il affirmait que la conscience divine pouvait être perçue en transcendant la conscience sexuelle.

Finalement, le moyen le plus simple est encore d'activer en conscience le lieu sacré que nous avons tous en nous : notre zone sexuelle…

À la recherche d'un orgasme cosmique

Les exercices précédents visaient à débloquer les nœuds – conscients et inconscients – sur l'expression des polarités. La friction des deux sexes créant de l'énergie, cette dernière peut donc commencer à circuler et à se transmuter en montant dans le corps des amants.

N. B. : cette pratique est couramment conseillée avec les amants assis en tailleur, la femme sur l'homme. Il n'est pas certain que cela soit plus efficace qu'une position allongée ; il faut essayer…

- Commencer à faire l'amour. Sentir l'accumulation d'énergie que cela crée. On observera notamment la chaleur, les picotements, etc.
- Ne pas aller trop vite, mais rechercher plutôt la détente. Il faut prendre son temps, car l'énergie doit être digérée par les chakras, de la même manière que nous ne devons pas avaler un mets délicieux trop vite afin que notre estomac puisse l'assimiler.

Utiliser les trois R : ralentir, respirer, ressentir

- Ralentir le mouvement. Plus le mouvement est rapide, plus cela induira un orgasme de type « détente ». Au contraire, ralentir le rythme permet à l'énergie de s'accumuler sans se disperser par l'éjaculation et l'orgasme.
- Respirer calmement. Lorsque la respiration devient rapide et ressemble à un halètement, c'est que le corps cherche un orgasme « détente ». Au contraire, respirer calmement permet à l'énergie de commencer à se diffuser partout dans le corps.
- Ressentir ce qui se passe. L'énergie suit la conscience ! Cette dernière doit sortir de la conscience animale pour se transmuter en conscience spirituelle. Comment le réaliser sans l'observer attentivement de l'intérieur ?

Utiliser le regard

- Les exercices précédents visaient à préparer la transmutation de l'énergie sexuelle par l'âme. Cela peut se faire par le regard échangé entre les deux amants (mais pas uniquement). L'amour qui s'échange par le regard transmute l'énergie sexuelle qui est en train de s'accumuler dans le bassin.

Diriger l'énergie vers le haut

- D'un commun accord, se concentrer sur la zone du bas-ventre. Sentir les deux peaux se toucher, puis se fondre l'une dans l'autre. À un moment, on sentira les deux chakras fusionner. C'est comme s'il n'y avait plus qu'un corps, chaque amant pouvant ressentir que cette zone n'est plus individuelle et séparée, mais complètement unie.
- Attendre tranquillement et apprécier cette fusion.
- Reprendre les mouvements pour créer encore plus d'énergie.
- D'un commun accord, se concentrer sur le plexus solaire, pour procéder de la même manière.

La fusion est plus difficile à obtenir lorsqu'on monte vers le plexus solaire, et ainsi de suite. Il faudra peut-être des mois de pratique, car l'énergie va rencontrer des blocages émotionnels dans cette zone. Petit à petit, ces derniers vont se libérer.

Conséquences

- La plus impressionnante est cet orgasme « cosmique » qui balaie tout. Dans notre ouvrage *Le Chevalier et la Princesse au château magique*, nous l'avons nommé « la chambre de la reine », car il nous semblait alors qu'il ne pouvait pas y avoir autre chose de plus grand.
- Cela peut entraîner des libérations émotionnelles, des pleurs inexplicables, comme si l'âme se libérait d'une tristesse existentielle, mais aussi des rires tout aussi spontanés. Le diaphragme est secoué comme lorsqu'on pratique des respirations Kapalabhati ou de la respiration holotropique, du rebirth, etc. Cette libération doit être vécue pleinement et acceptée. Elle marque le début des changements énergétiques que cette pratique sexuelle induit.

- Les amants semblent tout à coup rajeunir de dix ans ! Les rides du visage s'effacent, la peau devient souple et détendue. Tout le corps rayonne de bien-être.
- Évidemment, ces changements se répercutent ensuite sur la vie quotidienne des amants.

Une fois que ce nouveau type d'orgasme est atteint, que se passe-t-il ?

Puisque cet orgasme n'est pas lié à une éjaculation, la tentation est grande d'en faire un outil pour obtenir plus de plaisir. Ainsi, on parle, dans certains ouvrages, de la « vallée de l'orgasme » pour illustrer le fait que le plaisir ne passe plus par un pic (la montagne) suivi d'une chute (l'éjaculation), mais se matérialise par une montée lente et progressive des orgasmes dans une forme de vallée.

Effectivement, ce type de plaisir est attractif à plus d'un titre, dans une société qui met en avant le « toujours plus de consommation ».

Justement : n'y a-t-il pas un piège derrière tout cela ? Nous sommes tellement pétris de culpabilité existentielle qu'il nous paraît difficile de concevoir que la sexualité pourrait devenir ce type de plaisir sans fin, et, surtout, sans que nous le « payions » d'un autre côté !

Et pourtant, dans notre expérience, non seulement cette sexualité nous a apporté énormément de plaisir, mais, en plus, tout le reste de notre vie a suivi la même pente positive (argent, relations sociales, et surtout créativité).

En effet, le plus important des changements paraît se trouver dans le domaine de la créativité. Faire réellement l'amour avec le corps, le cœur et l'âme permet à l'esprit de se libérer. Les intuitions peuvent alors se manifester dans notre vie et nous apporter le nouveau que le mental radoteur bloquait.

Aussi, **il nous semble fondamental d'orienter cette pratique vers sa fonction réelle, qui est de créer dans la matière**, et pas d'obtenir un plaisir supplémentaire. Le plaisir, c'est la cerise sur le gâteau !

Si nous pratiquons cette façon de créer, tout un champ d'exploration est alors possible.

Créer par la sexualité

Le sexe est non seulement une énergie disponible pour procréer, mais aussi un outil pour fabriquer de l'énergie

Il fonctionne comme le principe de la dynamo.

- Sommes-nous dépendants d'une énergie limitée ? Auquel cas, il n'y en aura pas pour tout le monde : c'est le credo du système capitaliste.
- Sommes-nous des créateurs qui créent l'énergie au fur et à mesure de nos besoins ? À ce moment-là, il y en a assez pour tout le monde, et il est inutile de vouloir le voler aux autres. C'est ce type de société qui est à inventer.

Pour l'argent ou le social

- Prendre un projet qui nous tient à cœur. Travailler le désir et l'envie de ce projet. Par exemple, l'affirmer haut et fort à la vie : « J'ai tellement envie de… »
- Aller faire l'amour et dédier cet acte au projet en question, afin que l'argent et le social arrivent pour le nourrir.
- Ne pas laisser le reptilien instinctif utiliser cette création à son profit (éjaculation intempestive), ni les fantasmes prendre le dessus (recherche de plus de plaisir, par exemple). Le meilleur est de faire l'amour simplement, en étant convaincu que c'est un acte aussi nécessaire que celui d'aller voir son banquier !
- Observer ce qui vient dans les heures et jours suivants.

La problématique consiste à ne pas attendre quelque chose de connu (un prêt bancaire, par exemple), mais de s'ouvrir à l'inconnu. L'argent et le collectif vont se manifester, mais on ne sait pas comment ! Le mental n'aime pas cela… Pourtant, dans le vrai fonctionnement de la vie, les choses arrivent par hasard et synchronicités.

Au-delà des limites

Lorsque la pratique de la sexualité permet à l'orgasme cosmique de se manifester, que peut-il se passer ? Autre chose peut arriver. En fait, il existe toujours autre chose ! La Vie est illimitée et ne saurait être décrite une fois pour toutes. En matière sportive ou artistique, l'histoire l'a bien montré.

D'ailleurs, la volonté d'aller explorer une nouvelle limite ne fait-elle pas, elle aussi, partie de ce mécanisme ?

Nous avons beaucoup parlé de faire l'amour « corps et âme ». Dans cette expression, il manque la dimension de l'esprit. Comment s'intègre cette dimension dans l'acte sexuel ?

Laisser le nouveau s'exprimer

Nous avons déjà expliqué que la meilleure façon était de laisser les envies s'exprimer et, surtout, de laisser venir le nouveau. Même s'il peut être tentant de vouloir reproduire ce que l'on sait faire, ce n'est jamais de cette façon que l'humain découvre du nouveau. Par exemple, certaines recettes de cuisine sont souvent issues d'erreurs, comme l'illustre l'histoire de la tarte Tatin.

Aussi, la sexualité sera d'autant plus créative que les amants la laisseront se dérouler comme ils l'entendent, suivant les humeurs, les moments, les conditions, etc. C'est aussi un bon moyen d'évaluer la relation amoureuse dans un couple. Si les rapports sexuels deviennent routiniers, s'ils lassent les partenaires au lieu de les réjouir, s'ils s'éloignent dans le temps sans raison apparente, alors on devra se méfier, car ce sont des signaux qui montrent que la sexualité n'est pas alimentée par l'esprit. Au contraire, on devrait connaître un renouveau constant des échanges, et une envie forte et régulière de se retrouver pour aller explorer ce nouveau.

Il sera bon de provoquer cette nouveauté, de la rechercher, afin que la routine du mental ne vienne pas saboter le sacré dans la sexualité.

Être l'amour, et non pas faire l'amour

Au-delà des techniques, l'objectif est d'« être l'amour », et pas de « faire l'amour ». En effet, la dimension de l'esprit est aussi la dimension du « Je », de ce qui nous fait dire « Moi ». Si la plupart des personnes sont identifiées par un nom, on sait que tout cela est virtuel. Notre vraie identité est mystérieuse. Qu'est-ce que l'Être ?

Un mystique chantait les louanges de Dieu qui l'habitait. Il Le clamait et Le glorifiait partout, disant « Je » en s'exprimant. On le mit en garde :
– Ne parle pas ainsi, ne dit pas que tu es Dieu ! Ils vont te tuer, si tu dis cela !
– Mais ce n'est pas moi qui parle, répondait-il en riant, c'est Lui !

La dimension de l'Être ne peut se décrire. En revanche, l'exploration des polarités est le chemin. Si nous ne pouvons pas décrire le sommet de la montagne, l'essentiel ne réside-t-il pas dans le parcours ?

Lorsque le chemin parcouru permet de prendre de l'altitude, notre regard et notre conscience commencent à apprécier le paysage. Autant le début du chemin peut sembler ardu – puisqu'il faut nettoyer et libérer les nœuds et blocages dans le corps –, autant un orgasme global laisse entrevoir un paysage nouveau. On respire enfin, et on peut relâcher les efforts pour profiter du moment.

Même si ce n'est pas le bout du chemin, les amants peuvent vivre pleinement l'amour. Il s'agit alors d'une dimension d'être qui apparaît.

La sexualité commence à se sacraliser toute seule, sans effort, sans intention particulière. Sa nature divine profonde émerge de l'acte. Finalement, on peut même se dire : « Mais comment ai-je fait pour ne pas voir plus tôt cette beauté merveilleuse et ce cadeau magnifique que la Vie fait à l'humain ? »

Ce type de ressentis et de pensées montre que les amants ont pris de l'altitude. Leur conscience s'est élevée, et elle commence à incarner une façon d'être. On quitte le monde du corps, du ressenti causé par un acte, pour aller dans le monde de l'âme, le monde du beau et du bon sans cause.

Ultérieurement, un pont existera pour atteindre directement cet état d'être, sans que les amants soient contraints de passer par l'étape « faire ».

Dépasser la culpabilité

Nous avons déjà beaucoup évoqué cette fameuse culpabilité qui touche la zone sexuelle. Si elle a été nommée comme la première émotion rencontrée par Adam et Ève, il y a sans doute une raison. Les textes anciens parlaient toujours de symboliques profondes, qui étaient mieux perçues par les humains de l'époque, car ils étaient plus proches de l'origine des choses, et en gardaient donc la perception. Les humains actuels – profondément enfoncés dans l'incarnation et l'illusion de la séparation – sont beaucoup plus proches du mental rationnel et ont, par conséquent, oublié l'importance de la dimension symbolique.

Si la culpabilité (l'illusion de la coupure coupable) se focalise sur le sexe, c'est par là que nous pourrons retrouver le jardin d'Éden. En effet, le texte de la Genèse dit, dans ses dernières lignes :

« Voici, l'homme est devenu comme l'un de nous, pour la connaissance du bien et du mal. Empêchons-le maintenant d'avancer sa main, de prendre de l'arbre de vie, d'en manger, et de vivre éternellement. »

C'est ainsi que l'Éternel poste des chérubins pour empêcher l'homme de revenir manger du fruit défendu, car il deviendrait l'égal des dieux !

Cette phrase a, bien évidemment, été mal comprise. Les religions l'ont traduite dans un registre de culpabilité-punition. Elles ont pointé la sexualité comme étant l'acte coupable, et prôné l'abstinence. On peut constater les conséquences que cela a créées un peu partout dans le monde : la sexualité est devenue taboue, sauf pour procréer ; les maladies se sont focalisées sur cette zone ; les religieux se retrouvent harcelés par des besoins physiologiques qu'ils ne savent pas gérer, etc.

Pourtant, si on lit le texte, il n'est fait mention nulle part de « punition ». Au contraire, il est dit que l'homme, par son acte, est devenu « comme l'un de nous, pour la connaissance du bien et du mal ». L'homme n'est pas rabaissé et puni. Il est reconnu comme l'égal du Divin.

Néanmoins, il est fait mention que quelque chose sera mis pour l'empêcher de revenir goûter à l'arbre de vie. De là, l'humain se croira mortel et séparé de la Source divine. Pourquoi ? Certainement pour la même raison que l'enfant doit grandir par lui-même avant d'exercer le pouvoir que lui confère la majorité. Aussi, un mécanisme empêche de l'atteindre sans effort : l'Éternel fait cela pour rendre l'évolution de la conscience obligatoire.

Au contraire, les religions accentueront ce blocage en interdisant à l'humain d'explorer la seule manifestation de son pouvoir créateur : la sexualité !

L'hypothèse la plus vraisemblable est que le secret de l'arbre de vie se trouve justement dans la sexualité. Or, si l'on regarde bien, qu'est-ce qui nous empêche de retrouver le pouvoir créateur ? Uniquement cette énergie qui prend forme sous les termes de « honte », « pudeur », « culpabilité », « jugement » !

C'est pour cette raison que nous mettons, dans cet ouvrage, autant de propositions d'aller à la rencontre de cette énergie, et de la dépasser. C'est la porte d'entrée pour retrouver le chemin de l'Arbre de Vie.

Beaucoup d'exercices vus précédemment avaient pour but d'affronter des culpabilités. Il convient de les reprendre et de s'exercer jusqu'à ce que n'importe quel aspect de la sexualité « normale » soit accepté et transmuté en amour.

Nous écrivons le mot « normale » afin de ne pas avoir à justifier de ce qui est normal ou de ce qui est déviant dans la sexualité.

Toute justification entraîne une culpabilisation. En vérité, la culpabilité est presque toujours un jugement issu du mental. Le péché primordial n'est pas d'avoir commis l'acte sexuel, mais d'avoir émis un jugement sur cela ! Or la société dans son ensemble a déjà pointé ce qui était juste ou non dans ce domaine[37]. Tout cela semble acquis. Il reste que la culpabilité est un sentiment personnel qui doit être affronté dans sa vie intime. Les discours extérieurs ne servent pas à grand-chose en ce domaine. Souvent, ils produisent même l'effet contraire à l'objectif désiré.

La directrice d'une école religieuse de jeunes filles fait un cours sur la sexualité. Elle met en garde ces dernières :
– Attention ! Ne commettez pas l'irréparable, pour devoir ensuite regretter toute votre vie une heure de plaisir !
Elle s'interrompt pour voir l'effet de son discours sur le public, et demande :
– Est-ce qu'il y a des questions ?
Une main se lève timidement :
– Ma sœur, s'il vous plaît, pouvez-vous nous expliquer comment faire durer cela une heure ?

37. Sexualité déviante : une approche spatio-temporelle permet d'avoir une « bonne » vision dans ce domaine. Comme tout ce qui existe dans la vie, la sexualité répond à des règles de forme (par exemple : la matière, les organes sont conçus pour une fonction) et des règles de cycle (par exemple : il existe un âge pour avoir un rapport sexuel). Les sexualités déviantes ne respectent pas ces deux règles. Par exemple : un rapport entre un adulte et un enfant ne respecte pas la règle temporelle ; et un rapport entre un humain et un animal ne respecte pas la loi physique de la forme.

Dépasser la culpabilité

Il s'agit de se prouver que la culpabilité n'existe pas réellement. Elle est presque toujours issue d'un jugement mental. Mais il faut s'entraîner !

- Reprendre n'importe quel exercice, ou n'importe quelle pratique. Observer que tous les désordres viennent d'un jugement que l'on porte sur la chose !
- S'entraider avec son amant(e) pour remplacer ce jugement par de l'acceptation totale et inconditionnelle.
- Puis, mettre de l'amour sur l'acte ou l'exercice. L'amour doit être profond et total. Rien ne peut venir en plus, ni pensée, ni intention, ni idéal.

Cela, seul, peut faire disparaître la culpabilité. Car rien d'autre que l'amour n'existe réellement !

Vivre la Présence

Une fois la culpabilité dépassée, il est possible de vivre réellement la Création qui passe à travers nous. Les amants deviennent les expressions vivantes de l'univers en train de se créer.

Ils en sont à la fois les témoins et les acteurs, comme l'Éternel lors du commencement.

Comment vivre cet état à deux – homme et femme unis dans cette relation éternelle ?

Cela existe, car nous l'avons vécu plusieurs fois. Précisons toutefois :

- qu'il ne s'agit pas d'une technique ;
- que, du coup, ce n'est pas reproductible par la seule volonté – même si l'intention aura son rôle à jouer ;
- que la dimension sexuelle disparaît lors de cet état. Les sexes, eux-mêmes, disparaissent. Il n'y a plus aucune sensation de désir sexuel, car tout est transcendé.

Nous décrivons cet état non pas comme un but à atteindre (un de plus !), mais pour que ceux qui en feront l'expérience ne soient pas étonnés. Nous-mêmes avons été surpris la première fois, car nous n'avions lu que des évocations extraordinaires issues des pratiques orientales (le nirvana, traduit en « extase sexuelle » par l'Occident). Ces mots sont certes attirants, car évocateurs de quelque chose de puissant, mais qui peut dire ce que représentent ces mots ?

Pour notre part, nous avons constaté plusieurs phénomènes.

- Au niveau énergétique, une puissance apparaît et grossit. Il s'agit de la puissance de chacune des polarités. Chaque amant la ressent, et perçoit sa nature supérieure issue du physique, de la matière elle-même.
- Cette puissance pourrait être tentée de lutter contre l'autre polarité, pour essayer de la supplanter (c'est la compétition entre les pôles). On retombe alors dans les orgasmes classiques, ou le rapport sexuel est finalement insatisfaisant. Cette compétition est inhérente aux polarités, et il ne faut pas s'en inquiéter.
- Au contraire, on sent que les deux polarités s'équilibrent mutuellement, et se complètent.
- Ces deux forces équilibrées montent alors crescendo à l'intérieur de l'acte sexuel.
- Le rythme ralentit, alors que le sentiment du « sacré » envahit tout. La conscience « sait » qu'il s'agit d'un événement extrêmement important. C'est comme si les amants entraient à pas de loup dans le saint des saints d'un temple sacré.
- La notion de « corps » disparaît. Les amants ne sentent plus leurs zones sexuelles, ni la limite de leurs corps.
- La puissance des polarités atteint un sommet très intense, et tout mouvement s'arrête. Il n'y a pas d'orgasme. Il y a seulement un équilibre qui se manifeste et qui s'étale partout en même temps dans toutes les directions.
- Cet équilibre fait disparaître le temps et l'espace. Il ne reste qu'un instant éternellement présent. On peut observer que la respiration s'arrête quasiment chez les amants, pour se réduire à un minimum. Un silence absolu s'installe. Il n'y a plus que la Présence.

Comment vivre l'union des polarités au niveau de l'esprit ? Comment expérimenter ce vide, ce rien ? En fait, chacun ressent déjà cet état après un orgasme classique. On l'appelle « la petite mort », et Reich disait, à juste titre, que cet état permettait de traiter les névroses. Le mental disjoncte, et le « rien » peut remplacer les identités qui se nourrissaient de nous.

Mais, dans ce que nous décrivons ci-dessus, cet état de mort de l'ego dure très longtemps, et son influence peut s'étaler sur plusieurs jours. Il ne s'agit pas d'une mort née d'un vide (l'orgasme), mais d'un état d'harmonie des polarités qui se prolonge (c'est un plein).

Les deux amants sont pleins mutuellement et se retrouvent complètement équilibrés dans leurs polarités, vivant pleinement l'instant présent. La dualité et les mouvements des polarités cessent durablement…

Pour l'énergétique chinoise, lorsque l'esprit (le Shen) est éveillé dans le troisième Dan-Tian, l'orgasme devient spirituel, créant une dilatation intérieure et un envahissement du plaisir partout, jusqu'au centre supérieur, en faisant changer le plus souvent les amants d'état de conscience.

Vivre la Présence

Pour s'exercer dans ce domaine, il faut lâcher les intentions d'obtenir des orgasmes et du plaisir. De même, il faut lâcher l'intention de vouloir créer quelque chose (projet, argent, etc.). Le meilleur est de n'avoir aucun objectif, et d'avoir seulement l'intention d'explorer un domaine inconnu (l'esprit ?).

Par conséquent, il faut utiliser un « état d'esprit ». Lequel ? Le plus judicieux est « la curiosité » ! C'est l'état d'esprit qui crée le plus d'ouverture dans la tête, de même que la gratitude est l'état d'âme qui ouvre le plus le cœur.

- Choisir un moment propice. Il faut avoir du temps, être bien ensemble, etc.
- Ritualiser une relation sacrée.

- Commencer le rapport sexuel en satisfaisant le besoin du corps. Souvent, il est préférable que la femme ait un orgasme qui permettra à son corps de se détendre (il aura eu satisfaction).
- Ressentir l'harmonie dans les chakras, comme vu précédemment.
- Ne pas chercher à avoir des orgasmes supplémentaires. Mettre la conscience dans l'observation des forces en jeu. Observer tranquillement les polarités au travers des organes génitaux. Comment agit le pénis ? Et le vagin ? Que veulent-ils ? Faut-il les suivre dans leurs envies ou les calmer ?
- Mettre la conscience uniquement sur l'observation de cette puissance. À partir de là, laisser cette observation envahir le corps.
- Monter cette conscience au niveau du cœur. Vivre les polarités à ce niveau, mais en maintenant l'équilibre, l'égalité parfaite dans leurs puissances réciproques. La clef est ici...
- La suite ne dépend pas de conseils, mais d'une alchimie individuelle et de couple !

Il est inutile de vouloir trop baliser cet exercice. La pratique met du mental dans la relation spirituelle, et ce n'est pas bon.

À partir de ce vécu et de cette expérience, peut-on aller plus loin ?

Créer consciemment

Il paraît probable qu'effectivement d'autres dimensions existent dans la sexualité. Si les aspects ludiques et les orgasmes ont disparu dans l'exploration ci-dessus, que peut-on mettre en place ?

Une création consciente !

L'idée est sympathique, car, si l'on regarde l'ego et le mental comme étant des miroirs de l'esprit, en un potentiel similaire mais déformé, cela peut se concevoir.

Il existe, en effet, plusieurs dimensions dans notre trinité, que l'on peut décrire comme suit.

Dimension inférieure	L'humain	Dimension supérieure
TÊTE Le mental inférieur		**ESPRIT** Le mental supérieur
THORAX L'émotionnel		**ÂME** L'émotionnel supérieur
VENTRE Le physique		**CORPS** La puissance

Le ventre, le premier centre énergétique

C'est le domaine de la création physique. Symboliquement, il y a un monde entre la croyance en un corps mortel et la réalité de la puissance phénoménale qui s'y trouve logée.

Pour l'illustrer, la force sexuelle enroulée à la base de la colonne vertébrale – la kundalini[38] – crée des effets incroyables dans le corps lorsqu'elle se manifeste.

Pour les différentes approches orientales de l'énergie sexuelle (le taoïsme et le tantrisme), comme pour les approches occidentales ésotériques (l'alchimie), cette puissance doit être domestiquée par la conscience de l'humain.

– Ainsi, la tradition indienne décrit la kundalini comme étant une source d'énergie cosmique endormie au plus profond de la matière. Elle est enroulée en bas de la colonne vertébrale. Chez l'homme ordinaire, elle demeure dans un état dit « de repos ». Lorsque la kundalini est éveillée par un processus initiatique (de nature tantrique ou sexuelle), elle pénètre à l'intérieur de la colonne et, au cours de son ascension, elle perce les différents chakras, qui s'épanouissent à son passage. En progressant ainsi, les amants harmonisent les sept chakras jusqu'à la fontanelle (ils montent au septième ciel). **Cela les conduit à la réalisation de Soi.**
– Dans la tradition alchimique, les textes ésotériques décrivent la même chose, mais avec des évocations beaucoup moins

38. Kundalini : dans la tradition de l'Inde, la kundalini représente une énergie spirituelle puissante lovée dans la base de la colonne vertébrale.

amusantes. Il s'agit de transformer des forces ténébreuses, lucifériennes, en lumière. Comment ? Par la conscience essentiellement, au cours d'expériences alchimiques (sexuelles).

« Il faut pratiquer la magie sexuelle intensément avec la femme, pour éveiller la kundalini et parvenir à l'union avec l'Intime. La kundalini monte, vertèbre par vertèbre, canon par canon, degré par degré, peu à peu. L'ascension de la kundalini est lente et difficile. Dans les ténèbres, les ténébreux t'attaquent, pour t'empêcher d'entrer dans les chambres de ta colonne vertébrale. Chaque degré que tu gagnes dans la colonne vertébrale est une coupe que tu dérobes aux ténébreux du monde enfoui[39]. »

On retrouve la même symbolique dans la formule du V-I-T-R-I-O-L – *Visita Interiora Terrae Rectificando Invenies Occultum Lapidem*, qui signifie « Visite l'intérieur de la Terre. En rectifiant, tu trouveras la Pierre occulte ». Cette pierre bénie est la semence qui, une fois transmutée, permet d'obtenir « l'Élixir ». Par conséquent, Il faut symboliquement descendre fréquemment dans les profondeurs de la Terre pour aller dérober le feu au diable (Lucifer, le porteur de lumière) et remonter. La porte d'entrée de l'abîme est la passion charnelle :

« Il faut entrer par les portes érotiques, pour voler les coupes de la colonne vertébrale. Là, des démons tentateurs nous attaquent. Là, nous devons réaliser le Grand Œuvre[40]. »

L'alchimiste rencontre alors la noirceur de la pierre (la semence) dont il doit extraire le blanc. Puis, en cuisant et recuisant cela, sans jamais se lasser (l'action prolongée du feu et du désir sexuel), il obtient le rouge. De là va émerger le sel gris de l'alchimiste. Ce sel volatil se diffuse partout dans le corps (l'orgasme cosmique) et passe au larynx de la femme, puis au larynx de l'homme.

C'est ainsi que notre larynx devient hermaphrodite et se convertit en l'organe créateur. **Nous devenons le Verbe Créateur !**

---

39. Samaël Aun Weor, *Traité d'alchimie – Le Magnum Opus*, éd. Gnostiques, 1989.

40. *Ibid.*

La montée de la kundalini

Il est inutile de donner des exercices supplémentaires concernant cet aspect. Les exercices précédents suffisent amplement. En revanche, il convient de préciser plusieurs points.

- L'ouverture des chakras et la montée de la kundalini ne sont pas un objectif. Ils sont une conséquence.
- L'éveil brutal, ou mal accompagné, de la kundalini peut engendrer des troubles psychiques et mentaux. Cela peut détériorer durablement le fonctionnement des chakras, exactement de la même façon que de mettre du 220 volts dans un circuit électrique conçu pour du 110 peut faire griller tous les composants !
- La montée de l'énergie sexuelle dans le centre du corps (et de la colonne vertébrale) s'accompagne fréquemment de douleurs. Ces douleurs restent inexpliquées par la médecine occidentale, car il n'y a pas de causes physiques et visibles. Aussi, les consultations ne servent pas à grand-chose. En revanche, ces douleurs vont s'estomper avec le temps, lorsque le chakra concerné va s'épanouir.
- Un travail sur soi est nécessaire en fonction des chakras concernés, car l'ouverture des chakras correspond à un changement de conscience. **Seul ce dernier fait disparaître les symptômes !**

Exemples personnels

Gilles a eu des douleurs au sacrum pendant trois années, qui ont disparu comme elles étaient venues. Puis, ses problèmes sont montés au niveau du plexus solaire avec une hernie, etc.

Rose est née avec le coccyx cassé, comme s'il y avait un barrage ici, un interdit karmique. Par conséquent, elle avait des crampes et des douleurs violentes lorsqu'elle faisait l'amour. À la ménopause, des problématiques sexuelles sont apparues (boutons, douleurs, etc.). Petit à petit, par la pratique des exercices mentionnés auparavant, les crampes ont disparu, laissant place au plaisir et aux différents orgasmes. De même, son expression verbale, qui était complètement verrouillée (le chakra laryngé et le chakra sexuel fonctionnent en miroir) s'est alors libérée.

Exercices sexuels pour aider l'énergie à circuler

Exercice taoïste de la méditation microcosmique, ou « Cercle du petit ciel »

- S'asseoir sur une chaise ou en tailleur. Fermer les yeux et se concentrer en bas de la colonne vertébrale. Inspirer dans la colonne, comme si on inspirait d'en haut avec une paille dans un verre. Se concentrer alors sur une zone plus haute et recommencer. En même temps, visualiser que l'énergie monte, comme un liquide. Poursuivre ainsi jusqu'en haut de la tête, puis redescendre vers l'avant (mettre la langue au palais pour connecter les deux méridiens centraux du corps).

– Cet exercice habitue l'énergie à tourner en boucle dans le corps, en montant dans la colonne par l'arrière, et en descendant par l'avant. Pour le faciliter, il est bon de se concentrer sur les zones des chakras : périnée, coccyx, puis Ming Men (à l'opposé du nombril), arrière du plexus solaire, entre les deux omoplates (arrière du chakra cardiaque), nuque, sommet de la tête. Ensuite, descendre de même vers l'avant : front, bouche, gorge, cœur, plexus solaire, nombril, sexe, périnée.

– Cet exercice existe en qi gong, et se pratique alors debout. Les mains guident l'énergie à l'inspiration par l'arrière jusqu'en haut de la tête. À l'expiration, les mains poussent l'énergie vers le bas. On peut agrandir le cercle en démarrant des pieds, et en montant jusqu'au bout des mains (grande orbite).

Exercice sexuel en couple

Le mélange des deux cercles

Lorsque les amants se sont entraînés seuls, ils peuvent pratiquer le mélange des deux cercles.

- Les deux sexes sont unis, les deux amants allongés l'un sur l'autre, ou assis en tailleur. Ils s'embrassent et mettent leurs deux langues en contact. Chacun aspire l'énergie de l'autre à l'inspiration et en s'aidant de la visualisation. Il est alors très facile de ressentir la montée de l'énergie sexuelle, surtout si les amants visualisent que le pénis monte jusqu'à la bouche (tout ce qui se passe en bas se passe aussi en haut !).

Les énergies se mélangent alors et cela produit des effets énergétiques très puissants !

Cet exercice contribue à la libération des canaux énergétiques du corps.

En ce qui concerne les sept chakras principaux, il est bon d'en connaître les grandes symboliques, car cela oriente le travail sur soi dans certains secteurs de notre vie. Habituellement, en Inde, on décrit l'évolution des chakras en partant du bas et en montant vers le haut, ce qui correspond au système yin évolutif. Nous pourrions donc nous attendre à travailler ces chakras dans cet ordre.

En fait, ce n'est pas vrai pour tout le monde. Pour certaines personnes, il faudra s'occuper des chakras de la base, et les problématiques se matérialiseront par exemple dans le bassin, alors que le travail s'effectue en miroir sur le haut. On pourrait d'ailleurs faire remarquer que l'Occident étant plutôt yang, il a beaucoup à travailler en bas, et moins en haut.

Les chakras se présentent de la base de la colonne au sommet de la tête de la manière suivante.

Les 7 chakras et les liens entre eux

Localisation	Symbolique
Chakra coronal : sommet de la tête	**La conscience.** La spiritualité, la conscience universelle, la sagesse et la relation au « Père ». En blocage, il se manifeste par la peur de la mort et du destin, le scepticisme, le vide existentiel.
Chakra frontal : milieu du front	**La pensée.** Il représente autant la pensée analytique, la concentration, que l'intuition, la vision intérieure, les perceptions extrasensorielles. Au contraire, cela peut se manifester ici par des peurs de ne plus contrôler, un manque de conscience ou un sentiment de supériorité intellectuelle.
Chakra laryngé : au niveau de la gorge	**L'expression de soi.** C'est la communication, l'écoute, la vocation (être sur sa voie/voix). En blocage, ce sera le manque d'expression, la peur de dire, l'enfermement dans sa bulle ou l'arrogance, le manque de sincérité, le bavardage.
Chakra cardiaque : entre les deux seins	**L'amour.** Il représente l'affectif, la compassion, la générosité, le don de soi ou, au contraire, la peur de s'engager, d'être jugé, de ne pas être à la hauteur ou, inversement, de se sentir supérieur.
Chakra solaire : au centre du plexus solaire	**L'affirmation de soi.** C'est le pouvoir personnel, souvent associé à l'ego (le moi). Il représente le dynamisme, la détermination ou, au contraire, l'incapacité à se démarquer, à exister en ayant sa place (ou en voulant avoir toujours raison !).
Chakra sexuel : sous le nombril	**La joie de vivre.** Il est relié aux reins, à la sexualité, au plaisir, et à toutes formes de créativité. Au contraire, il peut signaler les problématiques sexuelles, le manque de libido et de motivation.
Chakra racine : le périnée, entre sexe et anus	**La présence, l'ancrage.** Il représente la sécurité, la survie, ce qui nous nourrit (argent, travail, la Terre-Mère), la structure. S'il fonctionne mal, c'est la peur de vivre, l'abandon, la peur de manquer qui prédominent.

Les liens entre les chakras sont très intéressants, car ils peuvent expliquer beaucoup de phénomènes mystérieux qui se manifestent dans les zones du plexus, du sacrum, du cœur, etc.

– **Chakra sexuel et chakra de la gorge.** Ce lien est fondamental, car l'expression sexuelle, l'expression laryngée (la voix), l'expression artistique (chant, peinture, sculpture, musique, etc.), l'expression de soi (mission de vie, enseignements, partages, etc.), tout cela est relié. Aussi, travailler sur l'un entraîne des changements sur les autres domaines.

– **Chakra solaire et chakra frontal.** Nous avions découvert ce lien lors des soins de lignées familiales, lorsque l'information de « mauvais œil » (avoir la scoumoune) qui visait le front provoquait des effets sur le plexus solaire (douleurs à l'estomac, ulcères, problèmes digestifs, sensations de coupure entre le haut et le bas). On remarque aussi que de nombreux médiums censés avoir des perceptions extrasensorielles du troisième œil se servent, en fait, du plexus solaire. On découvre alors, chez ces personnes, un orgueil et une soif de pouvoir développés, qui peuvent se traduire par un gonflement du ventre !
De plus, comme le front est relié au mental, donc au « diviseur » *(diabolos)*, cette symbolique se répercute sur la zone de la digestion (l'ego du petit « moi » est souvent diviseur).

– **Chakra cardiaque et chakra couronne.** Ce lien est intéressant à connaître. Il montre en effet que l'on peut atteindre le spirituel en passant par une démarche de cœur. La personne qui connaît une ouverture du cœur est directement reliée au monde spirituel. Les exercices sexuels décrits ci-dessus pour développer des orgasmes dans cette zone permettent donc cette forme d'éveil.

– **Chakra de la base** (chakra racine) et celui du haut (chakra coronal) évoluent en fonction des autres, pour devenir « l'essence » des polarités… Le travail proposé ici est donc fondamental pour les deux connexions : à la Terre et au Ciel !

Le thorax, le deuxième centre énergétique

C'est le domaine de l'Âme et des émotions. Mais il y a un monde entre les émotions humaines basiques (peur, joie, tristesse, colère et ressassement) et les « vertus » exprimées par l'âme (l'authenticité, l'humilité, le détachement, la sérénité, l'innocence, l'équanimité, etc.).

Le cœur est le lieu de l'alchimie. C'est dans le feu de ce centre que les amants peuvent transmuter l'énergie sexuelle en autre chose.

Pour cette raison, on lira dans tous les écrits que les amants doivent « s'aimer vraiment ». Il n'est pas possible de passer cette porte dans une relation sexuelle occasionnelle, ou bien si les partenaires ne sont pas vraiment « cœur à cœur ».

Le mot « amant » se rapproche du mot « aimant ». Lorsque les âmes se retrouvent, elles sont comme aimantées. Ce magnétisme est plus subtil que celui qui émane de la zone sexuelle. Nous avons insisté, tout au long de cet ouvrage, pour que chacun commence par explorer ce que la nature lui a donné dans son corps. En effet, tout est contenu dans les organes sexuels et dans les fonctions de nos polarités, et c'est un préalable indispensable que d'être « en accord » avec son corps.

Mais, évidemment, on remarquera que « ça matche » ou que « ça ne matche pas » avec telle ou telle personne. Il ne s'agit alors plus d'une dimension physique et polarisée, mais d'une dimension transcendante qui concerne les âmes. Certaines âmes sont faites pour s'entendre ; et d'autres, non ! Dans les traditions ésotériques, on parlera d'« âmes sœurs » ou d'« âmes jumelles » pour exprimer cette dimension.

Là encore, on rencontrera toutes sortes d'interprétations et de croyances. Ainsi, des personnes se retrouvent seules à errer, en attendant « la » rencontre avec cet amour idéalisé. Ou alors, cet amour est impossible, hors de portée, avec une projection sur un partenaire lointain et non disponible. Pire : certains expliquent leurs malheurs de cette façon, comme s'ils étaient punis et séparés de cet amour impossible. Évidemment, des saboteurs entrent en scène, et notamment la demoiselle blanche qui sévit dans le centre cardiaque.

Comment passer cette étape ?

Constatons, tout d'abord, qu'il est impossible de vérifier tout ce discours sur les âmes sœurs. Nous-mêmes, lorsque nous nous sommes rencontrés, avons eu souvent ce genre de réflexion : « Vous êtes frère et sœur ? » Des personnes qui ne nous connaissaient pas nous renvoyaient une perception de similitude qu'ils nommaient ainsi. En fait, cela confirmait ce que nous avions ressenti en faisant l'amour, lorsque nous avions constaté que nos corps semblaient faits l'un pour l'autre, comme s'ils se connaissaient.

- Aussi, un bon accord des corps semble suffisant pour aller plus loin, sans pour autant miser sur des hypothèses invérifiables. A contrario, si les corps ne sont pas en accord, il semble préférable de ne pas se réfugier dans un amour « spirituel » qui resterait déconnecté du physique.

Partant de là, est-il possible d'envisager qu'il n'y ait pas sur Terre une âme sœur unique qu'il faut rencontrer à tout prix, mais de nombreuses âmes qui se connaissent et peuvent (et veulent) partager des expériences sur des plans subtils dans cette vie ? On peut alors élargir la notion d'« âme sœur » à la notion d'« âmes de groupe » qui explique pourquoi des personnes qui ne se connaissent pas se retrouvent un jour à œuvrer sur un même chemin. C'est ce que nous constatons avec l'aventure de la Médecine symbolique. Le concept que des groupes d'âmes puissent constituer une « famille de cœur » permet d'élargir la relation interpersonnelle au-delà de la sexualité. En effet, le partage que l'on ressent au niveau cardiaque est une relation aimantée de même nature que ce qui se passe lors d'une relation sexuelle. Il est alors possible d'« aimer vraiment » des personnes avec qui l'on ne couche pas. Cette dimension commence d'ailleurs avec les réseaux d'amis – un mot de même nature que « aimer ».

- Il est probable que nous puissions rencontrer sur Terre plusieurs personnes avec qui il serait possible d'atteindre cette forme d'amour de cœur. A contrario, certains pourraient utiliser ce prétexte de l'amitié pour multiplier les aventures amoureuses

– ce qui serait une impasse en termes d'évolution spirituelle (le zapping).

Partant de ces constats, nous pouvons même aller plus loin et poser cette question un brin provocatrice : est-il nécessaire d'être amoureux ? Comme d'habitude, on peut répondre par « oui » ou par « non ». En effet, nous pouvons constater qu'une relation où l'on « tombe amoureux » se termine quelquefois par un divorce. Pourquoi ? Parce qu'on tombe amoureux d'un idéal projeté sur l'autre, ce qui va invariablement se terminer par une séparation, moyen de faire le deuil de l'idéal. Ces idéaux sont nombreux : papa, maman, Dieu, le prince charmant, la nature, etc. Hélas, la chute (tomber) nous fera revenir au principe de réalité, tout en traversant la charge de culpabilité que l'on avait accumulée sur l'idéal en question.

À l'opposé, répondre non mérite que l'on s'y arrête. Pourquoi vaut-il mieux ne pas « tomber amoureux » ? **Parce que l'on est alors libre de créer entièrement la relation amoureuse !** Ne pas être amoureux au départ d'une relation est un bon signe. Il n'y a pas d'idéal projeté, et l'autre est alors libre d'être lui-même. Il n'est pas contraint de se conformer à notre projection. Que va-t-il se passer ?

- Chacun sera libre d'exprimer sa polarité.
- Chacun sera libre d'être lui-même, sans censure.
- Chacun s'occupera de soi, sans anticiper les besoins (ou les pseudo-besoins) de l'autre.

Dans ce type de relation, l'expérimentation construit le couple pierre par pierre, sans attente du lendemain. Aussi, il arrive un moment où l'amour apparaît. Alors, il suffit de déposer cet amour sur l'autre pour que l'on s'en trouve nourri aussitôt en retour. Au lieu d'exiger l'amour en préalable à la relation, on fait le contraire : on construit la relation et on la transforme en amour ensuite.

- L'amour est le résultat d'une construction libre et consciente, et non d'avoir la chance de trouver « la » bonne personne !

Quelle est la différence entre chercher l'âme sœur et chercher une place de parking ? Il n'y en a pas ! Trouver l'âme sœur relève de la même difficulté que lorsqu'on cherche une place de parking : les meilleures sont déjà prises, et les endroits restants sont les stationnements minute ou les places pour handicapés !

Autrement dit, il vaut mieux ne pas chercher l'âme sœur !

Comment vérifier et entretenir la présence de la dimension de l'âme dans la relation de couple ?

L'aimantation du cœur

Souvent, les âmes se connaissent déjà. C'est pour cela que l'on parle de « relations karmiques » pour évoquer des relations douloureuses, ou, au contraire, des parcours exceptionnels. La sacralisation de l'acte sexuel permet de donner une dimension supplémentaire à la relation, car cela fait monter une émotion lorsque les amants sont sincères. Le mariage des polarités se passe à un autre niveau.

La présence dans le centre cardiaque

- Les deux amants se mettent debout, face à face, et se prennent dans les bras. Les deux centres cardiaques se rejoignent.

Quels sont les ressentis ? Comment les zones se mélangent-elles, ou non ? Est-ce que cela provoque d'autres manifestations ailleurs, notamment dans la zone sexuelle ?

La guérison des problématiques

Lorsqu'il y a une douleur ou une problématique à dépasser pour l'un des amants – dans la zone sexuelle ou ailleurs –, la seule conscience ne suffit pas toujours à calmer la souffrance. Il est alors possible d'utiliser le même type d'exercice.

- Se mettre cœur à cœur et entrer à deux dans cette union sacrée. Les douleurs se calment alors aussitôt (l'amour guérit tout).

L'alchimie de la sexualité

- Pendant l'acte sexuel, se concentrer sur l'union des deux thorax en se tenant étroitement l'un contre l'autre. Oublier le reste !
- Utiliser le contact des mains. Les mains sont le prolongement du cœur, notamment par le chakra qui se trouve au centre des paumes : le Lao-Gong. Mettre les paumes en contact l'une sur l'autre permet d'accentuer le mariage des polarités au niveau de l'âme.
- Observer le changement sur la circulation de l'énergie sexuelle, sur le ressenti, etc.

Souvent, cet acte permet à l'énergie de monter jusqu'au cœur – ce qui modifie la qualité de la relation en cours. Cela peut aller jusqu'à l'apparition de l'orgasme cosmique décrit précédemment.

Transmuter l'émotion

Pour transformer l'énergie émotionnelle en amour pur, il faut que les amants/aimants soient en intimité d'âme. Cela signifie qu'ils puissent être dans une confiance absolue et un abandon total.

- Rechercher cet état d'âme ensemble par un partage, une ambiance, des échanges, etc.
- Fusionner cet état dans la relation sexuelle. Ne pas se préoccuper du sexe, et laisser faire.

La tête, le troisième centre énergétique

C'est le domaine de l'Esprit et des pensées. Ici, le même fossé énorme existe entre le mental inférieur – illustré par les peurs, culpabilités, croyances – et le mental supérieur qui rassemble les idées spirituelles cherchant à s'incarner dans l'humain.

La figure de l'ennéagramme en décrit neuf : la perfection, la liberté, l'espoir, le sens de l'origine, l'omniscience, la foi, le travail sur soi, la vérité et l'amour.

On peut logiquement penser que ces idées supérieures vont se manifester dans une relation sexuelle transcendée. Les amants devraient, en fonction de leur ennéatype et des flèches qui les relient aux autres points de la figure, ressentir une ou plusieurs de ces qualités spirituelles, comme ils ressentent la puissance des polarités lors d'un orgasme, et comme ils ressentent un bien-être émotionnel intense lors d'une relation sacralisée.

Les personnes qui se trouvent sur la trinité de base (les points 3, 6 et 9) devraient ressentir une trinité espoir-foi-amour. Cette trinité est intéressante à plus d'un titre, car elle pointe des intentions spirituelles inhérentes à tout être humain.

A contrario, pour nous montrer encore une fois que l'on fait fausse route, la société incarne très bien l'inverse de ces qualités. Collectivement, ne sommes-nous pas le plus souvent dans le pessimisme, la peur et l'égoïsme ?

Transcender la relation sexuelle

Faire attention aux définitions que l'on donne personnellement aux noms cités ci-dessus. Par exemple, le mot « Amour », en tant qu'idée supérieure spirituelle, n'a rien à voir avec sa définition émotionnelle et affective courante. Le français est pauvre et ne connaît qu'un mot en ce domaine, pour désigner autant ce que l'on apprécie que le lien d'acceptation inconditionnelle qui unit chaque chose dans l'univers. L'amour spirituel se rapproche de l'amour compassion du bouddhisme ou du christianisme.

Exprimer des qualités spirituelles

La transmutation de l'énergie sexuelle dans les différents centres permet aux amants de découvrir en eux des qualités insoupçonnées. L'expression de ces qualités devient naturelle, avec le temps. Elles sont à observer après une relation sexuelle particulière, ou bien elles s'installent petit à petit dans la vie de la personne. Voici les 9 qualités spirituelles décrites par l'ennéagramme.

– **La perfection.** Chaque chose est perçue comme juste et parfaite, au-delà de tout jugement bien/mal. L'individu perçoit immédiatement l'enseignement spirituel dans chaque manifestation du quotidien.

– **La liberté.** La personne se sent libre d'être qui elle est, sans jugement personnel et sans regard extérieur. Les attentes et les manques personnels disparaissent.
– **L'espoir.** La lueur qui permet d'avancer vers le but est présente. Cela permet de positiver et d'aller vers le sens spirituel de la vie.
– **Le sens de l'origine.** La personne perçoit que l'origine de l'Esprit, du Créateur, est en nous dans la matière. Les causes des phénomènes sont alors évidentes, et elle peut y remédier.
– **L'omniscience.** Toute connaissance peut survenir spontanément en nous, sans avoir besoin d'aller chercher des informations ailleurs. Il suffit de laisser le vide intérieur s'installer pour que l'information survienne de nulle part. La personne devient une source de savoirs inconnus.
– **La foi.** C'est une certitude absolue qui dépasse la croyance. Comme le répète le Christ dans ses enseignements, une personne qui a la foi peut soulever une montagne. La matière obéit à une injonction portée par la foi. Les obstacles s'écartent devant la personne porteuse de foi.
– **Le travail sur soi.** La conscience est un processus de maturation qui prend du temps. À l'image du jardinage, il faut travailler la terre, semer, entretenir, récolter, etc. La personne perçoit la nécessité de ce travail et va à son rythme.
– **La vérité.** Il n'y a pas de mensonge. Le mental menteur n'est qu'une illusion. Il n'existe qu'une vérité, qui se manifeste en permanence dans l'harmonie. La personne perçoit cette vérité et peut l'exprimer.
– **L'amour.** C'est le lien qui unit toute chose dans l'univers. L'individu se situe alors au centre des polarités, dans la paix. Il est à sa place et fait simplement ce qu'il a à faire.

Incarner des qualités spirituelles

- Choisir parmi les neuf qualités spirituelles celles que vous voulez incarner et exprimer.
- Émettre l'intention qu'elles se manifestent en vous, et faire l'amour.

Il s'agit d'un vrai rite qui engage notre volonté face à l'univers. Ce dernier sait ce que l'on recherche et il va nous l'apporter. Il l'apportera d'autant plus facilement que l'énergie sexuelle va se transmuter en ce que nous avons demandé, car il s'agit d'un état d'être et non d'un désir de possession matérielle.

Le mental doit cesser. Il suffit de l'utiliser en observateur, pour vérifier que la demande a été satisfaite.

Voici un témoignage de Gilles sur les effets de cette forme de sexualité sur l'esprit. Volontairement, il s'agit de la résolution d'un problème simple, car on remarquera à l'usage que la sexualité peut et doit être un outil pour nous aider au quotidien. Ce n'est pas une pratique réservée à des initiés surdoués !

« Un problème d'organisation concernant les stages d'initiation à la Médecine symbolique me prenait la tête. Je pesais les avantages et inconvénients de chaque solution, ne sachant que choisir. Le groupe de formateurs et mon entourage ne m'aidaient pas, car, en m'apportant de nouvelles informations, cela compliquait ma prise décision.

Lors d'un déplacement professionnel, Rose et moi partons en voiture. Nous profitons de cette escapade pour échanger verbalement sur le thème de ce livre. Le véhicule est alors beaucoup moins en contact avec le tellurique (les pneus et la vitesse nous isolent du champ terrestre), et nous avons souvent remarqué que beaucoup d'inspirations nous venaient spontanément dans ces voyages (le cosmique nous inspire).

Le soir, nous dormons à l'hôtel. Comme nous sommes sortis de notre environnement habituel, notre sexualité s'en trouve libérée. En effet, la chambre à coucher s'imprime de nos habitudes, de nos problématiques, de notre inconscient, etc. Sortir de son bocal de poisson rouge permet de lâcher tout cela et de vivre une expérience nouvelle sans attente.

Ce soir-là, effectivement, notre façon de faire l'amour est ludique, nouvelle, et cela produit une expérience enrichissante. Nous nous endormons en paix…

Vers minuit, je suis réveillé par des pensées très claires. Tout le problème d'organisation qui me prenait la tête est résolu d'emblée. Je vois comment structurer les formations d'initiation au maniement des baguettes : tout est clair, limpide, synthétique. Je perçois tous les enchaînements, les arguments pour installer et structurer les stages, les avantages, les inconvénients, etc.

C'est comme si la solution était apparue de nulle part !

Pour moi, il est évident que cette pensée claire est le résultat de notre acte sexuel et du fait que nous sommes en dehors de notre environnement habituel. Il faut changer de contexte (et dormir) pour aller dans une « vie » suivante et évoluer.

Ce processus de création sexuelle peut s'élaborer ainsi :

- tout d'abord, il faut remarquer les effets actuels d'une problématique et vouloir les modifier ;
- le cerveau en fait alors une synthèse. Puis nommer la problématique et l'intention de la résoudre ;
- faire l'amour de manière nouvelle et libre (changer les habitudes, le lieu, la forme, etc.) ;
- dormir, laisser faire la digestion de l'information, et attendre la manifestation du nouveau. C'est l'esprit fécondant yang qui réalise ce travail.
- le yin va ensuite le matérialiser. »

Pratiquer cet art sexuel est la seule chose vraiment fondamentale que l'être humain ait à faire !

Conclusion

Nous avons pu constater, au fil de cet ouvrage, que le sexe, loin d'être un symbole divisant, était au contraire l'outil qui nous permettait de retrouver l'union des principes que nous croyons tous avoir perdue en venant nous incarner. Les organes sexuels sont les représentations symboliques de l'Intelligence divine qui anime toute chose dans l'univers. Les réunir permet de revenir à « Dieu ».

Dans le passé, l'humain avait bien perçu cette dimension sacrée et en avait décrit les avantages :
– en termes de santé physique, émotionnelle et psychique ;
– ainsi qu'en termes de recherche spirituelle.

Mais l'époque actuelle nous a enfoncés dans le matérialisme et dans l'oubli de notre nature spirituelle. L'humain est devenu une mécanique pensante, possédée par l'avidité mentale, obsédée par les peurs, les culpabilités et les croyances de tous ordres. Les maladies mentales se développent à toute vitesse et elles commencent à s'exprimer collectivement. L'énergie sexuelle est transformée en argent, en système de pouvoir, et ce mécanisme s'emballe en échappant à tout contrôle. En fait, l'humain ne voit pas comment faire cesser sa propre création !

À l'intérieur de nous, c'est la même chose. Trois formes d'énergie nous manipulent et font de nous des marionnettes (le cadavre sanglant, la demoiselle blanche et le vieux bleu). Saurons-nous transformer ces énergies et retrouver notre pouvoir créateur ?

Oui. Car, si la sexualité est le domaine de la Création, c'est aussi par là que nous pouvons :

- constater la présence de ces envahisseurs internes ;
- aller à leur rencontre pour les débusquer et les transformer ;
- et récupérer l'énergie qu'ils utilisaient à leur profit pour en faire une puissance au service de notre âme.

Ainsi, nous deviendrons plus libres et plus puissants. Nous cesserons d'alimenter des fantômes !

➔ **La sexualité devient alors la clef pour retrouver une santé parfaite.**

Par la suite, nous avons des choix à faire en toute conscience.

- Quelle fonction voulons-nous donner à l'acte sexuel ? Celle de faire des bébés ? Celle de prendre ou donner du plaisir ?
- Quel objectif faut-il lui attribuer ? Est-ce un acte égocentré ? Un acte revendicatif et identitaire ? Un acte social ? Un acte sacré ?
- Quelle utilité peut-on y trouver ? Mieux se connaître ? Se libérer des culpabilités ? Se soigner et se guérir ? S'harmoniser, se régénérer ? Découvrir le Divin en soi ?

Nous voyons bien que toutes ces possibilités existent en même temps. Aussi avons-nous l'étendue du choix dans ce panel.

Toutefois, une nouvelle hypothèse commence à apparaître : nous pouvons aussi créer consciemment de la vie. Au lieu de créer un système mortifère – l'exemple actuel est parlant –, nous pouvons envisager d'utiliser la sexualité pour sa fonction première qui est de créer le vivant.

Mais, pour cela, nous devons respecter ses règles, et notamment les polarités qui en sont l'expression. Nous devons explorer ce yin et ce yang pour en connaître leurs secrets, et pour pouvoir utiliser la puissance qui s'y trouve logée. Nous devons sortir de nos jeux infantiles qui consistent à nous amuser dans la cour de récréation du sexe ou à tenter de prendre le pouvoir sur les autres en dévoyant l'outil que la nature nous a donné.

Dorénavant, nous pouvons envisager l'exploration du pouvoir créateur qui sommeille en nous. Les portes sont ouvertes à qui veut les emprunter. Certes, on peut croire que le monde s'effondre. Il n'en est rien ! C'est un vieux monde qui s'effondre, celui des peurs, culpabilités et croyances du mental. Le nouveau monde qui apparaît est riche de potentiels ignorés. Qui peut savoir ce qui va arriver ? Personne, car c'est à nous de le créer !

➔ **La sexualité est le moyen de créer le monde nouveau, de modifier ce qui peut l'être et de composter le reste.**

Pour cela, la relation amoureuse doit évoluer. Des « copains » qui partagent un bon moment, en passant par le couple installé « en tout bien, tout honneur », on découvre un jour la relation d'amants. C'est là que commence l'aventure. Finalement, loin de toutes les peurs et culpabilités, les amants découvriront en eux la dimension sacrée de l'univers. Par la suite, la relation amoureuse se transformera en initiation sacrée.

- L'homme deviendra le « Dieu » de sa compagne (le fameux prince charmant des contes de fées qui réveille l'endormie par un simple baiser). Il devient le Créateur, celui qui déclenche les phénomènes.
- La femme deviendra la « Mère » de son compagnon, et elle verra que c'est elle qui le crée (elle devient la fée qui matérialise le miracle par un coup de baguette magique). Elle devient la Mère cosmique de l'univers, le champ de tous les possibles.

Cette initiation n'est pas une relation initiateur-initié, qui ne serait alors qu'un mode d'enseignement. La vraie relation d'initiation est un partage. Il s'agit d'un échange d'informations polarisées, qui permet à chacun des amants de s'enrichir l'un de l'autre. La relation sexuelle est le lieu sacré de cet échange d'information. Pendant l'acte sexuel, par une intention claire accompagnée de l'attention nécessaire, l'information se polarise et finit par se matérialiser. C'est ainsi que les amants peuvent créer du nouveau.

En fait, la rencontre initiatique est une question ! À quelle question le couple veut-il répondre ? Qu'est-ce qu'il recherche vraiment ? Qu'est-ce qui veut émerger de cette union ? Que veut la Vie à travers les amants ?

Si la question reste un mystère, la réponse de la création qui en émerge ressemble fort à un miracle !

Alors, tentons l'expérience ! Que chacun se mette au travail, afin qu'apparaisse ce paradis tant attendu.

Notre âme pourrait enfin se servir de la polarité sexuée du corps pour créer du nouveau, s'enrichir au travers de ses expériences en pleine conscience, et ainsi se révéler dans son pouvoir créateur spirituel illimité !

Car, si l'argent et le pouvoir temporel sont des expressions de l'ego, la richesse et le pouvoir spirituels émergent du sexe transcendé.

Crédits iconographiques

Les visuels sont des auteurs, sauf celui de la page 289 : © JeromeCronenberger/AdobeStock.

Cet ouvrage a été achevé d'imprimer par la SEPEC en avril 2021.
Imprimé en France. Numéro d'impression : 04875210114
Dépôt légal : mai 2021

PEFC 10-31-1470 / Certifié PEFC / Ce produit est issu de forêts gérées durablement et de sources contrôlées. / pefc-france.org